D1935973

Else R. Landon

IN DER GUNST DER KAISERIN

Karrieren unter Maria Theresia

Ueberreuter

Für Thea

Die Deutsche Bibliothek – CIP-Einheitsaufnahme

Landon, Else R.:
In der Gunst der Kaiserin : Karrieren unter Maria Theresia. –
Wien : Ueberreuter, 1997
ISBN 3-8000-3643-6

AU 0364/1
Alle Urheberrechte, insbesondere das Recht der Vervielfältigung,
Verbreitung und öffentlichen Wiedergabe in jeder Form,
einschließlich einer Verwertung in elektronischen Medien,
der reprografischen Vervielfältigung,
einer digitalen Verbreitung und der Aufnahme
in Datenbanken, ausdrücklich vorbehalten.
Umschlagbild: „Kaiserin Maria Theresia" von
Jean-Etienne Liotard (Graphische Sammlung Albertina, Wien)
Copyright © 1997 by Verlag Carl Ueberreuter, Wien
Printed in Austria
1 3 5 7 6 4 2

Inhalt

VORWORT 7

DIE SÄULEN DES STAATES: DIE BEAMTEN 13

Charlotte Hieronymus
Maria Theresias Privatsekretärin 15

Johann Georg Obermayer
Das Gift in der Salami 69

EINE SÄULE DES STAATES: DAS MILITÄR 125

Josef Rauch
Ein Patenkind der Kaiserin 127

Johann Georg Reichardt
Maria Theresia und ihr Soldat 155

DIE SÄULEN DES STAATES: DIE KÜNSTLER 175

Karl Ditters von Dittersdorf
Der Kammerpage mit den goldenen Fingern 177

Maria Theresia Paradis
Die Blinde und der Scharlatan 235

Literaturauswahl 250
Bildnachweis 252

Vorwort

Kindheits- und Jugenderinnerungen aus der Zeit Maria Theresias und Josephs II. fesseln durch das Theatralische und Vollblütige ihrer Erzählung. Wie eine Guckkastenbühne zeigen sie uns das 18. Jahrhundert von einer neuen Seite, grotesk, schaurig, tragisch und komisch zugleich, als der einzelne Bürger bereits stark genug war, patriarchalische Verkrustungen aufzubrechen, die dann durch die Französische Revolution in einem großen vulkanischen Ausbruch hinweggefegt wurden. Die Bahn war frei für jedermann, der „den Marschallstab im Tornister führte".

Vor der Revolution machte man Karriere durch einen adeligen Gönner oder am besten durch den Monarchen, in unserem Fall durch die Kaiserin selbst, die es liebte, junge Menschen unter ihre Fittiche zu nehmen. Diese Kinder, die Kammerbeutelkinder, wie sie genannt wurden, waren förderungswürdige Untertanenkinder, bürgerlich, bäuerlich oder aristokratisch, die von der mildtätigen Kaiserin mit Erziehungsbeiträgen unterstützt wurden, bis sie sich selber ihr Brot verdienen konnten.

Der Kammerbeutel war, so würde man heute sagen, Maria Theresias Privatkonto, das von einem Kammerbeutelhofrat mit seinen Gehilfen verwaltet wurde und aus dem die Kaiserin ihre Geschenke und Zuwendungen bestritt. Nach ihrem Tod wurde der Kammerbeutel aufgelöst, die Zuwendungen wurden gestrichen.

Einige dieser Kammerbeutelkinder haben Memoiren hinterlassen, von ihnen soll in diesem Buch die Rede sein.

Bei allen diesen Lebensgeschichten fällt auf, daß das Sprungbrett zur Karriere das geistliche Gymnasium, der geistliche Stand war. Die oft analphabetischen Eltern wußten sehr wohl, daß Wissen Macht war, und scheuten keine Opfer, ihren Kindern Zugang zu diesem Wissen zu verschaffen. So kamen aufgeweckte Buben in die Schule, und diese war, bevor Maria Theresia die obligatorische Normalschule einrichtete, eine geistliche. Die beste war die der Jesuiten, die auf das Leistungs- und Wettbewerbssystem ausgerichtet war. Körperliche und seelische Strafen gab es viele; die Internate bildeten aber eine Elite aus, die wie die Absolventen der englischen public school zum Führen erzogen waren.

Das Leben der Schüler war hart. Wir besitzen eine *Instructio* der Göttweiger Lateinschule, wie die Knaben sich zu verhalten hatten.

Um fünf Uhr früh wurde aufgestanden, sie mußten sich waschen, kämmen und „ehrbar" angekleidet aus ihren Schlafkabinen im großen Schlafsaal treten. Um sechs Uhr dreißig wurde das erste Mal mit erhobenen Händen gebetet. Vor dem Unterrichtsbeginn um sieben Uhr wurde der Heilige Geist auf den Knien angefleht. Während des Studiums „hechstes Stillschweigen". Von neun bis zehn war die Messe, anschließend Musikunterricht, elf Uhr Mittagessen, vor dem natürlich gebetet wurde, dann kärgliche Freizeit. Ab zwölf

Uhr Gesang, eine Stunde später das Auswendiglernen der Lektionen und neuerlich Unterricht bis halb fünf Uhr nachmittags. Noch eine halbe Stunde wird den Schülern geschenkt, bis sie zu weiteren Studien angehalten sind. Um sieben Uhr wurde zu Abend gebetet, das Gewissen erforscht, und um jede Sünde zu vermeiden, durfte nicht mehr gesprochen werden. Das Licht wurde um 20 Uhr gelöscht; die Knaben lagen in ihren Kojen.

„Gebetet wird das Früh-, Abend-, Schul-, Tischgebet, sooft die Stunde schlägt ein Ave Maria und zum Englischen Gruß ein Angelus Domini und drei Ave Maria."

Die Knaben lernten feine Lebensart, wurden eingekleidet und einmal die Woche von einer alten Frau auf Ungeziefer untersucht. Sie bedienten die Mönche, und die hübschesten waren Pagen des Abtes. Plätze in dieser Schule waren gesucht, da die Schüler hier „sowohl weltlich als geistlich" werden und sich auch auf die Protektion des Stiftes verlassen konnten.

Der später geadelte Franz Heintl beschreibt seine Jugend in seinen Memoiren, und sein Schicksal sei hier als Beispiel angeführt. Heintl war der Sohn armer, aber freier Bauern, die eine Landwirtschaft in Altstadt in Mähren betrieben. Sie hatten zwölf Kinder, und Franz war der Älteste, den nichts „weniger freute als das Lernen". Er wurde mit zehn Jahren zu einem Verwandten, einem Pfarrer, zum Unterricht geschickt, wo er von einem für die Nacht aufgenommenen Kapuziner vergewaltigt wurde. Zwei Jahre später wanderte er zwei Tage lang nach Olmütz, um dort das Gymnasium zu besuchen. Seine Eltern hatten ihm ein Bündel mit Kleidern und Wäsche sowie einen Gulden

Bargeld mitgegeben, den der unerfahrene Junge bald durchbrachte. Unterschlupf fand Franz für sieben Kreuzer im Jahr bei einem Essighändler in einer Kammer, die er mit fünf anderen Studenten teilte. Er brachte sich mit Botengängen, Geigenspielen in den Kirchen, Nachhilfeunterricht und immer wieder Betteln in den Straßen und Häusern mühsam durch. Einmal setzte er einige Kreuzer in der Lotterie und gewann 23 Dukaten. So zum reichen Mann geworden, ließ er seine beiden Brüder nach Olmütz kommen, damit auch sie zur Schule gehen konnten.
1789 wanderte er nach Wien, um die Rechte zu studieren. Er hatte eine Barschaft von 23 Gulden, die aber dahinschmolz, da er allein für sein Zimmer zwei Gulden monatlich auslegen mußte und kein Stipendium erhielt. Das gleiche Darben begann, bis er in Baron Gottfried van Swieten einen Gönner fand, der ihm monatlich fünf Gulden schenkte. In Rekordzeit beendete er sein Studium mit Auszeichnung, und mit dem gleichen zähen Fleiß schuf er sich in wenigen Jahren eine Kanzlei, heiratete und brachte es mit eiserner Sparsamkeit zu Vermögen.
Die Mädchen wurden meist zu Hause oder in Klosterschulen erzogen. In Wien gab es das Kloster der Salesianerinnen, wo adelige Mädchen auf ihr späteres Leben vorbereitet wurden. Die Kaiserin besuchte es oft, um sich von den Fortschritten der Erziehung zu überzeugen. Immer brachte sie Geschenke mit, aber einmal blieb für eine Schülerin nichts übrig, und als diese in bittere Tränen ausbrach, schenkte ihr Maria Theresia ihre goldene Uhr.
Gräfin Lulu von Thürheim, eine eifrige Memoirenschreiberin, erzählt über ihre Kindheit: „Lehrer aller

Schattierungen bemächtigten sich unseres Daseins."
Damit nicht genug, unterrichtete auch der Vater seine Kinder, und seine Stunden waren gefürchtet, brachte er doch gleich die Peitsche mit ins Studierzimmer. Es regnete Ohrfeigen für jede kleine Unaufmerksamkeit. Am besten kam noch Lulu weg, die mehr Geistesgegenwart als ihre Schwestern besaß, die schon beim Anblick des Vaters erstarrten. Den Kindern wurde jede Näscherei untersagt, mit dem Resultat, „keine genäschigeren Kinder zu finden, als wir ...". Außerdem tötete der Graf mit seiner Musikbesessenheit jede Freude der Kinder an der Musik. Auch das Tanzen geriet zur Tortur, denn wenn es dem Tanzlehrer nicht gelang, den Mädchen einen Schritt einzuhämmern, stürzte der Vater zornentbrannt aus seinem Kabinett, um mit geschwungenem Pantoffel der Grazie nachzuhelfen.

Es durfte nur „pädagogisch" gespielt werden, Puppen waren verboten. „Diese abgeschmackte Unterhaltung macht kleine Mädchen nur dumm und dient allein dazu, ihnen Lust nach Toiletten zu machen."

Gesang unterrichtete ebenfalls der Vater mit vielen Kopfstücken für falsche Noten oder falsches Atmen. Ansonsten gestand er ihnen das Lesen zu; die Mädchen verschlangen alle Bücher, derer sie habhaft werden konnten. Außerdem förderte der Graf das Theaterspiel und das Stückeschreiben.

Auch bürgerliche Mädchen wurden, bevor die Normalschule bestand, von Gouvernanten unterrichtet, und auch hier gab es Püffe und Knüffe genug, wie wir aus den Schilderungen der Freifrau von Pratobevera entnehmen können. Alle Kinder waren ihren Lehrern und Lehrerinnen hilflos ausgeliefert, deren pädagogi-

sches Geschick meist nicht sehr groß war. Schulzeit war oft Notzeit, aber Wissen war Macht, wie sich an den Lebensläufen verfolgen läßt.
„Denjenigen, welche zu künftigen Weltbürgern bestimmt sind, rathe ich in Ernst, sich von kraftvollen, zu denken fähigen, und gutartigen Eltern, welchem Stand sie auch immer angehören mögen, erzeugen zu lassen. Nicht nur bei Jagdhunden und Pferden kömmt es auf die Rasse an, ob sie zu ihrer Bestimmung mehr oder weniger Anlage in sich bringen." Dieses schrieb Johann Peter Frank, Doktor der Medizin, von Joseph II. zum Leiter des Allgemeinen Krankenhauses bestimmt, an den Anfang seiner Biographie. Ein erboster Leser kritzelte an den Rand der Seite: „Blödsinn!" und mit Recht. Wer kann sich seine Eltern aussuchen?
Es ist müßig zu spekulieren, ob die in diesem Buch vorgestellten Persönlichkeiten auf Grund von „Anlagen und gutartigen Eltern" Karriere gemacht haben oder ob die Lebensumstände es erzwangen, alle Kräfte zu konzentrieren: Sie haben jedenfalls ihr Schicksal gemeistert.

Die Säulen des Staates: die Beamten

Österreich war ein Beamtenstaat und Wien eine Beamtenstadt. Wer gelten wollte, mußte von Adel oder Beamter sein. Maria Theresia, die ihren Staat wie eine gute Hausmutter regierte, fand bald heraus, daß bürgerliche Beamte der Krone selbstloser dienten als adelige, sofern man sie auszeichnete und menschlich behandelte. Konnte sie auch keine großen Gehälter zahlen, so sorgte sie doch für Beihilfen für Kinder, Freiquartiere, Orden und Adelstitel. Zwei Autobiographien, die von Töchtern zweier Beamten verfaßt wurden, geben Einblick in Maria Theresias Beamtenstaat. Karoline Pichler, eine angesehene Dichterin ihrer Zeit, schildert das Leben ihrer Eltern. Ihre Mutter war eine unabhängig denkende Self-made-Feministin des 18. Jahrhunderts, die vom Waisenkind zur Privatsekretärin der Kaiserin aufstieg und später einen Beamten heiratete.

Emilie Obermayer, die zweite Memoirenschreiberin, erzählt von ihrem Vater, der seinen Weg nach oben als Bettelstudent begann. Als hochgeehrter Hofrat ereilte ihn ein tragisches Schicksal: Er wurde vergiftet, da er einen Korruptionsfall aufgedeckt hatte.

Charlotte Hieronymus

Maria Theresias Privatsekretärin

„Wenn je eine Art Ahnenstolz nicht bloß erlaubt, sondern geziemend ist, so ist es der auf die Tugenden und nützlichen Leistungen unserer Eltern.“
(Karoline Pichler)

Von meiner Mutter weiß ich nur wenig. Ihr Vater war aus dem Hannoveranischen gebürtig und Offizier im k. k. Regiment Wolfenbüttel. Wahrscheinlich war seine Frau bei der Geburt dieses Kindes oder bald danach gestorben. Meine Mutter hat sie nie gesehen." So beginnt Karoline Pichler ihren Bericht „Denkwürdigkeiten aus meinem Leben".

Wir wissen etwas mehr. Karolines Großvater hieß Friedrich Hieronymus, war 1735 Fähnrich und 1743 Leutnant beim k. k. Regiment Wolfenbüttel. Am 3. Mai 1744 starb er in Wien, im Trauttmansdorffschen Haus in der Herrengasse, an Lungenbrand. Die Eintragung im Totenprotokoll der Stadt Wien besagt: „Den 3ten May 1744 der Herr Friedrich Hieronymus des Löbl. Alt-Wolfenbüttlsch. Regmts Lieutnant, ist in Trautmansdorf Haus in der Herrengasse an Lungen Brand, beschaut, alt 50 Jahr [gestorben]."

Bevor das Regiment nach Wien kam, war es in Ungarn stationiert, und in Slawonisch Brod wurde die kleine Charlotte am 16. April 1739 getauft, kam also ein oder zwei Tage vorher zur Welt. Die Mutter soll angeblich in Ödenburg gestorben sein.

„Der Vater hatte das kleine, kaum fünfjährige Mädchen bei sich, zog mit ihm und dem Regimente – mühsam genug, wie man sich denken kann – auf ungarischen Dörfern umher und kam zuletzt nach Wien. Hier erkrankte er schwer und starb nach kurzer Zeit, das unmündige Kind unter lauter fremden Menschen, fremden Glaubens (denn mein Großvater war protestantisch), in fremden Lande zurücklassend. ‚Du armes Kind, was wird aus dir werden!' waren seine letzten schmerzlichen Worte zu der kleinen Charlotte (so hieß meine Mutter) gewesen, die sich ihrem

Karoline Pichler, geb. Greiner, die Biographin ihrer Mutter, Charlotte Hieronymus

kindischen Gedächtnis unauslöschlich eingeprägt hatten."

Bald nach dem Tod des Leutnants Hieronymus besuchte eine Kammerfrau der Kaiserin eine Gesellschaft, in der auch einige Offiziere des Regiments Wolfenbüttel zu Gast waren. Sie berichteten vom Tod ihres Kameraden und dem kleinen Mädchen, das sie nun zu versorgen suchten. Abends beim Auskleiden erzählte die Kammerfrau ihrer Herrin diese traurige Geschichte, und die Kaiserin befahl, ihr das Kind vorzuführen. Vielleicht hatte der Name Wolfenbüttel ihr besonderes Interesse geweckt, da Maria Theresias Mutter, Elisabeth Christine, aus der Familie Braunschweig-Wolfenbüttel stammte.

Das Kind zu finden dauerte einige Tage, da die Offiziere es versteckt hielten. Sie fürchteten nämlich, daß es gezwungen würde, zum katholischen Glauben zu wechseln, was später auch geschah.

Nachdem das Mädchen endlich in einem Haus in der Vorstadt aufgespürt worden war, wurde es zur Kaiserin gebracht. Sie übergab Charlotte ihrer Kammerfrau Elisabeth du Plessy, bei der das Kind mit einigen anderen Mädchen, die zum persönlichen Dienst bei Maria Theresia bestimmt waren, aufwuchs. Charlotte erhielt Unterricht im Lesen, Schreiben und etwas Rechnen, und natürlich in Religion, worauf die Kaiserin besonderen Wert legte.

„Meiner Mutter ungewöhnlich lebhafter und durchdringender Geist fühlte bald die Schranken, welche die Beschränktheit ihrer Umgebung demselben anlegte. Sie dürstete nach Kenntnissen, nach gründlichen Erklärungen der Dinge und Begebenheiten, die sie um sich sah, und benutzte die Besuche einiger älterer, gebildeter Männer, welche in das Haus der Erzieherin kamen, um von ihnen Antwort auf die Fragen zu erhalten, welche sich ihr während der Zeit aufgedrängt, und die sie sich deshalb aufzuschreiben pflegte. So strebte ihr Geist weit über ihre Lage, über ihre Gefährtinnen hinaus, und bildete sich meist aus sich selbst", berichtet Karoline Pichler.

Als Kind spielte Charlotte oft mit den Erzherzoginnen, deren Namen in den Aufzeichnungen Karoline Pichlers nicht genannt werden, doch konnte es sich nur um die älteste Tochter der Kaiserin, Maria Anna, ein Jahr älter als Charlotte, sowie Marie Christine, 1742 geboren, und deren um ein Jahr jüngere Schwester Maria Elisabeth gehandelt haben.

Die Kinder der Kaiserin wurden streng, aber für damalige Zeiten sehr modern erzogen. Aberglaube war verpönt, Gewitter und andere Naturereignisse wurden erklärt, auch durften die Kinder nicht mit übersinnlichen Dingen erschreckt werden. Außerdem war große Reinlichkeit Pflicht, so mußten einmal die Woche die Füße gebadet werden. Um die Kinder nicht zu verweichlichen, durften sie nicht zu warm angezogen werden.

Im vertrauten Umgang mit den „hohen Herrschaften" verlor Charlotte bald jede Scheu und lernte sich ungezwungen zu bewegen; auch profitierte sie von den Unterrichtsstunden der kaiserlichen Kinder. Maria Theresia, die schon früh auf das aufgeweckte, wißbegierige Kind aufmerksam wurde, beschloß, es weiter ausbilden zu lassen. Charlotte kam zur früheren Erzieherin der Kaiserin, der Gräfin Maria Carolina Fuchs, geborene Mollart, die damals, schon nahe der siebzig, noch immer als Obersthofmeisterin im Dienste der Herrscherin stand, die ihre „Fuchsin", wie sie sie liebevoll nannte, nicht missen wollte. Gräfin Fuchs war sowohl der Kaiserin als auch dem Kaiser in Freundschaft und Ergebenheit verbunden. Als einzige Nichthabsburgerin wurde sie in der Kapuzinergruft bestattet.

Bei der Gräfin erlernte Charlotte das Lesen von Druck- und Handschriften, und mit dreizehn Jahren „fand man sie geschickt und klug genug, um ihren nicht leichten Dienst anzutreten, und dies schon bürgt für ihre hohe Geisteskraft und Fähigkeit", berichtet ihre Tochter Karoline.

Wenn Charlotte wirklich bereits 1752 im Dienste der Kaiserin stand, dann sozusagen als Lehrling, denn im Staats- und Standeskalender ist sie erst 1762 als Kammerdienerin verzeichnet zu finden. Es könnte jedoch sein, daß sie schon früher Vorleserin war (ein Dienst, der knieend verrichtet werden mußte), aber nicht als solche offiziell geführt wurde.

Es waren keine Romane, die Charlotte vorlesen mußte, sondern Geschäftsschriften, diplomatische Berichte, Akten und dergleichen mehr, die Maria Theresia selber bearbeitete. Charlotte Hieronymus war also die Privatsekretärin der Kaiserin geworden.

„Natürlich waren wichtige Geheimnisse in den Händen des jungen Mädchens, aber ein frühreifer Geist, bei dem vielleicht die einsame Stellung, ohne Blutsverwandte, ohne Freunde, auf einer Höhe, die von vielen beneidet ward, die angeborene Urteilskraft schärfte. Dieser wahrhaft männliche Geist gab meiner Mutter die Kraft, welche ihr Platz forderte, und welche ihr das Vertrauen der Fürstin bis zu deren Tod sicherte."

Maria Theresia, eine tatkräftige, gesunde, junge Frau, führte ein regelmäßiges und äußerst arbeitsames Leben. Jede ihrer Stunden war genau eingeteilt. Im Sommer stand sie um fünf Uhr, im Winter etwas später auf und klingelte nach ihren Zofen, die dann bereits frisiert und angezogen – aber nur im kleinen Reifrock, Hanserl genannt – erscheinen mußten. Die Toilette der hohen Frau war für ihre Dienerinnen eine Quelle höchster Nervenanspannung und steten Kummers, da die Kaiserin nicht nur ungeduldig, sondern oft auch schlecht gelaunt war.
Während die übrigen Dienerinnen einander abwechseln konnten und manchen freien Tag hatten, war es Charlottes Pflicht, die Kaiserin täglich zu bedienen; neben dem Vorlesen war sie auch geschickt im Frisieren. Sie arbeitete schnell und hatte Geschmack. Die Kaiserin hielt damals noch viel auf ihr Äußeres und hatte ihre vorgefaßten Ideen, welcher Kopfschmuck zu welcher Robe passen mußte. Es fehlte ihr nur an Geduld; lange untätig vor dem Spiegel sitzen zu müssen war ihr ein Greuel. Der tägliche Haarputz und das Stecken der Haube konnten die hohe Frau zur Weißglut bringen.
„Oft – sehr oft – mußte eine Haube vier- bis fünfmal anders gesteckt werden, bis sie nach dem Geschmack der Gebieterin war, und wer diese Art von Arbeit zu beurteilen versteht, wird wissen, daß ein öfteres Auf- und Andersmachen der Sache gar nicht förderlich ist, ja meistens die Schönheit der Stoffe und des Zubehörs ganz zerstört."
Nicht besser erging es der jungen Kammerdienerin mit der Frisur der Kaiserin. Maria Theresia „zerrte und zupfte da und dort, bis der ganze Aufbau in sich

zusammenfiel und die Haare ausgekämmt und nicht selten neu in Papiloten gewickelt und gekräuselt werden mußten. Daß die Gebieterin dabei übellaunig wurde, daß die Zofen das entgelten mußten, ist ebenso natürlich – und die Erinnerung an alle die trüben Stunden, welche Putz und Toilette ihr gemacht hatten, mag wohl schuld gewesen sein, daß meine Mutter selbst in den Jahren, wo sie noch wohl Freude daran hätte haben können, sich vorteilhaft und ihrer niedlichen Figur gemäß anzuziehen, sich schon ganz matronenhaft und, wie ich mich aus den Bildern meiner Kindheit wohl erinnere, beinahe altfränkisch kleidete."

Das Vorlesen war zwar anstrengender, aber viel erfreulicher als die Zofendienste; die Kaiserin war dann sehr wohlwollend und vertraut mit ihrer Sekretärin. Charlotte hatte Depeschen in allen Sprachen, die in den Erblanden gebräuchlich waren, zu lesen, nämlich Deutsch, Französisch, Italienisch und Lateinisch. Latein war die Geschäftssprache der Ungarn, das Maria Theresia geläufig beherrschte, damit sie sich mit ihren ungarischen Untertanen verständigen konnte. Französisch war die Sprache der gebildeten Welt, der Diplomatie und die Landessprache der belgischen Provinzen; Italienisch sprach man im Großherzogtum Toskana und in Mailand. Bei Hof herrschte das Französische, da Kaiser Franz Stephan, Maria Theresias Gemahl, als gebürtiger Lothringer nur wenig Deutsch verstand.

Zeit seines Lebens stand Franz Stephan mit der Orthographie jeder Sprache, die er kannte, auf Kriegsfuß. Einmal schrieb er dem Präsidenten des niederländischen Rates, Herzog Sylva Tarouca: „jespere que bientos vous sere tranquil o sujet de Madame et que je poure vous enfayre mon complimen la freile Therese ..." Er schrieb französisch, wie man es ausspricht, und auf deutsch würde die Passage etwa so lauten: Ich hofe das sie bald wegen Madame beruigt sind und das ich bald mein Kompliment das freile Therese mahchen kahn. Das „Freile Therese", Hofdame der Kaiserin und Tochter des Herzogs, war nämlich gerade an Masern erkrankt. Die Kaiserin war in der Rechtschreibung besser bewandert; aber auch ihre Schriftstücke waren selten fehlerfrei. Sie sprach natürlich meist französisch, wenn sie deutsch sprach, war es das Wienerische.

„Viele Stunden und Stunden, besonders abends und nach dem sehr mäßigen Nachtessen, welches die Kaiserin in ihren Zimmern allein zu sich nahm", las Charlotte Geschäftspapiere vor. „Diese Lektüre dauerte fort, nachdem die Monarchin sich schon entkleiden lassen und zu Bette gelegt hatte, und selbst dann noch, bis der Schlaf sie überwältigte. Dann erst bekam meine Mutter die Erlaubnis, sich zu entfernen", berichtet Karoline.

Das lange Lesen bei Kerzenlicht war sehr ermüdend, und Charlotte hatte später mit den Augen Schwierigkeiten. Aber der anstrengende Hofdienst war Charlotte dennoch nie zuviel. Sie hatte eine eiserne Gesundheit, der Zugluft oder Kälte nichts anhaben konnte. Und das war gut so, denn Maria Theresia vertrug keine Hitze. Bei ihr wurde im Winter nie geheizt, auch waren die Fenster immer offen, so daß der Wind oft den Schnee auf die Papiere warf, die gerade gelesen wurden. Den Begriff: „Es zieht!", den der Minister Kaunitz ständig auf den Lippen führte, kannte die

Kaiserin nicht. Doch aus großer Wertschätzung für ihren Minister ordnete sie vor jedem seiner Besuche an, alle Fenster zu schließen.

„Die Kaiserin ging, solange es ihr körperliches Befinden erlaubte, jährlich mit der Fronleichnamsprozession. An einem solchen Tage, als sie zu dem Ende von Schönbrunn nach der Stadt gefahren war, kam sie gegen Mittag, furchtbar erhitzt und ermüdet von dem heißen Juniustage, von der Schwere und Größe ihrer Person und den langen, meist der Sonne ausgesetzten Gange durch die halbe Stadt, nach Schönbrunn zurück. Sie ließ sich sogleich ganz entkleiden – und setzte sich dann in der Mitte des Kabinetts nieder, in welchem alle Fenster und Türen geöffnet werden mußten, mit nichts als einem Mieder, Rock und Pudermantel bekleidet, trank Limonade, aß Erdbeeren in Eis gekühlt und ließ sich von meiner Mutter die Haar auskämmen, die so naß waren, daß meine Mutter mehr als einmal ihre Hände trocknen mußte. Das alles schadete der kräftigen, noch immer blühenden Frau nicht im geringsten, aber es machte auch, daß sie sehr wenig Rücksicht auf die Bedürfnisse oder Wünsche solcher Art bei ihrer dienenden Umgebung nahm, und Abhärtung, Nichtachtung seiner selbst und Unempfindlichkeit gegen schädliche Einwirkungen, welche sie, die kaiserliche Frau, besaß, bei dem dienenden Personale teils voraussetzte, teils forderte. Und so wie sie hart gegen sich selbst, jede körperliche Verweichlichung oder Schwächlichkeit haßte, war ihr auch jede sittliche Schwäche und übergroße Weichheit zuwider."

In dieser harten Schule wuchs Charlotte heran. Sie war schlank, zierlich und ebenmäßig, von mittlerer

Größe und erhielt sich ihre Geistes- und Körperkräfte bis ins hohe Alter – auch ihren Willen zu herrschen und zu dominieren. Manche Besucher, die in den achtziger Jahren das Haus der nunmehr verehelichten Charlotte Greiner besuchten, urteilten hart über sie, wie zum Beispiel der dänische Bischof Münter: „Sie ist eine Gelehrte, häßlich wie die Nachteule, und ihr zu Ehren versammeln sich die schönen Geister im Hause ... Ich mag sie nicht und keiner von allen, die sie kennen und mit denen ich über sie geredet habe, mag sie."

Aber noch war Charlotte nicht verheiratet, sondern ein junges Mädchen, stand im Dienste und in der Gunst der Kaiserin und war als Kammerfräulein eine gute Partie.

Die Kammerfräulein führten durchaus kein zurückgezogenes Leben. Wenn die Kaiserin schon viel von ihren Dienerinnen forderte, so umgab sie sie auch mit Glanz, Wohlstand und Ansehen. „Sie standen unter einer Art häuslicher, ja mütterlicher Aufsicht, mußten es melden, wenn sie ausgehen wollten, und bemerken, wohin; dann wurde ihnen eine Hofequipage zu diesem Behufe angespannt oder irgendeine angesehene Frau, die aber eigens bei der Monarchin um die Erlaubnis nachsuchen mußte, durfte das Fräulein in ihrer eigenen Equipage abholen und mußte sie auch wieder ebenso zurückführen. Auf eine andere Art oder in einem Fiaker war durchaus den Kammerdienerinnen nicht erlaubt, auf den Straßen zu erscheinen.

In früheren Zeiten wurden sie sogar mit sechs Pferden geführt, späterhin nur mit zweien. In Gesellschaften gebührte ihnen der Rang einer Hofrätin, und

wenn solche nicht gegenwärtig war, nahm das Fräulein vom Hofe vor den übrigen verheirateten Damen den Ehrenplatz auf dem Kanapee ein.
Ihren Tisch hatten sie vom Hofe, ihre Besoldungen waren mäßig, aber die Freigebigkeit der Monarchin, die vielen Teilungen ihrer Garderobe ersetzte ihnen das reichlich, und sie fanden bei Ordnungsliebe und Sparsamkeit stets die Mittel, sehr geschmackvoll und glänzend angezogen zu sein und doch etwas zurückzulegen. An den Tagen, an welchen sie den Dienst nicht hatten, war es ihnen auch vergönnt, auf ihren Zimmern Bekannte, selbst Männer, nicht bloß vom Hofe, sondern auch aus der Stadt, zu sehen, nur mußte die Kaiserin davon benachrichtigt und diese Personen von unbescholtenem Rufe sein."
In den fünfziger Jahren, als der dritte Krieg um Schlesien tobte, hatte Charlotte Hieronymus den Beamten Franz Sales Greiner, ihren späteren Ehemann, kennengelernt. 1758 hatte Friedrich von Preußen mit der Belagerung von Olmütz begonnen, zu einer Zeit, in der die Kaiserin immer nach Laxenburg übersiedelte. Von Olmütz nach Wien war es eine Tagesreise, und es wurde der Kaiserin nahegelegt, nach Graz zu reisen, statt nach Laxenburg bei Wien. Maria Theresia hatte sich aber geweigert, ihre Reisepläne zu ändern. „Es wurde also in allen Kammern gepackt und zur Landfahrt zugerüstet. Meine Mutter war an den Koffern beschäftigt, um die Garderobe und täglichen Bedürfnisse ihrer Gebieterin einzupacken. Eben vorher war die Schreckensnachricht von jener Belagerung gekommen. Ohne zu klagen, ohne sich weiter zu äußern, sagte die Monarchin, indem sie, durchs Zimmer gehend, die Reiseanstalten betrachtete, zu mei-

ner Mutter: ‚Nimm etwas mehr mit, vielleicht gehen wir weiter.'“

Maria Theresia traute also Friedrich wohl zu, daß er Wien belagern könnte. Doch ihr Mut und ihre Standhaftigkeit wurden belohnt. General Laudon überfiel den preußischen Nachschub, wobei die Preußen fünfzehn Kanonen und 4000 Wagen einbüßten, so daß sie die Belagerung von Olmütz aufheben mußten. Diese kühne Tat brachte Laudon die Ernennung zum Generalfeldmarschall und das Großkreuz zum Theresienorden ein.

Einen weiteren Triumph feierten die österreichischen Waffen im Oktober bei Hochkirch, und die Nachricht des Sieges traf am Theresientag, am 15. Oktober, in Wien ein.

„Der Kurier ... traf abends ziemlich spät ein, als schon die Prinzen und Prinzessinnen des kaiserlichen Hofes sich nach der Cour und Assemblée bei der Monarchin in ihre Zimmer zurückgezogen und angefangen hatten, sich zu entkleiden. Die folgende Siegesbotschaft wurde schnell von der Kaiserin in alle Kammern ihrer Kinder gesendet und wunderlich geputzt – jene Erzherzogin mit den Edelsteinen im Haare, aber im Nachtkleide, diese im Reifrocke und Galakleide mit zerstörter Frisur; Prinzen halb in Uniform, halb im Hausrocke, kamen eiligst wieder in den Zimmern ihrer erlauchten Mutter zusammen, um ihr, nach der Feier des Namenstages, noch zur Feier des Sieges Glück zu wünschen.“

In diesen bewegten Jahren begann Franz Greiner um Charlotte zu werben, wenn er auch nicht als ernsthafter Freier vor die Kaiserin treten konnte, da er als unbezahlter Volontär im Directorium in publicis et cameralibus (einer Abteilung des damaligen Innenministeriums) tätig war und die Herrscherin, die bis jetzt jeden Bewerber um Charlottens Hand abgewiesen hatte, bei ihm, dem kleinen Beamten, keine Ausnahme gemacht hätte.

„Bei den meisten [Freiern], ja bei fast allen, war meiner Mutter Herz gleichgültig geblieben. Nur einer, ein geborner Ungar, dessen Porträt sie noch lange Jahre nachher besaß und dessen in Rousseaus *Konfessionen* als eines höchst interessanten und liebenswürdigen Mannes erwähnt wird, hatte ihr Herz tiefer gerührt. Nicht bloß der Wille der Monarchin, auch ungünstige Verhältnisse in der Familie des jungen Mannes zerrissen das Bündnis. Er starb bald darauf; meine Mutter gedachte seiner nie ohne Rührung."

Es war dies der junge Baron von Sauttersheim, der in den Bekenntnissen des Philosophen Jean-Jacques Rousseau erwähnt wird.

Der Galan, der die 23jährige Charlotte wegen „ungünstiger Familienverhältnisse" verließ, war der Sohn des Bürgermeisters von Ofen in Ungarn. Er hieß Ignaz Sauttermeister de Sauttersheim und war ein Jahr älter als Charlotte. 1760 war er als Honorarkonzipist der Preßburger Hofkammer mit der kaiserlichen Kammerdienerin bekannt geworden. Sein leichter Lebenswandel und die vielen Fahrten nach Wien, um seine Freundin zu besuchen, stürzten ihn bald in Schulden, für die sein Vater nicht aufkommen wollte. Deshalb flüchtete er 1762 in die Schweiz, wo er Rousseau kennenlernte, der ihm seine Freundschaft schenkte. Frauengeschichten trieben ihn nach Straßburg, wo er Jus studierte, dann nach Paris, wo ihn Rousseau 1765 besuchte. Zwei Jahre später starb er in Straßburg.

An der Seite dieses ruhelosen Geistes hätte die rationale Charlotte sicher nicht ihr Glück gefunden. Der Egoismus der Kaiserin, die sich von ihrer Sekretärin nicht trennen wollte, hatte sie vor einem Ehefiasko bewahrt. Charlotte wußte, daß ihre Gebieterin den neuen Bewerber, Franz Greiner, nicht mit gütigen Augen betrachten würde und daher äußerste Vorsicht geboten war, um nicht jede Hoffnung auf eine Vereinigung zu zerstören. Auch wagte Greiner sich erst seiner Auserwählten zu erklären, als er die erste bezahlte Stellung als Konzipist beim k. k. Hofkriegsrat erlangt hatte und am Anfang einer Beamtenkarriere stand.
Die Greiners waren eine alte und wohlhabende Wiener Familie. Ein Andreas Greiner war im 16. Jahrhundert in den Türkenkrieg gezogen und 1565 vom Kaiser mit der Wappens- und Lehensfähigkeit ausgezeichnet worden. Seine beiden Söhne wurden Hofkontrollore und Kellermeister. 1610 folgte der Adelsbrief. Unter Maria Theresias Vater, Kaiser Karl VI., spendete ein Mitglied der Greinerfamilie, Franz von Greiner, 20000 Gulden für die Errichtung einer Akademie der Ingenieurswissenschaften.
Franz Salesius Greiner stammte aus dem nichtadeligen Zweig der Familie; den Adelstitel erhielt er erst von Maria Theresia. Franz Salesius wurde am 2. Februar 1730 in Wien geboren. Er war der Sohn des Franz Joseph, eines Beamten der Ministerial-Banco Deputation, der 36 Jahre dem Staate diente und sich bei der Einrichtung des Salzgefälles in Oberösterreich auszeichnete, also für die Verwaltung und die Salzsteuer verantwortlich war. Er besaß ein Haus am Tiefen Graben.
Seine Frau Katharina war eine geborene Schwärzl.

Franz Joseph Greiner starb am 28. Januar 1743, erst 54 Jahre alt, an der „Hektik“, einer rasch verlaufenden Schwindsucht. Frau Katharina, für die damalige Zeit eine gebildete Frau, die Latein verstand, erzog ihren Sohn allein. Er wurde zu den Jesuiten in die Schule geschickt, und da er letztlich keine Berufung für den geistlichen Stand fühlte, studierte er die Rechte und promovierte an der Wiener Universität.
Nach dem Brauch der damaligen Zeit bewarb er sich um eine unbezahlte Stelle als Volontär im Staatsdienst. Zehn Jahre mußte er dienen, bevor er 1761 zum Konzipisten im Hofkriegsrat aufrückte und sein erstes Gehalt empfing. Er wurde vom obersten Kanzler Graf Rudolph Chotek protegiert, der ihn der Kaiserin empfahl.
Der Name Greiner war Maria Theresia also nicht unbekannt, aber Ehewünsche der beiden Liebenden wurden von der Kaiserin mit einem kategorischen: „Du bist zu jung“ abgewehrt. Da kam ihnen ein Ereignis zu Hilfe, das der Monarchin Leben zerstörte und ihren Charakter grundlegend ändern sollte: der Tod ihres heißgeliebten Gatten.
1765 reiste der Hof nach Innsbruck, wo die Hochzeit Erzherzog Leopolds, des zweiten Sohnes des Kaiserpaares, mit der spanischen Prinzessin Maria Ludovika am 5. August gefeiert werden sollte. Daß die Hochzeit nicht in Wien gehalten wurde, war dem König von Spanien zu verdanken, erfährt man aus den Tagebüchern des Fürsten Johann Joseph Khevenhüller-Metsch. Der König fürchtete, daß nach dem glänzenden Einzug seiner Nichte Isabella, der schon verstorbenen vielgeliebten Gemahlin des Erzherzogs Joseph, seine Tochter weniger glänzen würde. Aber warum

Innsbruck? fragte sich nicht nur Khevenhüller, wo Tirol die „Lebenswaaren und andere Nothwendigkeiten nicht genugsamm fournieren [herbeischaffen] kunnte".
Und Schwierigkeiten gab es genug. Schon im Oktober 1764 ging die Hofbagage auf dem Wasserweg nach Innsbruck. Die Schiffe mußten überwintern, und wegen der spät einsetzenden Schneeschmelze und des hohen Wasserstandes des Inns kam die Bagage erst im August, einige Tage vor der Ankunft der hohen Herrschaften, nach Innsbruck. „Was dise unangenehme Raiß veranlasset und wie selbe ungehindert viller wohlmeinender Vorstellungen von der Kaiserin" durchgedrückt wurde, wird sie sich noch viele Jahre vorgeworfen haben, da der Kaiser, dem das Klima in Innsbruck nicht behagte, dort verstarb. Schon von Anfang an stand die Reise unter keinem guten Stern. Der Kaiser fühlte sich überanstrengt, der Bräutigam, in eine andere verliebt, fürchtete sich vor der Hochzeit mit der nie gesehenen Braut und litt überdies unter „abweichen", wie man damals die Diarrhoe nannte.
„Nach der Hochzeit", so berichtete Fürst Khevenhüller, „da aber der Erzherzog Leopold sich noch immer schwächlich befand, so darffte man es nicht wagen, ihn zur Braut zu lassen, sondern muß er ... noch ville Zeit hindurch lit á part machen."
Die Frischvermählten mußten getrennte Zimmer haben. Nach all den Ängsten und Aufregungen über sein künftiges Ehegespons war Leopold nun zu einem weiteren Junggesellendasein verdammt, und an anzüglichen Bemerkungen des stets spöttischen Bruders Joseph wird es nicht gefehlt haben.
Von der Braut war man angenehm überrascht, „weil

man uns diese Prinzessin als häßlich, rot-haricht und übl erzogen beschrieben hatte", so Khevenhüller in seinem Tagebuch.
Wahrscheinlich werden alle diese Geschichten dem armen Leopold zugesetzt haben, aber nach dem ersten Augenschein war er mit seiner Frau zufrieden. Es mußte auch der spanischen Prinzessin der berühmte Stein vom Herzen gefallen sein, als sie dem eher schüchternen, blassen, aber liebenswürdigen jungen Leopold zum ersten Mal von Angesicht zu Angesicht gegenübergetreten war. Als Gesprächsstoff bot sich auch die Krankheit bestens an. Die Braut hatte keine Mühe, sich in ihn zu verlieben. Das eigene Bett wird wahrscheinlich nach den Anstrengungen der Reise auch nicht so unwillkommen gewesen sein.
In seinem „lit á part" traf Leopold dann der schwere Schock, daß der Kaiser einem Herzschlag erlegen war und er damit als Erbe seines Vaters souveräner Großherzog von Toskana wurde. Eine neue Attacke des bereits überwunden geglaubten Übels war die Folge; der achtzehnjährige neue Großherzog sah sich nur von schrecklichen Schwierigkeiten umgeben.
Franz Stephan war nach einem Theaterbesuch am 18. August zu Boden gestürzt und in einem Lakaienzimmer in den Armen seines Sohnes Joseph an Herzversagen gestorben. Dieser hatte nun die schwere Aufgabe, die Familie, die Mutter und den kranken Bruder von dem schrecklichen Verlust zu benachrichtigen.
Maria Theresia war gebrochen. „Sie war ganz vernichtet, sie fand keine Träne, und gewaltsames Schluchzen, welches die ganze Nacht währte, erfüllte ihre Umgebung mit der lebhaftesten Sorge für die Ge-

sundheit und das Leben der hohen Frau. Erst gegen Morgen, nach einem Aderlaß, den ihr der Arzt verordnet hatte, brach ihr tiefer, großer Schmerz in erleichternden Tränen aus. – Eine ihrer ersten Handlungen aber war, meiner Mutter zu befehlen, daß sie ihr die Haare abschneide. – Von diesem Augenblicke an, als ihr Gemahl sich ihrer, trotz ihres reifenden Alters, noch immer großen Schönheit nicht mehr erfreuen konnte, freute auch sie sich ihrer Gestalt nicht mehr. Sie legte allen bunten Putz und alles Geschmeide ab, teilte ihre Garderobe unter ihre Frauen, ließ ihr Schlafzimmer mit grauer Seide ausschlagen, ihr einsames Lager mit grauen Vorhängen umgeben und zeigte so in ihrem Äußern, daß das Leben und die Welt für sie ihren Reiz verloren habe.“

Am Morgen des 19. August schreibt Khevenhüller in sein Tagebuch: „Es mußte ein Mahler gehollet werden, um ihn alser toter abzuzeichnen.“ Khevenhüller hatte auch den Triumphbogen, der anläßlich des Einzugs der Brautleute in Innsbruck errichtet worden war, als ein „castro doloris“, ein Trauergerüst, bezeichnet. Franz Stephan wurde im Riesensaal der Innsbrucker Burg aufgebahrt. Unter einem schwarzen Baldachin, in seinem schwarzseidenen Mantelkleid und mit Hut und Perücke lag er auf einem Paradebett, links und rechts von ihm auf Kissen waren seine Kronen aufgereiht: die Kaiserkrone, die lothringische Hauskrone, die Erzherzogskrone und die großherzogliche toskanische Krone, dazu auf Bändern die Orden des Goldenen Vlieses und das Großkreuz des Maria-Theresien-Ordens.

Im Historischen Museum der Stadt Wien gibt es eine Gouache dieser Aufbahrung. Auf der Rückseite des

Bildes hatte Maria Theresia notiert: „Franziscus primus Römischer Kayser und corregens [Mitregent] wahrhaft und liebster Gemahl gebohren 8 Xre [Dezember] gestorben 18 august 1765." In ihrem Gebetbuch hatte sie die Dauer ihrer Ehe zusammengerechnet: „29 Jahr, 6 Monate, 6 Täge, macht also Jahr 29, Monat 335, Wochen 1540, Täge 10781, Stunden 358744."

Noch ein Jahr später klagte die Kaiserin ihrer Freundin, der Gräfin Enzenberg: „... ich bin mehr in Innsbruck als hier. Es scheint oft, als ob ich dort wiederfinden könne, was ich verlohren habe, oder zumindest meine Ruhe ... die Zeitspanne von 14 Monaten kommt mir wie ein Jahrhundert vor ..."

Ihrem langjährigen Freund und Vertrauten, Herzog Sylva Tarouca, Sohn des ehemaligen portugiesischen Gesandten in Wien, antwortete sie auf seine Neujahrswünsche: „... Ich kenne mich selbst nicht mehr. Ich lebe dahin wie ein Tier, habe kein Gefühl, keine Vernunft, ich vergesse alles. Um 5 Uhr früh stehe ich auf, gehe spät zu Bett und tue den ganzen Tag nichts. Ich denke nicht einmal ..."

Seit sie Herrscherin war, hatte Maria Theresia in dem viel älteren, psychologisch erfahrenen Don Emanuel Tarouca einen klugen Berater gefunden, der ihr überschäumendes Naturell zu steuern und zu zügeln versuchte. Er allein konnte ihr Vorwürfe machen, wenn ihre Vorliebe für „bequeme Kleidung" zu weit ging, ihr sagen, daß übermäßiges Tanzen einer Landesmutter schlecht anstand. Er hatte ihr beigebracht, zielstrebig zu arbeiten, die Zeit gut einzuteilen und eine Büroordnung einzuführen, damit Freizeit und Erholung nicht zu kurz kämen. Er tröstete sie auch, wenn

Reformen sie bei den Wienern unbeliebt machten, und empfahl philosophischen Gleichmut. Sie nannte ihn ihren „ami intime“. Er war da, „um meine Fehler mir erkennen zu geben und vorzuhalten ... welches höchst nötig für einen Regenten da sich wenig oder keine finden, die es thun oder ... aus Respect und Interesse unterlassen“.

Eilboten hatten die Nachricht vom Tod des Kaisers nach Wien gebracht. Die bayrische Josepha, die ungeliebte zweite Gemahlin Josephs, war nun Kaiserin. Man hatte sie zusammen mit den jüngsten Kindern des Kaiserpaares in Wien gelassen, wo sie nun einen freundlichen Schwiegervater betrauerte. Sie war aber krank und konnte nicht mit den Kindern an den sofort angesetzten Vigilien in der Augustinerkirche teilnehmen. Der Obersthofmeister versiegelte die Gemächer des verstorbenen Kaisers in der Burg bis zur Ankunft der Majestäten.

Joseph, als gewählter Nachfolger seines Vaters nun Kaiser Joseph II., reiste mit seiner Mutter per Schiff nach Wien, wo man am 7. September inkognito in Nußdorf landete und in die Burg fuhr.

Maria Theresia war zu keiner Arbeit fähig. Joseph suchte nach dem Testament seines Vaters und fand es endlich in den unteren Gewölben der Burg in einem alten Schubladenkasten. Maria Theresia, die ins Kloster gehen wollte, wurde nur mit Mühe von ihren Ratgebern und Freunden von einem solchen Schritt abgehalten. Man beschwor sie, dem jungen Mann, der eben erst mit den Sorgen des Heiligen Römischen Reiches konfrontiert worden war, nicht noch diese der Erblande aufzubürden. Aber einen Monat nach dem Tod des Vaters wurde Joseph von seiner Mutter zum

Mitregenten ernannt, und damit fand das statt, was die Minister am meisten gefürchtet hatten: daß der junge Kaiser mit seinem ungestümen Temperament nun in alles „drein reden konnte“. Die Ungarn, denen ehedem der fremde Franz Stephan als Mitregent nicht recht gewesen war, hatten an dem einheimischen Mitregenten zunächst nichts auszusetzen, da er ja der rechtmäßige Nachfolger in den Erblanden war.
Die Kaiserinwitwe oder Kaiserin-Königin, wie Maria Theresia jetzt genannt wurde, zog sich in ihre Appartements zurück, übersiedelte dann in den zweiten Stock der Burg, in die Zimmer ihrer Mutter. Da ihr das Stiegensteigen immer beschwerlicher fiel, nahm sie die alte Wohnung im ersten Stock mit Blick auf den Burghof wieder in Besitz. Joseph hatte seine Arbeitsräume im gleichen Stock, durch eine Reihe von Gängen und Räumen von denen seiner Mutter getrennt. Durch eine Mauer geschieden war er jedoch von den Gemächern seiner unglücklichen Frau, der Kaiserin Josepha.
Der Verlust ihres geliebten Mannes hatte die Kaiserinwitwe für Liebesnöte in ihrer Umgebung empfänglicher gemacht. Noch im Trauerjahr gab sie ihre Zustimmung zur Feier von zwei Hochzeiten: zu der ihrer Lieblingstochter Marie Christine, genannt Mimi, und zu der ihrer Lieblingssekretärin Charlotte, die sich ihr Leben lang fragte, ob sie den abgeschnittenen Haaren allein das Glück der kaiserlichen Einwilligung zu danken hatte.
Die Hochzeit der Erzherzogin mit ihrem Liebsten, dem Herzog Albert von Sachsen-Teschen, wurde zuerst gefeiert, sie fand am 8. April 1766 in Schloßhof statt. Alle Teilnehmer waren in tiefstem Schwarz,

schwarzem Jetschmuck und Onyx, nur die Braut erschien als Engel des Lichts in weißem silberbesticktem Mousselin, mit Edelsteinen besetzt. Der Bräutigam kam in Uniform, sein Bruder Clemens, in hellem Meßgewand, segnete das Paar ein.
Um die Hochzeit nicht gar zu traurig und drückend zu machen, erlaubte die Kaiserinwitwe ihrer Lieblingstochter Mimerl eine Bauernhochzeit mit Tanz abzuhalten, damals das Nonplusultra an adeliger Lustbarkeit. Nach viertägigen Feiern bezog das junge Paar die von Maria Theresia luxuriös umgebaute alte Burg in Preßburg. Albert war seit 1765 Statthalter in Ungarn.
Der Ehepakt hatte den Obristhofmeister Khevenhüller, sonst ein treuer Anhänger der Kaiserin, ob seiner Ungerechtigkeiten skandalisiert: „Die eigentlichen Conditionen des Heiratsbriefs wurden darum sehr geheim gehalten, weil die Kaiserin die Braut, für welche sie eine vorzügliche Neigung heget, über die Massen bevorzugt …“, schrieb er in sein Tagebuch.
Maria Theresia, ganz großzügige Mutter, hatte ihre Tochter, die mit einem „armen“, da jüngeren, Prinzen aus dem regierenden Hause Sachsen ihre Geschicke verbinden wollte, finanziell sichergestellt.
Die Residenz in Preßburg war auf Hochglanz gebracht worden, damit Mimi repräsentieren konnte, Bälle abhalten, Cercle geben und den ungarischen Adel an sich binden würde. „Übe dich in Latein und Ungarisch, um den Leuten einige Worte sagen zu können“, befahl die Mutter. Marie Christine erhielt kostbaren Schmuck und vier Millionen Gulden Heiratsgut. Dazu kam, was ihren Bruder Joseph besonders ärgerte, das Gut Altenburg, damals in Ungarn ge-

legen. Außerdem zwang ihn seine Mutter, auf das Herzogtum Teschen zu verzichten, damit Albert zum Herzog von Sachsen-Teschen avancieren konnte.
Über diese Schmälerung seines Erbteils und seiner Einkünfte war Joseph nicht erbaut. Seine schlechte Laune und der Neid auf die Schwester, die der Liebe folgen durfte, während er aus Staatsraison hatte heiraten müssen, machten seiner Umgebung das Leben nicht eben angenehm. In den Vorbereitungen zu dieser Hochzeit hatte Maria Theresia ein wenig Erleichterung ihres tiefen Kummers gefunden, während der Aufwand „die Marie" bei den Geschwistern als „Schlange" noch mehr in Verruf brachte. Schon als Kinder hatten die Geschwister Marie Christine nicht getraut, hatte diese doch alles, was sie erfuhr, unverzüglich der Mutter hinterbracht.
Was Maria Theresia ihrer Privatsekretärin zur Hochzeit schenkte, wissen wir nicht, aber großzügig wird die Gabe wohl gewesen sein. Auch Charlotte war in tiefer Hoftrauer und präsentierte der Kaiserin ungeschminkt und schwarz verhüllt ihren Zukünftigen offiziell zum ersten Mal. Diese fand ihn sympathisch, meinte aber: „Ich glaubte immer du würdest dir so einen galanten Herrn, einen Chevalier aussuchen." Wahrscheinlich spielte sie auf die Affaire mit Sauttersheim an. Noch eine Warnung gab sie Charlotte mit in die Ehe, die diese nie vergaß: „Heirate nie einen Mann, der nichts zu tun hat."
Acht Tage vor der Trauung am 20. April wurde das Verlöbnis gefeiert, und dazu durfte Charlotte die Trauergewänder ablegen und „bunt" erscheinen. Am Tag der Hochzeit mußte sie sich in ihrem Brautstaat zeigen, und die Kaiserinwitwe fügte „zu dem eigenen,

nicht unbedeuteten Geschmeide, womit meine Mutter geschmückt war, einige Geschenke und [band] ihr noch eine Perlenschnur von unschätzbarem Werte um den Hals, die jedoch die Braut nach der Feierlichkeit der Trauung wieder zurückgeben mußte, da sie unter das Geschmeide der k. k. Schatzkammer gehörte und nur bei solchen Gelegenheiten gebraucht wurde".

Die Trauung fand in der Kammerkapelle statt, die sich neben den Gemächern Maria Theresias befand und damals eine eigene Stiege neben der Adlerstiege im Leopoldinischen Trakt hatte. Die Kammerkapelle machte es der Kaiserinwitwe möglich, der Messe beiwohnen zu können, ohne ihre Wohnung zu verlassen. Die Obersthofmeisterin, Gräfin Maria Josepha Paar, die Nachfolgerin der geliebten Fuchsin, führte Charlotte als Brautmutter zum Altar und nahm im Betstuhl Platz. „Als der Geistliche die Braut aufforderte das Ja auszusprechen, mußte diese (so erforderte es die Etikette), ehe sie antwortete, sich mit einer Verbeugung gegen die Obersthofmeisterin wenden, sie gleichsam um die Erlaubnis ersuchen. Die Obersthofmeisterin erhob sich, drehte sich gegen das Oratorium, in welchem sich die Monarchin befand, und wiederholte die Verneigung und stumme Anfrage. Hierauf nickte die Kaiserin bejahend, die Obersthofmeisterin überlieferte durch ein ebensolches Zeichen die Einwilligung der Mutterstelle vertretenden, hohen Frau; die Braut verbeugte sich dankbar, wendete sich dann gegen den Priester und sprach ihr Ja aus", erzählt Karoline von der Hochzeit ihrer Mutter.

In den Trauungsmatrikeln der k. k. Hof- und Burgpfarre erhielten beide Eheleute das adelige „von“ verpaßt, als Zeugen fungierten Kollegen des Bräutigams, der Kriegskommissar Johann Georg Grechtler, Philipp Managetta, der Leibarzt Johann Andreas Kestler und Hofrat Johann Adam Mayer, Privatzahlmeister der Kaiserin, der wohl zum Bekanntenkreis der Braut zählte.

„Nach der Trauung folgte meine Mutter ihrem Gemahl in sein Haus, wo indes seine Mutter, bei welcher er wohnte, alle Anstalten zur Mittagstafel und Bewirtung der Hochzeitsgäste getroffen hatte; – und dann ihrer Schnur [Schwiegertochter] die Führung des ganzen Hauswesens übergab.“

Charlotte war nun plötzlich mit der Führung eines Hauses konfrontiert und dazu sicher unter den wachsamen Augen der Schwiegermutter. „Hier begann nun für meine Mutter eine ganz neue Lebensweise, ja sie fand sich eigentlich in einer neuen Welt, nicht bloß durch den bedeutenden Unterschied, den die Verheiratung in das Leben jedes Mädchens bringt, sondern hauptsächlich dadurch, daß sie sich plötzlich aus den glänzenden, geräuschvollen Räumen eines der ersten Höfe Europas und aus der unmittelbaren Nähe einer regierenden Monarchin in die Stille und Dunkelheit einer wohlhabenden, aber im Vergleich mit ihren früheren Gewohnheiten doch sehr beschränkten Haushaltung versetzt sah. Dennoch scheint dies so sehr mit den geheimen und lange genährten Wünschen ihres Herzens übereingestimmt zu haben, daß ich sie nicht allein diese Epoche nie mit Trauer oder düsterer Erinnerung erwähnen hörte, wie man sonst wohl später sich an trüb verlebte Stunden erinnert, sondern sie vielmehr mit Freude von dem Zeitpunkte sprach, wo sie endlich einer glänzenden und von vielen beneideten Sklaverei los ward und sich selbst angehören durfte."

Beide Frauen, die sich so unvermittelt in einem gemeinsamen Haushalt fanden, dürften ein großes Maß an Diplomatie besessen haben, wenn auch damals als selbstverständlich empfunden wurde, daß die Schwiegertochter sich der Schwiegermutter gänzlich unterzuordnen hatte. Es spricht auch für Katharina Greiner, daß sie die Führung des Haushaltes sofort an die junge Charlotte abtrat, obwohl sie sicher Zweifel hegte, ob das „Luxusgeschöpf vom Hofe" dazu überhaupt fähig sei.

Karoline Pichler weiß also von keinen Eingewöhnungsschwierigkeiten ihrer Mutter, und „wie ich in die Jahre trat, wo Kinder etwas bemerken ..., umgab meine Eltern schon wieder ein großer Glanz und eine Bemerktheit, welche meiner Mutter, wenn sie unmittelbar auf ihre Vermählung gefolgt wäre, den Unterschied zwischen ihrem Hof- und häuslichen Leben weniger hätte fühlen lassen müssen."

1767 war Charlotte schwanger. Sie zählte bereits 26 Jahre, für damalige Zeiten schon ein „gefährliches Alter" für eine erste Schwangerschaft. Auch die 24jährige Erzherzogin Marie Christine, die im gleichen Jahr geheiratet hatte, erwartete ihr erstes Kind. Erzherzogin Marie Christine kam von Preßburg nach Wien, um in der Burg niederzukommen. Von Khevenhüller wissen wir, daß sie einen Tag und eine Nacht leiden mußte, bis sie ein schwaches Kind, ein Mädchen, auf die Welt brachte, das die Nottaufe erhielt und tags darauf „eine Leich gewesen". Dies war am 17. Mai. Von da an lag Mimi fiebernd und teil-

nahmslos im Bett. Von der großen Blatternepidemie, die im Mai Wien heimsuchte, von Todesfällen in der Familie, von der Erkrankung der Mutter und ihres Mannes wußte sie nichts.
Mitte Mai hatte sich die junge Kaiserin Maria Josepha mit den Blattern angesteckt. Da sich Joseph nicht um seine Frau kümmerte, kam die Kaiserinwitwe ans Bett der Leidenden und umarmte sie. Dabei infizierte sie sich und erkrankte selbst schwer. Um die jüngeren Kinder nicht zu gefährden, zog sich Maria Theresia in ein Palais auf der Wieden zurück. Joseph, der schon vor vielen Jahren die Blattern überstanden hatte, wich nicht vom Bett der Mutter, ja er ließ sich sogar im Vorraum ihres Zimmers ein Feldbett aufstellen, auf dem er die Nächte verbrachte.
Inzwischen starb die junge Kaiserin Maria Josepha am 28. Mai 1767, nur von ihren Pflegerinnen umgeben; sie wurde auch ohne Familienbegleitung zu Grabe getragen. Der Sarg, nur mit einer Plane bedeckt, blieb monatelang offen in der Kapuzinergruft. Die verseuchte Leiche sollte ihrer Schwägerin, der jungen Erzherzogin Maria Josefa zum Verhängnis werden.
Die Kaiserin – nach dem Tod Maria Josephas ist wieder Maria Theresia gemeint – überstand die Krise am 1. Juni und konnte schon 14 Tage später ihre Quarantäne verlassen. Kaum war sie gesund, da erkrankte Herzog Albert, aber auch er kam mit dem Leben davon. Als Marie Christine nachträglich von all diesen Krankheitsfällen erfuhr, erlitt sie einen Schock. Im Juli fuhr man in großer Gala zum Stephansdom, um Gott für die „Errettung aus tiefster Blatternnot“ zu danken.
Nach der Genesung der Kaiserin hielt man die Epide-

mie für beendet, doch sie holte sich ein neues Opfer, Maria Theresias Tochter Maria Josefa, die mit dem König von Neapel-Sizilien verlobt war. Zu den Verlobungsfeiern war auch die Familie Mozart mit ihren beiden Wunderkindern nach Wien gekommen, um sie bei den Festen auftreten zu lassen. Doch Feiern gab es keine, da die Erzherzogin, wie Leopold Mozart zynisch bemerkte, „eine Braut des himmlischen Bräutigams wurde". Ihre Mutter hatte sie zum Abschied zu einem dreistündigen Gebet in die Kapuzinergruft genommen. Dort dürfte sie sich am Sarg der Schwägerin angesteckt haben. Sie erkrankte an den Blattern und starb nach drei Tagen.

Charlotte und ihr Mann blieben von jeder Ansteckung verschont, die bei der Schwangeren wohl fatal gewesen wäre. Ohne jede Komplikation brachte Charlotte ihren ersten Sohn am 19. Oktober zur Welt und stillte ihn auch ganz gegen die damalige Konvention selbst. Getauft wurde er auf den Namen Joseph Franz Vinzenz. An Stelle der Kaiserin als Taufpatin kam der k. k. Kammerdiener Anton Faucherand. Maria Theresia hätte es sich sicher nicht nehmen lassen, zur Taufe selbst zu erscheinen, wäre nicht ihre schönste Tochter, Erzherzogin Elisabeth, ebenfalls an Blattern erkrankt.

Charlottes kleiner Sohn gedieh prächtig. In der Familie Greiner hatte es außer der Geburt des Sohnes noch einige Veränderungen gegeben. Franz Greiner kam nach seiner Heirat mit der Monarchin in engere Verbindung und machte schnell Karriere. 1766 wurde er Hofkriegssekretär, zwei Jahre später amtierte er bereits in der böhmisch-österreichischen Hofkanzlei; nach fünf Jahren avancierte er zum jüngsten Hofrat.

Die langen Jahre unbezahlter Arbeit sollten reiche Früchte tragen.
Dem kleinen Knaben, der so gut gedieh, war kein langes Leben beschieden. Er starb an „Kopffraisen", eleptoiden Krämpfen, der häufigsten Todesursache von Kleinkindern in jener Zeit. Greiner und seine Frau hatten jedoch nicht viel Zeit, den Verlust zu betrauern, denn Charlotte war wieder schwanger, dieses Mal mit Zwillingen. Bei ihren Besuchen bei Hof erwähnte sie der Kaiserin gegenüber, daß sie auch die Zwillinge stillen würde, doch Maria Theresia, „die ihre ehemalige Dienerin noch immer mit huldvoller Sorgfalt betrachtete, verbot ihr ausdrücklich, mehr als ein Kind zugleich zu stillen, und so überließ meine Mutter die Wahl, welche ihr schwer gewesen sein würde, der Vorsicht, indem sie beschloß, das Erstgeborene selbst zu tränken. Das war nun zu meinem Glücke ich, und obwohl ich, wie man mir später erzählte, so klein und schwach auf die Welt kam, daß man an meinem Leben verzweifelnd, mir die Nottaufe gab, so gedieh ich doch an meiner Mutter Brust ...", berichtet Karoline, die Memoirenschreiberin.
Karoline wurde am 7. September 1769 geboren, im gleichen Jahr wie Napoleon, aber um drei Wochen später als er. Damals sei ein Komet am Himmel gestanden, ein Zeichen, das die bescheidene Karoline jedoch nicht mit ihrer Geburt in Verbindung gebracht haben möchte.
„Mein Zwillingsbruder, ein starker, schöner Knabe, bekam eine Amme und starb noch vor dem ersten Jahre; denn die Amme wurde krank und verschwieg es." Der kleine Franz Salesius starb sechs Monate alt an „Kopffraß".

Charlotte von Greiner, geb. Hieronymus

Eine der frühesten Erinnerungen Karolines war die Vertreibung der Jesuiten 1773.
„Ich stand im Zimmer meiner Großmutter, welche das Haus bewohnte, das an das unsrige stieß [am Tiefen Graben] und deren Wohnung, weil beide Häuser ihr eigentümlich gehörten, durch eine Kommunikationstüre mit dem unsrigen zusammenhing; – da trat der Bediente mit erschrockener Miene in das Zimmer der alten Frau (ich sehe sein Gesicht noch, er diente meinem Vater viele Jahre danach) und erzählte, daß er eben von den oberen Jesuiten [Am Hof] käme: ‚Da sieht es aus!', rief der alte Jakob, ‚die Aufhebung ist da, die kaiserlichen Kommissarien sind eben gekommen.' Diese Nachricht war nun freilich für meine Großmutter, wie für sehr viele Menschen jener Zeit, ein Donnerschlag; sie hatte einen Jesuiten zum Beichtvater, war überhaupt eine sehr fromme Frau und nach den Begriffen jener Zeit der Geistlichkeit sehr ergeben. Bei dieser Begebenheit muß das Betragen der Umstehenden den Eindruck auf mich gemacht haben, den eine Nachricht an sich nicht hätte hervorbringen können, von deren Wichtigkeit ich nichts verstand."
Die Aufhebung der Jesuiten bedeutete auch die Aufhebung der Kollegien, die 1200 Studenten betreuten. In den vier Niederlassungen lebten 65 Patres, 60 Scholastiker und 23 Laienbrüder. Einer der Zöglinge und späterer Freund der Greiners schrieb damals einen verzweifelten Brief an seine Eltern: „Unsere heilige Mutter, die Gesellschaft Jesu, ist nicht mehr ... Wir kamen eben um halb sechs Uhr Abends aus dem Dormitorium von der spanischen Disziplin zurück, als wir den Befehl erhielten, uns sogleich in das Zim-

mer des P[ater] Provincials zu verfügen. Alle Patres und Fratres waren hier schon versammelt ... als ein Domherr von der Metropolitankirche [St. Stephan] hereintrat ... und eine päpstliche Bulle abzulesen anfing. Ich habe in meiner Bestürzung und bei dem Schluchzen meiner Mitbrüder fast den ganzen Inhalt überhört, bis auf die Worte: die Novizen sollen sogleich entlassen werden. Hier brachen wir alle in lautes Wehklagen aus und mußten uns sogleich entfernen. – Mir ist jetzt nichts Anders mehr übrig, als daß ich Sie, bester Papa, fußfällig und durch die Liebe unseres Herrn bitte, mich wiederum in Ihr Haus aufzunehmen ..."

Dieser Bitte wurde entsprochen, und der Jesuitenzögling wurde ein berühmter Professor der Philosophie in Jena, der Frau und Kinder hatte. Es handelt sich um den 1758 geborenen Karl Leonhard Reinhold, später ein begeisterter Freimaurer.

Die Jesuiten waren von Papst Clemens XIV. am 21. Juli 1773 als Orden verboten worden, da sich verschiedene Staaten gegen sie, die meist die Beichtväter der Könige waren und daher großen Einfluß auf die Staatsgeschäfte ausübten, ausgesprochen hatten. Außerdem wußte man, daß die Beichtväter dem Ordensgeneral in Rom geheime Nachrichten zukommen ließen. Es heißt, daß die Kaiserin der Auflösung in den Erblanden erst zustimmte, als man ihr ein Duplikat ihrer Beichte, das nach Rom geschickt worden war, zuspielte.

Schon vor der Aufhebung hatte sich Maria Theresia Gedanken gemacht, was mit dem Vermögen des Ordens, seinen Schulen und Kirchen geschehen sollte und wie die Exjesuiten, lauter gebildete und talentier-

te Leute, versorgt werden könnten. Viele von ihnen wurden Universitätsprofessoren, Dichter, Schriftsteller und Wissenschaftler.
Einige von ihnen verkehrten bei Greiners, darunter der berühmte „Hausfreund" Charlottens, der Dichter Haschka, von dem später noch die Rede sein wird.
Karoline bekam am 10. September 1772 einen Bruder, Franz Xaver Nikolaus, der von robuster Gesundheit war und alle Kinderkrankheiten überstand. Er wuchs mit Karoline zusammen auf. „Die charmanten Kinder" wurden der Kaiserin vorgestellt, die am Geschehen im Hause Greiner lebhaft Anteil nahm und zeit ihres Lebens eine schützende Hand über Franz Greiner und seine Familie hielt.
„Meines Vaters ausgezeichnete Geistesgaben, seine strenge Redlichkeit, sein Eifer, sein unermüdeter Fleiß hatten bald nach seiner Verheiratung die Aufmerksamkeit der Monarchin auf den Gemahl der Vorleserin, der zugleich einer der tüchtigsten Beamten war, gelenkt. Sie erhob ihn zur Stelle eines Hofrates und geheimen Referendars, schenkte ihm viel Vertrauen, sah ihn oft, ließ sich von ihm in Privataudienz wichtige Dinge vortragen und hörte seine Meinung, seinen Rat, zuweilen auch, wenn es die Umstände geboten, seinen Widerspruch mit Zutrauen und Geduld ..."
Als Hofrat hatte Greiner ein Gehalt von 4000 Gulden. Die Kaiserin empfing ihn jeden Mittwoch in Privataudienz, erkundigte sich nach seiner Gesundheit und nach der Familie, gab ihm kleine Geschenke und bedachte ihn in ihrem Testament mit einem Legat von 1000 Dukaten, das waren mehr als 4000 Gulden.
„Diese Gunst der Monarchin verbreitete einen bedeutenden Glanz über unser Haus. Damals genossen die

kaiserlichen Beamten, welche bei Hofstellen dienten, noch der so wichtigen Wohltat der freien oder Hofquartiere. Sowie mein Vater Hofrat ward, konnte er auch Anspruch auf eine freie Wohnung machen, da ihm ohnedies die in seinem eigenen oder seiner Mutter Haus im Tiefen Graben zu klein geworden war."

„Es war wahrscheinlich 1775 oder 1776, daß wir die Wohnung, in der meine Geschwister und ich geboren wurden, gegen eine stattlichere und viel geräumigere im Hause zum großen Christoph [in der Salvatorgasse] vertauschten, welches jetzt freilich ein anderes Aussehen hat als damals, wo es ... im Äußern und Innern einer alten Schloßruine ähnlicher sah als einem Wohnhaus ... Damals hatte man von vielen Bequemlichkeiten und Bedürfnissen, die jetzt in jeder Wohnung gefordert werden, keinen Begriff. Auch waren die Menschen stärker und gesünder. Luftzug, kalte Gänge, die zu passieren waren, Fenster und Türen, die nicht allzu wohl schlossen, hie und da eine feuchte Wand usw. wurde nicht geachtet ... und kaum bemerkt. Ich weiß, daß meine Eltern ganz zufrieden mit ihrer Wohnung waren. Die großen Zimmer, welche Sälen glichen, boten ihnen ein gewünschtes Lokal für ihre Bildersammlung meines Großvaters und für die zahlreichen Gesellschaften, welche sich in unserm Hause zu versammeln anfingen. Auch große Musiken wurden gegeben und obwohl ich ein ganz winziges Geschöpf, von etwa 7–8 Jahren war, ließ mein Vater mich doch kleine Konzerte, die mein Klaviermeister Steffan eigens für mich komponierte, mit vollen Orchester produzieren. Natürlich wurde das Kind, die Tochter des Hauses, beklatscht, bewundert, und ich hielt mich bald für eine bedeutende Künstlerin."

Karoline war ein munteres, lebhaftes Kind, das ungern lernte, aber eine gute Auffassungsgabe und ein hervorragendes Gedächtnis hatte, wodurch es seine Unaufmerksamkeiten geschickt tarnen konnte. Nur die Unterrichtsstunden beim Klaviermeister Joseph Anton Steffan machten ihr ungeteiltes Vergnügen. Steffan, in Kopidlno bei Podiebrad in Böhmen geboren, war ein Schüler des berühmten Musikers Georg Christoph Wagenseil, der Maria Theresias Töchter im Klavierspiel unterrichtete. Er war ein Jugendfreund Greiners und verkehrte viel in dessen Haus.

„Steffan war ein humoristischer, ganz eigener Mensch, der zu den Wunderlichkeiten, welche bei Künstlern und besonders Musikern gewöhnlich sind, noch einige besondere fügte. Aber er verstand seine Kunst gründlich und hatte einen unerschöpflichen Fonds von guter Laune ... Mir fiel es nicht ein, zu spielen oder etwas anderes zu sinnen, solange die Lektion dauerte, und ich galt auch bald als eine seiner besten Schülerinnen ..."

Am 31. Dezember 1777 gebar Charlotte ihr letztes Kind, ein Mädchen, das auf die Namen Rosine Johanna Maria getauft wurde. Einen Monat vor der Geburt der Kleinen starb die Großmutter, „die lange gekränkelt hatte, wie sie denn überhaupt eine traurige Existenz hatte und durch einen schlecht geheilten Beinbruch gelähmt, seit vielen Jahren ihr Leben zwischen ihrem Bett und dem Kanapee teilte. Sie besaß deshalb eine Hauskapelle, in welcher Messen für sie gelesen werden durften, und eine Kousine meines Vaters, ein bejahrtes unverheiratetes Fräulein, lebte bei ihr und pflegte ihrer."

Karoline war acht Jahre alt, als 1777 eine neuerliche

Epidemie der schwarzen Blattern über Wien hereinbrach. Die zwei jüngeren Geschwister erkrankten schwer. Die Familie lebte nunmehr in einer geräumigen Wohnung am Graben, da nach dem Tod der Großmutter die Tante in den gemeinsamen Haushalt übersiedelte. Es war wieder ein Freiquartier, und da die Kaiserin es sich meist persönlich vorbehielt, die Quartiere zu verteilen, konnte Greiner sicher sein, eine große Wohnung in schöner Lage zu erhalten.

Hier kämpften die beiden Kinder mit der Infektion, während Karoline, die die Blattern bereits als Kleinkind in leichter Form überstanden hatte, gesund blieb. Als die Kaiserin erfuhr, daß die Kinder krank waren, schrieb sie an Greiner: „Ich vernehme gleich seine charmanten Kinder haben die blattern, nehme voll antheil; nur nichts künsteln ..."

Aber weder künsteln noch die Kunst der Ärzte konnte die kleine Rosina retten. Schmerzgebeugt meldete Greiner seiner Gebieterin am 17. Dezember 1778: „Heute früh um acht Uhr habe ich mein armes kleines Mädel verloren, das die Blattern auf eine schmerzliche Weise erstickt haben. Dem Buben geht es itzt noch ziemlich gut. Weil mein Weib vor Wehmuth dem Kinde nicht beystehen konnte, hab ich das arme Würmchen müssen sterben sehen, so weh mir auch dabey geschah. O Gott, wie war es so finster in meiner Seele ..."

Maria Theresia versuchte zu trösten: „Ich empfinde beeder Ältern Schmertz, wie glücklich ist die Kleine, hat ihre Carriere bald gemacht in unschuld. Von dem muß man sich occupiren, nicht von dem Verlust; was haben wir mit unserem langen Leben vor Nutz und

Freud, was für Verantwortung? das ist zu zittern. Gott erhalte ihm seinen Kleinen ..."

Der Kleine, damals sechs Jahre alt, überlebte, „obwohl durch Geschwulst und Blasen so entstellt, daß er kaum einem Menschen glich". Dabei hätte er im Frühjahr zusammen mit seiner Schwester in Schloß Hetzendorf geimpft werden sollen. „Die Blatternimpfung war damals, in den Siebziger Jahren des vorigen Säkulums, so neu, so allgemein anregend, aber im Anfange auch von vielen so gefürchtet und verdächtigt, wie dreißig Jahre später die Vakzine."

„Die Kaiserin, überzeugt von der Nützlichkeit dieser Methode, suchte durch Befehl, Ermahnung und Beispiel ihr überall Eingang zu verschaffen. Sie etablierte in einem ihrer Lustschlösser, zu Hetzendorf, in der Nähe von Schönbrunn, eine solche Anstalt, in welcher jeden Frühling mehrere Familien des Adels und angesehenen Mittelstandes aufgenommen und sämtlich auf kaiserliche Kosten bewirtet wurden, wenn sie sich entschlossen, ihre Kinder daselbst von den kaiserlichen Leibärzten impfen zu lassen. Man kann sich denken, wie gern und häufig sich Eltern fanden, die um diese Vergünstigung ansuchten, ihre Kinder vor dem gefährlichsten Feind, den Blattern, auf eine so ehrenvolle als angenehme Art zu sichern; denn, so wie ich in meiner Kindheit oft vernahm, glich jener Impfsejour in Hetzendorf einem fröhlichen Badeaufenthalt, wo mehrere, sonst sich fremde Familien in einem angenehmen Lokal auf dem Lande versammelt, in wechselnden Zerstreuungen und Unterhaltungen lebten. Beinahe täglich fuhr die Monarchin von Schönbrunn hinüber, um nach den Fortgang ihrer Anstalt zu sehen."

1770 hatte Maria Theresia auch am Rennweg eine Impfstation eingerichtet, wo arme adelige oder bürgerliche Eltern ihre Kinder impfen lassen konnten. Langsam beruhigte sich der Schmerz der Eltern Greiner, und sie nahmen ihr gewohntes Leben wieder auf. „Jeden Abend war Gesellschaft. Angesehene Beamte mit ihren Familien, Kavaliere, einige Damen, Gelehrte und Künstler besuchten unser Haus. Mein Vater gab öfters große, glänzende Konzerte, zu welchen die schöne Welt sich drängte und bei welchem ich – obgleich noch ein Kind – mich auf dem Flügel (damals kannte man noch kein Pianoforte) hören ließ."
Die Wohnung beim Trattnerhof war für große Empfänge vorzüglich geeignet, da sie fünf ineinandergehende Salons aufwies sowie zahlreiche Nebenräume und eine Hauskapelle. Greiners eigene Häuser am Tiefen Graben konnten gewinnbringend vermietet werden.
Die Greiners hatten einen Hausgenossen aufgenommen, der für Karolinens Erziehung wichtig wurde. Es war dies der Exjesuit Lorenz Leopold Haschka, Verfasser der österreichischen Kaiserhymne, Professor am Theresianum und Kustos der Wiener Universitätsbibliothek, ein großer Anhänger der Josephinischen Reformen, ein glänzender Gesellschafter und guter Pädagoge. Er lehrte Karoline Latein, Grammatik, Literatur und Dichtkunst.
„Herr L. L. Haschka, ein damals sehr junger, und so viel ich mich erinnere, liebenswürdiger Mann, der nun seit ein paar Jahren bei der Aufhebung des Jesuitenordens, dessen Mitglied er gewesen, wieder in die Welt getreten, und den geistlichen Stand, da er keine Profeß abgelegt, völlig verlassen hatte. Mit ihm,

möchte ich sagen, zogen die Musen in unser Haus, und meines Vater Liebe für die schönen Künste kam jener Richtung welche Haschka in sich trug, gern entgegen. Meine Mutter liebte zwar die Poesie durchaus nicht, aber sie hörte doch gerne Gedichte lesen ..."
Haschka hatte sich 1776 mit dem Ehepaar Greiner angefreundet und war bald danach in dessen Haus gezogen; doch trübte sich das gute Verhältnis bald, da Greiner die nicht unbegründete Befürchtung hegte, seine Frau mit dem ehemaligen Jesuiten teilen zu müssen. Wie aus einem anonymen Reisebericht, den *Reisen eines Engländers,* zu lesen ist, war dies ein offenes Geheimnis in Wien: „Noch einen jungen Dichter habe ich hier im Hause einer gewissen Frau v. G. kennen gelernt ... nicht ohne Genie, aber so voll Eigenliebe, daß er nicht den geringsten Widerspruch ertragen kann. Er ist der Freund des Hauses der Frau v. G. und wohnt sogar des Sommers bey ihr im Landhaus vor der Stadt [Hernals]. Ich muß aber gestehen, daß ich selbst am Platz der Frau v. G. mir einen Hausfreund gewollt hätte, denn ihr trauter Hr. Gemahl – der gar gerne für einen alten Teutschen von ächten Schrot und Korn gehalten seyn will – hat unter allen nichts weniger als eine einnehmende Aussenseite, und scheint in seinem ungeheuren Bauche mehr Phlegma zu tragen, als den Damen geweniglich lieb ist."
Der dänische Bischof Münter, der im Hause Greiner Haschka traf, schrieb über ihn: „Ein herrlicher Mensch, voll tiefen und innigen Gefühls ... voll Eifer und Mut, das, was er empfindet, zu predigen und zu verkünden ... Hier sind viele, die sich über ihn aufhalten, er achtet des aber nicht, sondern geht immer seinen geraden Gang fort. Auch er, der Pfaffenfeind, war

einstens Jesuit, sein Gesicht ist ganz hervorstehend, wie ein Spürhund. Er spürt auch und bellt dann nach Leibeskräften, seine Oden sind schön, voller Kraft und Wahrheit ..."

Der einfache und ergreifende Text der alten Kaiserhymne hat ihn unsterblich gemacht. Er war der Mann, der Mutter und Tochter lebenslang ein guter Freund blieb.

Das Gehalt, das Greiner als Hofrat nun bezog, samt seinem von der Mutter ererbten Vermögen, erlaubte ihm, ein Landhaus in Hernals zu kaufen. In Wien hielt man Dienerschaft, Equipagen und Reitpferde. Karolinens Bruder hatte einen Hofmeister, und sie selbst erhielt eine Gespielin, ein Mädchen aus armem, aber gutem Haus, das mit ihr zusammen erzogen wurde. Karoline lernte Religion, Naturgeschichte, Zeichnen und Geometrie, und sie begann Gedichte zu schreiben. Anregungen, den Geist zu bilden, boten sich den Kindern in Übermaß.

Der Vater, ein musischer Mensch, der Dichtung und der Musik zugetan, war auch ein geschickter Zeichner und malte Pastell. Charlotte war die Intellektuelle, ja man kann fast sagen, die Feministin in der Familie. Vor den Männern hatte sie keine besondere Hochachtung, wollte ihnen keinerlei Privilegien zugestehen und stellte die These auf, daß die Frauen von der Natur zur Herrschaft bestimmt wären und die Macht nur durch pure Gewalt an das an Kräften überlegene Männergeschlecht verloren hätten. Trotzdem erzog sie ihre Kinder in herkömmlicher Weise und bevorzugte ihren Sohn.

„Meine Mutter, im Gegensatz zu ihm [dem Vater] oder um den Kreis der Bildung, der sich in unserem Hause fand, zu vervollständigen, hatte einen ausschließlichen Hang zu ernsten Wissenschaften. Sie verachtete, möchte ich beinahe sagen, Dichtkunst und überhaupt die schönen Künste, sie hielt blutwenig von der Geschichte, die ihr zu wenig ausgemachte und unzweifelhafte Wahrheit bot. Sie strebte nur nach dieser, wollte nur diese finden, hören und ihr folgen ..."

1777 erschütterten die Heilungserfolge eines Modearztes die Wiener Gemüter. Der Mediziner, Dr. Franz Mesmer, hatte versucht, eine Blinde wieder sehend zu machen, und dabei auch anfangs gute Erfolge erzielt. Die Mesmers waren Freunde der Greiners, und das blinde Mädchen war die Tochter eines Beamtenkollegen Franz Greiners.

„Ich erinnere mich wohl der überaus lebhaften Debatten, welche jeden Abend im Zirkel meiner Eltern, wo sich viele geistreiche, gelehrte Männer und gebildete Frauen versammelten, über diesen Gegenstand gehalten wurden. Die Gesellschaft teilte sich in Gläubige und Ungläubige."

Mesmer heilte das blinde Mädchen – die Musikerin Maria Theresia Paradis – mit Hilfe des Magnetismus oder, noch besser ausgedrückt, durch die Kraft seiner Persönlichkeit zumindest vorübergehend.

Das Greinersche Haus gehörte zur Partei der Ungläubigen. „Vor allem erklärte sich meine Mutter, deren scharfsinniger Geist so wie ihre Achtung vor der Wahrheit sie schon a priori jedem Unerklärlichen, Geheimnisvollen abgeneigt machten, stets laut dagegen, und wollte diese Heilung, welche die andere Partei als schon entschieden annahm, nicht eher als möglich zugeben, bis sie nicht selbst sich überzeugt hätte, daß das Fräulein sehe. Sie fuhr also mit einem Anhänger der glaubenden Partei selbst in die Gartenwohnung, in welcher damals die Familie Paradis lebte ... Mein Vater begab sich an einem andern Tag dahin ... Beide konnten sich nicht überzeugen, daß Fräulein Paradis wirklich sehe."

Die gesellschaftliche Stellung des Hofrates Greiner, sein Lebensstil und der große Einfluß, den er auf die Kaiserin hatte, machten ihm zahlreiche Feinde. „Von vielen Seiten standen sie gegen meinen Vater auf; vieles wurde versucht, um ihm die Gnade der Kaiserin zu rauben; aber seine unerschütterliche Treue und Redlichkeit bestanden alle Proben."

In der Zeit der Mitregentschaft Josephs hatten sich natürlich Parteien gebildet, die dem alten oder neuen Kurs anhingen, und Greiner war offensichtlich dem alten Regime zugetan, ja, er hatte einmal sogar die Kaiserin davor gewarnt, zu viele Regierungsgeschäfte an den reformfreudigen Sohn abzutreten. Greiner, ein Günstling der Kaiserin, der jede Woche einmal zur Privataudienz empfangen wurde, mußte Josephs Eifersucht erregen. So lieh er verschiedenen Anschuldigungen, die gegen Greiner vorgebracht wurden, sein Ohr und verlangte eine Untersuchung.

1778 wurde Greiner beschuldigt, mit einem angeblichen preußischen Spion, dem Juden Königsberger, und dessen Frau verkehrt zu haben. Die Vorwürfe erwiesen sich jedoch als haltlos.

Die zweite Attacke war klüger ausgeheckt und traf Greiner tief. Es wurde ihm zur Last gelegt, von Bierbrauern und Gastwirten Bestechungsgelder zu nehmen, da er maßgeblich an der Einführung einer „Tranksteuer" mitgearbeitet hatte. In seiner Verteidigungsschrift führte Greiner aus, daß er sich durch die

Einführung der Steuer gerade Brauer und Wirte zu Feinden gemacht hätte, „sodaß sie öffentliche Schmähungen gegen mich ausstiessen". Er bot an, seine Haushaltsführung überprüfen zu lassen, da seine Einkünfte, „wie es bekannt ist, nicht blos und einzig in meiner Hofbesoldung, sondern nebst dieser noch in dem von meinen verstorbenen Ältern mir hinterlassenen kleinen Erbtheile bestehen ..."
Die Kaiserin, die er gebeten hatte, sich nicht in die Untersuchung einzumischen, antwortete: „Ich will nichts troubliren [verwirren], dan guts kan ohnedem nichts mehr [kann nichts mehr Gutes tun]; bin viel zu niedergeschlagen ..."
Erst als der Verdacht entkräftet war, wandte sich der getreue Beamte an die Kaiserin um Schutz und Hilfe und meinte, „nie mehr werde ich mit ruhigen Herzen ... meinen Amtsschuldigkeiten nachkommen können. Ich werde mich fürchten müssen, den geringsten Menschen abzuweisen, damit er nicht hingehe und mir eine kränkende Begegnung erwirke."
Das waren bereits die Anfänge der später überhand nehmenden „Naderei" im öffentlichen Leben, da Joseph im Gegensatz zu seiner Mutter in jedem Menschen das Schlechte und nicht das Gute sah. Als Joseph für die kaiserliche Galerie einige Gemälde aus der Sammlung Greiners erwerben wollte, agierte dieser sehr vorsichtig, um seinen Feinden keinen Vorwand zu geben, ihn der Geldgier zu zeihen. Er bot die Gemälde zu einem niedrigen Preis an und ließ sich noch vom Preis einiges abhandeln, was Joseph freute, aber der Kaiserin nicht recht war: „Es wird ihm nicht gedankt werden, will mich nicht einmischen. Ich kenne meine Leut ..."

Greiner versicherte, daß es ihm eine Ehre wäre, seine Gemälde im Belvedere aufgehängt zu wissen.
Vor ihrem Tode erwies sich Maria Theresia noch einmal als großzügige Gönnerin der Familie. 1779 überschrieb sie den Greiners auf Lebenszeit die Pacht von den in der Stadt als eine Art Taxi fungierenden Sänften, die konzessionspflichtig waren.
Während Greiner die Kaiserin nur in der Burg besuchte, fuhr seine Frau oft nach Schönbrunn und Laxenburg, um ihrer alten Gönnerin die Kinder zu zeigen. „In Laxenburg und wohl auch in ihren anderen Schlössern hatte sie, da ihr das Treppensteigen sehr beschwerlich zu werden anfing, sich eine Maschine machen lassen, welche in einem Kanapee bestand, auf dem sie sitzend, mittels eines leichten Mechanismus in das obere Stockwerk hinaufgehoben oder in das untere hinabgelassen werden konnte. Höchst wunderbar und unterhaltend war es mir, wenn sie zuweilen sich mit meiner Mutter auf jenes Sopha setzte, mich zwischen beiden stehen ließ, und ich mich nun wie durch Geisterhände emporgehoben, und in ein anderes Zimmer versetzt fand ..."
Nur kurze Zeit noch sollten sich die Greiners der Gnade der Kaiserin erfreuen. Im Herbst 1780 fing Maria Theresia an zu husten. „Die Ärzte machten bedenkliche Mienen; man glaubte die reißenden Fortschritte einer längstbegonnenen Brustwassersucht zu erkennen, welche der Monarchin schon seit vieler Zeit das Treppensteigen, Atemholen usw. beschwerlich gemacht hatte." Ihr Zustand verschlechterte sich zusehends, und alle ihre Anhänger beteten um ihre Genesung, da sie Joseph und seine Neuerungen fürchteten.

Marie Christine wurde die Schuld an der Todeskrankheit der Mutter zugeschoben, da die Kaiserin trotz heftigen Regens am 8. November an einer Fasanenjagd teilgenommen hatte, die zu Ehren ihrer Tochter und deren Gemahls veranstaltet worden war, und sich dabei erkältete. Einige Tage lag sie im Bett. Da sie aber kein Fieber hatte, ging sie ihren gewohnten Tätigkeiten nach. Kurze Zeit danach verschlechterte sich ihr Zustand rapide. Am 24. November kamen Marie Christine und Prinz Albert von Preßburg nach Wien, am 28. wurde der Sterbenden die Letzte Ölung gereicht.
Kaiser Joseph wich nicht von der Seite der Mutter, er schlief sogar im Vorzimmer auf einem Feldbett. Am 29. November 1780 starb die Kaiserin in seinen Armen. Johann Hieronymus Löschenkohl, der Bildreporter seiner Zeit, hat den Tod der Kaiserin in seiner Zeichnung „Theresiens letzter Tag" verewigt. Wir sehen Maria Theresia auf dem Kanapee, wie es Karoline Pichler beschrieben hat, umgeben von ihren Kindern, die sich in Wien aufhielten. Es waren die Töchter Elisabeth, Marianne, Marie Christine, der Kaiser, Herzog Albert, Erzherzog Maximilian sowie Leibarzt Störk und Ignaz Miller, der Beichtvater.
„So sehr meine Eltern auf diesen Schlag vorbereitet waren, so entstand doch die heftigste Erschütterung. Mein Vater eilte nach Hofe; – es war nur zu wahr, was unser Verwandter vermutet hatte. – Maria Theresia war verschieden und eine neue Zeitrichtung trat an die Stelle der bisher erfolgten", schreibt Karoline Pichler in ihren Memoiren. Und Erzherzogin Marianne berichtet in ihrem Tagebuch, daß die Kaiserin fünf Minuten vor ihrem Tod plötzlich von ihrem Sessel

aufstand, einige Schritte zur Chaiselongue machte und dort zusammensank. Man half ihr, sich hinzulegen, und der Kaiser sagte: „Ihro Majestät liegen sehr übel." – „Ja", sagte sie, „aber gut genug, um zu sterben." Sie machte noch einige Atemzüge und verschied.

In den nächsten Tagen wurden unzählige Trauerreden auf den Tod der Kaiserin verfaßt, darunter auch eine des Oberrabbiners Landau aus Prag.

Bevor die Kaiserin an der Seite ihres geliebten Mannes in der Kapuzinergruft zur letzten Ruhe gebettet wurde, mußte die Todesursache festgestellt werden. „Die Krankheit Ihrer Mayestät der Kayserin bestand bey Eröffnung ihres Cörpers in erhärtungen auf der Lungen, so daß die rechte Lungen gar nicht mehr wirkte, und auf beiden Lungen sich einige außwuchß befanden, so hart wie Steine waren ...", schrieb Erzherzogin Marianne in ihr Tagebuch.

Die neue Zeit, von der Karoline geschrieben hatte, ließ nicht lange auf sich warten. Die Greiners fühlten den Regierungswechsel sofort. Als erstes schaffte Joseph II. die Freiquartiere ab, und Hofrat Greiner ging auf Wohnungssuche. Man zog auf den Neuen Markt, in die Mehlgrube. Die Wohnung war groß genug, das gewohnte gesellschaftliche Leben fortzusetzen, obwohl die Greiners als Günstlinge der Kaiserin nunmehr karrieremäßig und gesellschaftlich nicht mehr den Rang hatten wie ehedem.

Bischof Münter, der im Hause verkehrte, meint über Greiner: „Er soll, wenn man ihn genauer kennt, sich sehr gut zeigen, ein thätiger und rechtschaffener Mann, unter Maria Theresia galt er mehr, als izt, aber der Kaiser braucht ihn. Er ist auch in der Studien

Commission. Sein Äusseres zeigt vielen Stolz und Selbstdünkel, und davon mag er auch nicht frey seyn. Er scheint den Protektor und Mäcen spielen zu wollen. Ich ward gleich böse, als ich bey ihm ass, und sein unanständiges Examinieren anhörte, mit dem er Forster, der den lezten Mittag seines Aufenthaltes in Wien bey ihm ass, plagte."

Georg Forster, Professor am Karolineum in Kassel, erster deutscher Weltumsegler und Kosmopolit, war 1784 in Wien und natürlich bei den Greiners eingeladen. In seinem Tagebuch kommt Hofrat Greiner besser weg: „Mittagessen bey H. Hofrat Greiner, daselbst Haschka, Denis, Mastalier und Münter. Greiner ein braver, guter, gerader Mann, von Einsicht und gesunden Urtheil, auch artige Bücherkenntnis ..."

Trotz des regen gesellschaftlichen Lebens im Hause Greiner kam die Erziehung der Kinder nicht zu kurz. Ein neuer Hofmeister kam ins Haus, der, den neuesten Erkenntnissen folgend, bei jedem Wetter mit den Kindern spazierengehen mußte. Die Geschwister wurden jetzt gemeinsam unterrichtet, sie lernten Latein und Englisch. Mehr noch lernten sie durch das Zuhören und den Umgang mit den Gästen.

„Außer den Dichtern ... besuchten auch Männer von strengen Wissenschaften unser Haus ..."

Denn kein Gelehrter oder Künstler kam nach Wien, der nicht ein Empfehlungsschreiben an Haschka oder Karolinens Eltern hatte und seine Aufwartung machte. Aber auch allen Wiener Berühmtheiten stand Greiners Haus offen, so verkehrten dort auch Salieri, Haydn und Mozart.

Über die Musiker urteilt Karoline sehr hart, sie konnte „nichts Geniales" im Umgang mit ihnen finden, ja sie schienen ihr ganz „speziell“ zu sein. Mozart, der einmal im Hause Greiner gespielt hatte, erhob sich plötzlich brüsk vom Klavier, um miauend über die Sessel zu springen.

„Das Leben in meiner Eltern Haus gestaltete sich um diese Zeit sehr angenehm, wie denn überhaupt in ganz Wien damals ein fröhlicher, für jedes Schöne empfänglicher, für jeden Genuß offener Sinn herrschte. Der Geist durfte sich frei bewegen, es durfte geschrieben, gedruckt werden ... was nicht gegen Religion und Staat war. Auf gute Sitten ward nicht so gesehen.“

Es waren schon jene lockeren Sitten, die das Wien des Wiener Kongresses bei den Lebemännern aller Welt so beliebt machten. Treue in der Ehe galt nicht viel; es gehörte nachgerade zum guten Ton, einen Geliebten zu haben. Die sexuelle Freiheit, die die Männer beanspruchten, wollten jetzt auch die Frauen. Karoline nennt es eine Modesache und Geschäftssinn, sich möglichst teuer zu verkaufen.

Hofrat Greiner war kein Freund dieser modernen Zeit und der vielen hastigen Reformen des Kaisers. Die vorsichtige pragmatische Art Maria Theresias, gepaart mit Warmherzigkeit, lag ihm mehr als die kalte Ratio Josephs; doch verhielt er sich unauffällig und tat seine Pflicht als Beamter, so daß er sowohl Josephs II. Regierungszeit als auch die des ihm nachfolgenden Leopold II. in Amt und Würden überdauerte.

Karoline war mittlerweile zu einem jungen Mädchen herangewachsen, das viel las und studierte. „Etwa um diese Zeit wurden mir zwei Bücher zu lesen erlaubt, von denen ich früher sehr viel gehört und sie oft näher zu kennen gewünscht hatte. Doch meine Mut-

ter hatte es für zweckmäßig gehalten, solange sie mein Herz für zu empfänglich und meinen Geist für noch nicht reif genug hielt mir dieselben (es waren ‚Werther' und ‚Agathon') zu entziehen.
Nun las ich sie ... Mich ließ der Werther als Roman kalt ... Meine Phantasie, deren Aufregung man hauptsächlich gefürchtet hatte, blieb ruhig ... Werther flößte mir kein Interesse ein; denn ich konnte ihn nicht achten, höchstens Mitleid mit dem verschrobenen Gemüte haben ... Jene Schilderung von Agathon und Psyches Lebensweise in Wielands Werke hingegen [gefielen mir] ... Mäßigkeit, Beherrschung der Leidenschaften und Begierden ... hatten mir Ideen von einer schon auf Erden möglichen Annäherung an die Geisterwelt gegeben ... den Geist der Herrschaft des Körpers zu entziehen."
Was Charlotte Greiner bei der Lektüre von *Werther*, Goethes berühmtestem Jugendwerk, fürchtete, war das Ausbrechen des Wertherfiebers, das besonders junge Männer erfaßte und sie wie den Helden des Romans wegen unglücklicher Liebe in den Selbstmord trieb. Doch blieb Österreich diese Selbstmordwelle im großen und ganzen erspart. Das Buch wurde viel gelesen, jedoch war Karolines Reaktion darauf die in Wien übliche, nämlich herablassendes Mitleid. Einzig die Mode bemächtigte sich des Anzuges Werthers, und die jungen Herren liefen in blauem Rock und in Stiefeln herum, wie Goethe es beschrieben hatte.
Karoline wurde von ihrer Mutter nun in die „häuslichen" Pflichten eingeführt, zu Sparsamkeit und Selbstbeschäftigung angehalten. „Meine Mutter war, trotz ihres hochgebildeten Geistes und dem glänzenden Fuße, auf dem unser Haus eingerichtet war, ihrer

Wirtschaft bis ins kleinste Detail stets selbst vorgestanden ... Ich mußte mich soviel als möglich überall selbst behelfen ... meine Hauben und Hüte selbst stecken und ich lernte es endlich so gut, daß ich meinen Freundinnen hierin half ... Bei diesen Ansichten war [meiner Mutter] die Liebe meines Vaters zur Musik und die Forderung, die er deswegen an mich stellte, oft ein Anstoß. Mit Klavierspielen, Üben, Produzieren, Singen, gingen viele Stunden des Tages und das billigte meine Mutter wohl nicht."

Es gehörte auch zu Karolinens Pflichten, der Mutter, die schlecht sah, alle Schreibarbeiten abzunehmen. Sie lernte ihre Zeit genau einzuteilen, damit Haushalt, Gäste und vor allem die Musik nicht zu kurz kamen.

Dem *Jahrbuch der Tonkunst* nach zu schließen, ein *Who's who* der besten Musiker Wiens, war sie eine gute Musikerin, denn im Jahr 1796 widmet es Karoline eine halbe Seite voll Lobsprüchen: „Dieses vortreffliche Frauenzimmer ... ist eine der ersten Klavierspielerinnen Wiens, meisterhaft im Anschlag, stark in der Ausführung und unerschrocken bei den größten Schwierigkeiten."

Im Amt des Hofrats Greiner arbeitete damals ein junger Mann, dem Greiner sehr zugetan war und den er nach Hause brachte. Dieser schüchterne, junge Mann, dem – wie er später Karoline gestand – alle Geselligkeit zuwider war und der nur seinem Hofrat zuliebe gekommen war, verliebte sich in Karoline und heiratete sie 1798. Damals war sie 26 Jahre alt, ihr Mann 33.

Zu einem eigenen Hausstand sollte es Karoline bis zum Tode der Mutter nicht bringen. Hatte die alte

Frau Greiner bei der Heirat des Sohnes der Schwiegertochter die Haushaltsführung abgetreten, so hielt Karolines Mutter diese fest in den Händen. Der Vater wollte den jungen Leuten etwas mehr Freiheit einräumen, aber die Mutter kommandierte Tochter wie Schwiegersohn, der mit seinem kleinen Gehalt seine Frau nicht standesgemäß erhalten konnte, unnachsichtig herum. Ein Jahr später heiratete der Bruder, und auch er blieb mit seiner jungen Frau im Hause der Eltern. „Wir fühlten den Druck, der auf uns lag, und fühlten ihn manchmal schmerzlich", erinnert sich Karoline in ihren Memoiren.

Am 12. Oktober 1797 brachte Karoline eine Tochter zur Welt, die von Charlotte Greiner aus der Taufe gehoben wurde – kaiserliche Taufpaten standen nicht mehr zur Verfügung. Die Kleine erhielt die Namen Karoline Eugenia.

Hofrat Greiner begann im Frühjahr zu kränkeln. Husten und Heiserkeit quälten ihn, er wurde mager, und das Gesellschaftsleben freute ihn nicht mehr. Das gestickte Galakleid, das er zur Hochzeit seines Sohnes getragen hatte, hing in Falten über seine ausgemergelte Gestalt. Am 2. Juni nachmittags um drei Uhr starb er in seinem Haus in Hernals an „Nervenfieber".

Greiners Tod hatte für die Familie weitreichende Folgen. Sein hofrätliches Salär fiel nun aus, und man mußte vom Kapital leben. Seine Grundstücke und Häuser brachten 33965 Gulden ein, das restliche Vermögen bestand aus 16578 Gulden. Um sorgenlos leben zu können, wurde das Hernalser Haus, das Greiner 1771 um 4610 Gulden gekauft hatte, mit Gewinn um 7000 Gulden verkauft, die Stadtwohnung aufgegeben, und man zog in die Vorstadt, da man um des

Kindes willen einen Garten nicht missen wollte. Die Idee, Sommer und Winter in der Vorstadt zu logieren, fanden Karolines Freunde sehr skurril.
Die Familie ließ sich jedoch von ihrem Vorhaben nicht abbringen. Charlotte Greiner kaufte das Haus des berühmten Arztes und Chirurgen Johann Hunczovsky, der sich bei einer Operation infiziert hatte und an einer Blutvergiftung gestorben war. Hier, in der Alser Straße 25, verschied Charlotte Greiner am 19. Januar 1815 am Schlagfluß, 76 Jahre alt, bis zum Schluß souverän in der Herrschaft über die Familie.

Johann Georg Obermayer

Das Gift in der Salami

ET SURTOUT PAS TOP DE ZÊLE
(VOR ALLEM KEINEN ÜBEREIFER)
(MOTTO TALLEYRANDS FÜR SEINE
JUNGEN DIPLOMATEN)

Johann Georg Obermayer, einem tüchtigen Beamten und hochgeschätzten Hofrat, der sich vom Bettelstudenten fast bis zum erstrebten „von" im Beamtenadel hochgearbeitet hatte, brachte eine Scheibe Salami um die Früchte seiner harten Arbeit und um sein Leben. Seine Tochter Emilie, deren Sohn einmal Adjutant bei Kaiser Franz Joseph werden sollte, schrieb die abenteuerliche Geschichte seines Lebens für ihre Kinder auf:

„[Mein Vater] wurde in einem kleinen Dorfe bei Passau am 15. Dezember 1733 geboren. Sein Vater war ein ziemlich wohlhabender Bürger, welcher eine kleine Bauernwirtschaft nebst Weinhandel betrieb. Er starb im besten Mannesalter und hinterließ eine schöne Witwe mit acht kleinen Kindern. Der große Weinkeller, die schöne Witwe lockte die damaligen Herren des Passauer Gebietes an. Da der älteste Sohn studieren wollte, die anderen aber noch sehr jung waren, hörte der Weinhandel bald auf. Doch blieb noch die Wirtschaft. Da kam eine böse Blatternepidemie, von der sechs Kinder und die Mutter ergriffen wurden."

Der Mutter, die sich wieder erholte, blieben von ihren Kindern zwei Söhne und zwei Töchter. Durch die lange Krankheit verlor die Familie auch noch den Bauernhof. Der siebenjährige Johann und sein älterer Bruder kamen ins geistliche Seminar nach Passau; die Mädchen blieben bei der kränklichen Mutter. Bald darauf verschwand die hübsche ältere Tochter mit durchziehenden Soldaten, und Mutter Obermayer fristete mit ihrer Jüngsten ein klägliches Dasein.

Viele Jahre später, als wieder einmal Soldaten durch das Dorf zogen, hielt eine prächtige Kutsche, der eine elegante junge Frau entstieg und sich nach Frau

Obermayer erkundigte. Es war die verschwundene Tochter, die einen Major geheiratet hatte. Nach einem tränenreichen Wiedersehen schenkte sie der Mutter einen Beutel mit Golddukaten. Die Frau Major wollte zuerst auch die jüngere Schwester mitnehmen, doch fand sie sie durch die Blatternnarben zu entstellt. So blieb die kleine Anna bei der Mutter. Von der Frau Major wurde nie mehr etwas gehört.

Die Knaben studierten in Passau. Der Älteste verschwand eines Tages aus dem Seminar auf Nimmerwiedersehen, doch Johann studierte fleißig bis zu seinem neunzehnten Jahr. Er war ein guter Schüler und sollte Geistlicher werden, was ihm aber nicht behagte. Er begann zwar das Theologiestudium, sann jedoch auf Flucht aus dem Kloster. Zu diesem Zweck freundete er sich mit Schiffern an, die ihre „Plätten" im Sommer nach Wien führten. Mit dem letzten Sommerschiff reiste er ab. Die Schifferknechte versteckten ihn unter Strohbündeln, falls die Patres ihn suchen würden. Am nächsten Tag war alle Gefahr gebannt, er kroch aus dem Stroh, und da er eine schöne Singstimme hatte, unterhielt er die Schiffer mit seinen Liedern so gut, daß sie ihn mitessen ließen.

Nach acht Tagen kam Wien in Sicht, und das Schiff legte am Schanzl, beim Rotenturmtor, an. Johann Obermayer nahm sein Bündel und marschierte beim Rotenturmtor in die Stadt hinein; er hatte seine Zeugnisse, einige Bücher und ein Siebzehnkreuzerstück, keine Reichtümer, aber seine Freiheit. Er gedachte, die Rechte zu studieren und in der Kaiserstadt Karriere zu machen. „Er kam zu Sankt Stefan", schrieb seine Tochter Emilie in ihren Memoiren, „wo die Orgel ertönte und ein Hochamt gehalten wurde. Nachdem

er gebetet und die Wunder des Domes angestaunt hatte, frug er einen der aus der Kirche Tretenden um die Universität. Dort angelangt, frug er nach dem Pedell und meldete sich als Bettelstudent. Er hatte nämlich schon in Passau und dann noch von einem Hausierer, der zu Wasser mit herabgefahren war, erfahren, daß es in Wien, so wie damals in allen Universitäten, Bettelstudenten gab."
In der Universität mußte Johann Obermayer erfahren, daß alle sozialen Einrichtungen für Bettelstudenten – eine Art soziales Netz – überfüllt waren. Es gab weder bürgerliche noch klösterliche Kostplätze mehr, auch keine Schlafplätze. Das „domus pauporum" in der Johannesgasse, das 46 armen Studenten freie Kost und Wohnung gab, war voll. Es blieb ihm nur die Klostersuppe, die die Klöster aus Essensresten für die Armen zusammenkochten. Die ersten Nächte durfte er auf Stroh in der Vorhalle der Universität schlafen, bis er eine Unterkunft gefunden hatte.
Als Obermayer sich am Nachmittag zum Inskribieren im Haus des Pedells in der heutigen Sonnenfelsgasse einfand, traf er dort zwei junge Männer, die wie er mittellos waren. Auch sie inskribierten an der juridischen Fakultät, und alle drei erhielten die Uniform eines Bettelstudenten: einen Tuchmantel mit verbrämtem rundem Kragen, einen dreieckigen Hut mit drei gelben und drei schwarzen Quasten, grauwollene Strümpfe und ein Paar feste Schuhe. Als Bettelstudenten war ihnen ein Degen verboten. Nachdem sie eingekleidet waren, „folgte noch die Urkunde, die ihnen alle Rechte eines Bettelstudenten gab, nämlich das Vorrecht der freien Kost, falls noch eine zu vergeben war, wo nicht, die ersten bei der Armenausspei-

sung in den Klöstern zu sein, ferner das Recht, in den Haushöfen geistliche Lieder zu singen und (als sogenannte Evangelimänner) am Samstag wie an Sonn- und Feiertagen das Evangelium herabzulesen, wofür sie dann die Pfennige, die ihnen zugeworfen wurden, ihrer Ehre unbeschadet, aufheben konnten".
Diese Urkunde wurde mit Namen und Siegel ausgefertigt. Sie lautete auf Johann Georg Obermayer aus Passau, auf Bernhard Jenisch aus Krain und auf Franz Thugut aus Linz. Die drei reichten einander die Hände und schworen sich Freundschaft bis an „ihrer Tage Ende". Alle drei machten ihren Weg in der Welt. Obermayer und Jenisch wurden hohe Beamte, Thugut unter Kaiser Franz II. sogar Minister.
Johann Obermayer fand bei einem Schneider auf der Brandstätte für sich und seine neuen Freunde eine Dachkammer, die zehn Kreuzer im Monat kosten sollte. Da er sein Siebzehnerstück noch immer in der Tasche hatte, zahlte er im voraus, wollte aber dafür ein zusätzliches Möbel, eine Truhe, für Kleider und Wäsche. Die Kammer war aus Brettern gezimmert, hatte ein Fenster, ein breites Bett mit einer Decke, einen Tisch und einen Sessel, aber keinen Ofen. Dafür war die Aussicht über die Türme der Stadt großartig.
„Sie zogen mit Sack und Pack ein und schliefen alle drei in dem zweispännigen Bette, dessen Decke, ein Kotzen, jedoch nur für eine Person reichte. Daher wurde ausgemacht, daß die Reihe umginge, und jeden Tag ein anderer an der Wand, in der Mitte und am Rande schlafen solle. ... Die Kälte in jenem Winter (1751/52) war oft fürchterlich. Ein paar Stunden des Tages fanden sie Unterstand bei den Mönchen; mein Vater bei einem Franziskaner, der ihn sogar des

Abends auf einen Ochsentee (Suppe) einlud, und alle vierzehn Tage auf Schokolade zum Frühstück, wozu er seine beiden Freunde mitbringen durfte."

Auf der Brandstätte befand sich das Café Français, das Obermayer magisch anzog, da er Französisch lernen wollte. Einige Tage drückte er sich bei der Tür herum, ohne den Mut zu haben, einzutreten. Da winkte ihn einmal ein französischer Abbé heran, und er sah, daß alle Besucher Zeitung lesend an den Tischen saßen; er trat ein, nahm sich auch eine Zeitung und versuchte, häufig vorkommende Worte zu notieren. Bei Gelegenheit wollte er sich ein Wörterbuch kaufen, um auf diese Weise die Sprache zu erlernen. Der Abbé, der ihn hereingewinkt hatte, sprach ihn in Französisch an, und Obermayer, der nicht verstand, antwortete auf Latein. So vergingen einige Tage, bis sich der Abbé erbötig machte, ihm Unterricht zu geben.

Obermayer studierte mit Feuereifer und gab das, was er gelernt hatte, gleich an seine Freunde weiter. In einem halben Jahr konnten die drei Studenten – da sie alle sprachbegabt waren – bereits gut sprechen. Obermayer machte nun Übersetzungen für die Franzosen und las denen, die schwache Augen hatten, täglich aus der Zeitung vor. Dafür erhielt er Kaffee als Lohn.

„Bei den ersten Prüfungen waren die drei Freunde die vorzüglichsten, was ihnen unter den Juristen einen guten Namen machte. Auch erhielten sie jetzt in vornehmeren Häusern Korrepetitionen und wurden zu den Studentenspäßen zugelassen", berichtet Obermayers Tochter Emilie und fährt fort: „Nun wollte mein Vater auch Italienisch lernen. Zu diesem Ende ging er Sonntags in die italienische Kirche, kaufte sich einen Dictionaire und schrieb die Predigt so gut als möglich nach. Doch kam er dabei nicht so gut vorwärts wie mit dem Französischen."

In der Fastenzeit kam ein neuer Prediger aus Italien nach Wien, um in der Minoritenkirche – der italienischen Kirche in Wien – das Gewissen der italienischen Kongregation aufzurütteln. Dem Prediger fiel in der ersten Reihe ein junger Mann mit einem großen Wörterbuch statt einem Gebetbuch am Schoß unangenehm auf, da er während der Predigt unentwegt im Buch blätterte. Beim Verlassen der Kanzel sprach er Obermayer italienisch an und erhielt eine lateinische Antwort. Da es ein schönes Latein war, fragte er weiter und erfuhr, daß der junge Mann die Predigten zum Italienischlernen besuchte. Dies rührte ihn, und er bestellte ihn zu sich ins Haus und gab ihm während der Fastenzeit Unterricht.

„Mein Vater war auch Korrepetitor bei einem Herrn Gretzmüller, der sehr reich war und einen etwas beschränkten Sohn hatte. Eines Tages machte er mit fünf oder sechs Kollegen und dem jungen Gretzmüller einen Spaziergang in das Stadtgut [am Eingang des Praters gelegen] – einen Teil des jetzigen Praters. Als Juristen unterhielten sie sich über Todesstrafen und warfen die Frage auf, welcher Art wohl die am wenigsten grausame wäre. ... Sie waren alle Schüler des berühmten Professors Martini [Reformator des Zivilrechtes]. Mein Vater war sehr für das Hängen, worin ihm ein junger Mediziner, der sich zu ihnen gesellt hatte und der ebenfalls studierte, noch mehr bestärkte. Er hieß Quarin und war der nachmals so berühmte Arzt dieses Namens. Quarin schlug vor, daß man es ja mit dem Hängen versuchen könne, wenn sich einer von ihnen herbeiließe, sich versuchsweise hängen zu lassen, was gar nicht schmerzhaft sei; sie würden ihn, wenn es ihm zu viel würde, schon rechtzeitig losmachen."

Da keiner eigentlich neugierig genug war, Erfahrungen aus erster Hand und am eigenen Hals zu sammeln, beredeten sie den halbwüchsigen Buben Gretzmüller, die Tat zu wagen. Sie banden ihre Sacktücher zusammen und hingen ihn an einem Baum im Auwald auf.

„Nach kurzer Zeit wurde er blau im Gesicht und machte fürchterliche Bewegungen mit Händen und Füßen. Sie riefen ihm zu: ‚Nur ruhig, wir machen dich gleich los.' Er hörte es aber nicht, sondern zappelte nur noch ärger. Nun brachten sie den Knoten nicht auf, der sich durch die Schwere des Körpers fest zugezogen hatte. Auch hatten sie kein Messer bei sich und keiner trug einen Degen, da diejenigen, die ihn tragen durften, ihn aus Rücksicht gegen die dazu nicht berechtigten ‚pauperes' (Bettelstudenten) an diesem Tag nicht führten."

Die jungen Leute wurden von Panik erfaßt und stoben nach allen Seiten davon. Quarin hatte die gute Idee, den armen Buben in die Höhe zu halten, um die Körperschwere zu entlasten. Obermayer lief schreiend durch den Wald und war glücklich, einen Förster zu finden, dem er im Laufen erklärte, er hätte einen Aufgehängten gefunden. Der Förster schnitt den Buben los, und Quarin konnte mit sachkundigen Wiederbelebungsversuchen beginnen. Was die Studenten dem Förster erzählten, wieso und warum der Knabe sich aufgehängt hatte, wird nicht berichtet.

„Unter den Anordnungen des jungen Mediziners kam

Gretzmüller bald wieder zu sich. Nun mußte ... er erzählen. Er berichtete, daß er anfangs Regenbogenfarben vor den Augen gehabt hätte, sodann habe er ein Sausen in den Ohren verspürt, das bald zum donnerartigen Lärm geworden sei, dann Erstickung und schließlich Bewußtlosigkeit. Schmerz sei erst dann eingetreten, als er durch Reibung wieder zu sich gebracht wurde, und zwar so arg, daß man sich gar keinen Begriff davon machen könne."

Der junge Gretzmüller bedankte sich dann gutmütig auch noch für die Rettung, äußerte nie ein Wort des Vorwurfs gegen seinen Erzieher, der ihn in eine solche mißliche Lage gebracht hatte. Er war nur froh, nützlich gewesen zu sein. Man brachte ihn nach Hause und dem Vater, dem Reichshofratsagenten Erasmus Gretzmüller, wurde das Abenteuer erst gar nicht erzählt.

Nach diesem medizinischen Abenteuer wandte sich Obermayer wieder seinen juridischen Studien zu und bestand mit gutem Erfolg die Prüfungen. Französisch sprach er schon akzentfrei, auch hatte er viel von den eleganten Manieren seiner Kaffeehausfreunde angenommen. Er verdiente nicht schlecht; das Leben schien leichter zu werden, als er plötzlich erkrankte. Mit mehreren Studenten hatte er einen Spaziergang unternommen, sich erhitzt und eine Lungenblutung bekommen. Die Erkrankung war so schwer, daß man ihn bereits verloren glaubte. Unter allen Freunden und Bekannten wurde für den armen Kranken gesammelt, um ihm seine letzten Tage so angenehm wie möglich zu machen. Der junge Arzt Quarin, der eben sein Studium abgeschlossen hatte, fragte, ob Obermayer sein erster Patient werden wolle. Obermayer

willigte ein, und Quarin, der spätere Leibarzt der Kaiserin, übernahm den bereits Aufgegebenen.
„Nach vierzehn Tagen hatte das Blutbrechen aufgehört, aber es stellte sich Zehrfieber ein. Quarin ging zu einem Tischler nach Döbling ..., welcher auch Kühe hielt, und bat die Leute, ob sie nicht einen Kranken zu sich nehmen und im Kuhstall schlafen und gleichsam wohnen lassen wollten. Auf das gingen die Tischlersleute ein, und des anderen Tages, als die Dämmerung begann, trugen die Freunde, mit Quarin abwechselnd, meinen Vater auf einer Bahre nach Döbling. Er war, als er anlangte, sehr schwach und wurde gleich im Kuhstalle etabliert, wo ein aus dem erhaltenen Gelde beschafftes Bett aufgestellt worden war. Für die Milch konnte auch bezahlt werden, doch für die Benutzung des Stalles nahmen die guten Leute nichts an."
Obermayer blieb bis zum Spätherbst im Stall, nährte sich von Milch und Milchspeisen, manchmal auch vom Gemüse. Die ersten sechs Wochen war ihm jedes Sprechen verboten, dann nur das Nötigste zur Verständigung erlaubt, auch das Schreiben wurde ihm nicht gestattet; lesen durfte Obermayer aber, soviel er wollte. Im November 1754 war er wiederhergestellt. Er konnte in die Stadt ziehen und seine Studien fortsetzen. Das Singen in den Höfen und das Evangelienlesen mußte er jedoch seinen Freunden überlassen. Vor Kälte mußte er sich fortan auch besser schützen, weshalb die gute Schneidersfrau dem Zimmer einen Blechofen stiftete. Das Holz trugen die Freunde aus den Klöstern, schön unter den Mänteln versteckt, nach Hause. Ein Wohltäter spendete überdies noch ein Bett. Emilie berichtete, daß „die Wirtschaft bei

Beibehaltung der Bettelsuppe recht gut“ ging. Zur Beleuchtung dienten Kienspäne und später eine geschenkte Lampe. Es müssen dies drei sehr besonnene junge Leute gewesen sein; in ihrem Bretterverschlag mit Blechofen – das Rohr zum Fenster hinaus – und Kienspänen zur Beleuchtung war die Brandgefahr groß. So verging der Winter ganz leidlich.
In der Fastenzeit kam wieder der italienische Prediger nach Wien, und Obermayer nahm den Sprachunterricht von neuem auf. „Eines Tages fragte ihn der Abbate, ob er nicht Hofmeister in einem angesehenen Hause werden wolle. Das nahm mein Vater unter der Bedingung an, daß er daneben seine öffentlichen Studien vollenden könne. Mit dem neuen Semester trat er nach Ostern (1755) sein Amt als Hofmeister an, und zwar im Hause des Signor Salerno, des damaligen Ufficiale maggiore del Dipartimento d'Italia, in der Haus-, Hof- und Staatskanzlei. Seine Söhne, zwei junge Leute, die privat studierten und ziemlich verzogen und verwahrlost waren, sollten von ihm unterrichtet und beaufsichtigt werden, dann eine viel jüngere Tochter, die gleichfalls Unterricht erhalten sollte.“
Der Ufficiale Maggiore Cajetan Maria Salerno wohnte in der Kärntner Straße, und in seinem Haus erhielt Obermayer gesellschaftlichen Schliff. Die Familie sprach nur Italienisch, in Gesellschaft jedoch Französisch. Es gab viele Einladungen und exquisite Diners. Die feinen Manieren der damaligen Zeit verlangten große Höflichkeit, zierliche Verbeugungen, und es galt als vornehm, möglichst wenig Deutsch zu sprechen. Obermayer war dies nur recht, da er zeit seines Lebens seinen Passauer Dialekt nicht verlor. Es war nicht leicht, den Damen Komplimente zu machen,

denn deren Schönheit, Anmut und andere Vorzüge mußten unbedingt mit den Eigenschaften einer antiken Gottheit oder zumindest einer berühmten antiken Frauengestalt verglichen werden. Dabei galt es, die Klippe zu umschiffen, nicht womöglich eine berühmte und berüchtigte Hetäre zu erwischen. Auch passende Verse von Racine, Corneille und später Voltaire mußten gefunden und zitiert werden. Sprach man Italienisch, mußte man bei den italienischen Dichtern zu Hause sein.

Als Hofmeister und Gesellschafter erhielt Obermayer als Lohn zwei neue Anzüge, einen Sommer- und einen Winteranzug pro Jahr und 24 Dukaten (an die hundert Gulden). Vom Kragen seines Studentenmantels trennte er sofort die Borten des Bettelstudenten, nähte goldene an und kaufte sich einen Degen, den er voll Stolz täglich mit sich führte. Er war ja nun ein freistudierender Jurist.

Die beiden jungen Herren Salerno hatten neben Obermayer noch einen französischen Tanzlehrer und einen spanischen Fechtlehrer. Von ihnen lernte Obermayer Tanzen, Spanisch und Fechten, das er seiner schwachen Lunge wegen aber bald wieder aufgab.

Im Hause Salernos wurde viel Spanisch gesprochen, für Obermayer „die schönste aller Sprachen". Unter Kaiser Karl VI., der spanischer König gewesen war, hatten viele Spanier, die nicht einem Bourbonenkönig dienen wollten, ihren Aufenthalt in Wien genommen. Manche fanden reiche Erbinnen oder Anstellungen bei Hof, aber ein großer Teil wurde durch die „spanische Hof Cassa" unterstützt, die der Kaiser eingerichtet hatte. Sie wurde von Salerno verwaltet.

Kurze Zeit nachdem Obermayer seine Hofmeisterstelle angetreten hatte, gründete Maria Theresia die Orientalische Akademie am Dominikanerplatz und suchte an der Universität sprachbegabte junge Leute, um sie zu Diplomaten und Dolmetschern ausbilden zu lassen. Studiert wurde Türkisch, Persisch und Arabisch. Obermayers Freunde Jenisch und Thugut meldeten sich und erregten bald die Aufmerksamkeit des Direktors, Pater Franz Joseph, der Sekretär der österreichischen Gesandtschaft an der Hohen Pforte gewesen war. Er protegierte die beiden: Thugut wurde 1769 Geschäftsträger in Konstantinopel und ein Jahr später Gesandter. Jenisch kam bereits 1755 als Student der Akademie, als „Sprachknabe", in die türkische Hauptstadt und wurde 1772 Geschäftsträger.

Obermayer tat es zwar leid, von seinen Freunden getrennt zu sein, gab aber seine Hofmeisterstelle nicht auf, die ihm jetzt mehr Geld einbrachte, da er für Salerno eine in Latein gehaltene Korrespondenz mit der Kurie in Rom führte, die Minister Kaunitz diesem unter dem Siegel der Verschwiegenheit anvertraut hatte. Obermayer machte seine Sache so ausgezeichnet, daß Kaunitz mit der Arbeit hoch zufrieden war und Salerno dafür immer einige Dukaten gab, die dieser redlich mit Obermayer teilte. Bevor er zum Minister ging, schrieb Salerno Obermayers Schriftstücke immer ab, doch einmal fehlte ihm die Zeit dazu, und er nahm das Schriftstück im Original mit, aber gerade dieses Mal mußte er es vorlegen. Kaunitz war sehr verärgert, daß Salerno gegen seinen ausdrücklichen Befehl der Geheimhaltung verstoßen hatte, war aber von Obermayers schöner Handschrift beeindruckt und überzeugte sich durch geschickte Fragen bald da-

von, daß Salerno von der Korrespondenz eigentlich wenig Ahnung hatte.
„An diesem Tage war Graf Kaunitz nicht sehr gnädig und entließ Salerno mit den Worten: ‚Schicken Sie mir morgen um zwölf Uhr Ihren Hofmeister.'"
Der allmächtige Staatsminister, Graf – später Fürst – Wenzel Kaunitz-Rietberg hätte eigentlich Geistlicher werden sollen, hatte aber 1737 zur Diplomatie gewechselt und seine Karriere in Turin begonnen. 1745 wurde er zur Regierung in den Niederlanden versetzt, zog sich dann jedoch ins Privatleben zurück, bis er drei Jahre später eine neue Aufgabe als Gesandter beim Aachener Friedenskongreß erhielt. 1753 wurde er Staatskanzler. Den Fürstentitel erhielt er 1764 anläßlich der Königskrönung Erzherzog Josephs in Frankfurt.
Kaunitz, der versuchte, alle auswärtigen Angelegenheiten an sich zu ziehen, erntete insgeheim viel Kritik, da er angeblich die „Geschäfte" aufhielt. Hatte man früher ausländische Gesandte zweimal die Woche empfangen, so war es nun nur jeden Dienstag. „Er steht spät auf", heißt es in einem Diplomatenbericht. „Vor elf Uhr ist er nicht sichtbar. Um zwei Uhr geht Jedermann zu Tisch ... so trifft es sich häufig, daß man ein paar Stunden wartet, ohne den Minister sprechen zu können." Die Diplomaten lamentierten auch über die Unbestechlichkeit des Staatskanzlers, ja selbst die Untergebenen seien unzugänglich, hieß es. Er sei so französisiert, daß er seine Muttersprache nur mehr radebreche, und so exaltiert, daß er sich über die Hofetikette hinwegsetze, überall mit einem großen Muff und einer großen Dogge erscheine.
Den Damen war der Minister sehr zugetan; aber in ei-

ner mehr „allgemeinen Art“, hören wir. „... er fliegt von einer zur andern, doch scheint es ihm nicht gelingen zu wollen.“ Sein Haus war nicht sehr besucht, da die meisten Damen mit seiner Schwester, der verwitweten Gräfin Questenberg, übers Kreuz waren. So blieb seine Tafel, stets für zwölf gedeckt, oft gähnend leer, und es fanden sich nur drei oder vier Personen zum Mahle ein.
Maria Theresia spielte ihrem Staatsminister einmal einen großen Streich. Es war ihr zu Ohren gekommen, daß Kaunitz in seinem Gartenpalais in Mariahilf ein großes Ölbild der schönen Tänzerin Anna Eberl hängen hatte, das sie in ihrer ganzen nackten Schönheit zeigte. Auf dieses Gemälde war der Fürst sehr stolz. Eines Tages fand er das Bild mit einem keuschen Lendenschurz versehen. In einer Nacht-und-Nebel-Aktion hatte die Kaiserin die Gewandung befohlen und dem Schloßverwalter bedeuten lassen, daß dies als eine Überraschung für seinen Herrn gedacht wäre.
Für den Tag der Audienz bei Minister Kaunitz in der Kanzlei am Ballhausplatz hatte Obermayer sein Staatskleid angezogen, sich frisieren lassen und klemmte den Chapeau bas, den Dreispitz, unter den Arm. Er trug seidene Strümpfe, silberne Schuhschnallen, einen Degen an der Seite und zwei Uhrketten, kurz, er war der vollendete modische Kavalier, als er dem Minister seine schönste Reverenz machte. Kaunitz empfing ihn freundlich und redete ihn statt mit dem Untergebenen gegenüber üblichen Er mit Sie an, was Obermayer sehr schmeichelte. Kaunitz führte die Unterhaltung in französischer und italienischer Sprache, um sich über Obermayers Kenntnisse

zu informieren, und fand auch bald heraus, daß Obermayer und nicht Salerno die Korrespondenz mit der Kurie geführt hatte. Dann entließ er den jungen Mann gnädig.

„Salerno hatte in Todesängsten die Rückkehr meines Vaters abgewartet, beruhigte sich aber, als dieser ihm den Verlauf der Audienz erzählte, und noch mehr, als tags darauf ihn der Staatskanzler frug, ob er ihn den Obermayer abtreten wolle, ‚bloß zum Kopieren, weil er seine Schrift so gut lesen könne'. Er möge in diesem Falle den jungen Mann fragen, ob er in den Staatsdienst treten wolle. Daß mein Vater außer sich vor Freude, sofort annahm, kann man sich denken."

Schon kurze Zeit nachher wurde Obermayer in die Staatskanzlei berufen, und am 9. Dezember 1762, ohne daß er die üblichen unbezahlten Probejahre zu dienen hatte, als Offizial mit einem Gehalt von 600 Gulden jährlich angestellt, und zwar im Dipartimento d'Italia, das für die Verwaltung der italienischen Provinzen Österreichs zuständig war. Er war nun der unmittelbare Untergebene Salernos und nahm Quartier in der Tuchlauben.

Salerno wußte nicht, daß sich Kaunitz seine Arbeiten immer erst vorlegen ließ, nachdem Obermayer sie durchgesehen hatte. Deshalb trübte nichts die Freundschaft der beiden Männer. Obermayer war stets gerngesehener Gast im Hause Salerno und lernte dort viele berühmte Männer kennen, wie zum Beispiel Joseph von Sonnenfels, den begeisterten Verteidiger des Fortschritts und der Aufklärung. Sonnenfels, ein Jahr älter als Obermayer, war ebenfalls ein „Aufsteiger", aber anderer Art. Er kam aus einem gelehrten Haus. Sein Großvater war Oberrabbiner von

Franz Xaver Obermayer

Brandenburg in Berlin. Sonnenfels' Vater, Lipmann Perlin, wie er sich nannte, war mit seiner Familie nach Nikolsburg gekommen, das der Familie Dietrichstein gehörte. Die fürstliche Familie fand Lipmanns Dienste nützlich, und als sich dieser entschied 1735 zum katholischen Glauben überzutreten, übernahm Fürst Carl Dietrichstein die Patenschaft. Die Familie übersiedelte nach Wien, und der feierliche Akt fand in der Schottenkirche statt; aus Lipmann Perlin wurde Alois Wiener. Mit dem Vater konvertierten auch die beiden Söhne. Der Fürst hätte es gerne gesehen, wenn einer der beiden, nämlich Joseph, Geistlicher geworden wäre, und ermöglichte den Knaben den Schulbesuch. Zuerst studierten Joseph und sein älterer Bruder in der Lateinschule bei den Piaristen. Dann verlor der Vater seine Stellung und kam in finanzielle Schwierigkeiten. Er mußte auf die Laimgrube in der Vorstadt ziehen, wo Joseph in der Nähe des Exerzierplatzes plötzlich die Vorzüge des Soldatenlebens entdeckte. Mit sechzehn Jahren ließ er sich anwerben und trat in das Infanterieregiment Deutschmeister ein, wo er es bis zum Corporal brachte. Er langweilte sich beim Militär, benutzte aber die Gelegenheit, von Deserteuren Italienisch und Französisch zu lernen; ansonsten sann er auf Mittel und Wege, das Militär wieder verlassen zu können. 1755 war es soweit. Mit Hilfe seines alten Protektors Dietrichstein erhielt er seine Entlassung und vertauschte den Korporalstock mit dem Degen des Jusstudenten. 1760 erhielt er seine erste Anstellung und machte bald Karriere. Er wurde geadelt, nannte sich Joseph von Sonnenfels und heiratete die fünfzehnjährige Oberamtsmanntochter Maria Theresia von Hay.

Sonnenfels' tätiger Geist war unentwegt in lebhafte Kämpfe mit seinen Zeitgenossen verwickelt. Er trat für eine bessere Straßenbeleuchtung der Stadt Wien ein, für die Abschaffung der Folter und der Todesstrafe, kämpfte gegen den Hanswurst auf der Bühne, der bei Adel und Pöbel gleich beliebt war, engagierte sich für eine Schulreform und vieles mehr. Sein nimmermüder Kreuzzug gegen Rückständigkeit brachte ihm viele Feinde, doch sowohl die Kaiserin als auch Joseph II. achteten den redlichen, wenn auch manchmal unbequemen Beamten.
Obermayer war nun ein gemachter Mann, der ein geregeltes Einkommen hatte und ans Heiraten denken konnte. Zuerst verliebte er sich in eine reiche Bürgerstochter, deren Eltern einen adeligen Schwiegersohn wünschten. Das Mädchen fügte sich dem Wunsch der Eltern, und Obermayer suchte sich zu trösten. In seiner spärlichen Freizeit verkehrte er im Hause des Melker Prälaten Urban Hauer, der einen Ehemann für seine Nichte suchte und den jungen Mann geschickt ausholte, ob er denn nicht heiraten wolle. Als Obermayer sagte, daß er wenig Zeit zum „Courschneiden" habe, präsentierte ihm Hauer sofort die Tochter seines Bruders aus Ernstbrunn, die achtzehnjährige, noch sehr kindliche Elisabeth Hauer.
Das hübsche, schüchterne Mädchen gefiel Obermayer zwar ganz gut, doch wollte er ein Fräulein aus guter Familie, die ein Haus führen konnte, wie er es bei den Salernos kennengelernt hatte. Da aber der Prälat nicht mehr locker ließ, ihm seine Nichte anzupreisen, stellte Obermayer eine Bedingung: Elisabeth Hauer sollte vorerst ein Jahr bei ihrer Stiefschwester in Wien verbringen, um gesellschaftlichen Schliff zu er-

halten. Für ihre Weiterbildung wollte Obermayer sorgen und ihr Unterricht geben.
So kam das Mädchen zu ihrer Schwester, der Besitzerin des Seidengewölbes „Zum silbernen Kranz" am Graben, die ein großes Haus voll steifer Eleganz führte. Ihrem ältesten Sohn Franz, der eine mißgebildete Nase hatte, hielt sie einen französischen Abbé als Hauslehrer, der nun das Mädchen gleich mitunterrichtete. Frühjahr und Herbst verbrachte Elisabeths Schwester in ihrem Haus in Margareten, den Sommer in Heiligenstadt. Schon nach wenigen Monaten wurde Elisabeth aber so gemütskrank, daß sie in ihr Elternhaus nach Ernstbrunn zurückgebracht werden mußte.
Als das „Erziehungsjahr" vergangen war, fuhr Obermayer mit einer von vier Schimmeln gezogenen Galakutsche zur Hochzeit nach Ernstbrunn. Die Schimmel hatte sich die Braut gewünscht, wenn sie schon einen „gnädigen Herrn" heiraten sollte. Die Pferde und die Galakutsche gehörten dem Stadt-Lohnkutscher Janschky. Obermayer hatte dem betriebsamen Mann, der sich schöne Pferde anschaffen wollte, 400 Gulden geliehen und sich dafür den Wagen für seine Hochzeit ausbedungen.
Janschkys Mietwagen waren von besonderer Art, elegant und immer mit guten Pferden bespannt; nur livrierte Kutscher saßen am Bock, um die Pferde zu lenken. Seine Wagen waren so gefragt, daß man immer mehrere Tage vorbestellen mußte. Janschky war Obermayer sein ganzes Leben lang zugetan „und sagte oft, die 400 Gulden wären der Grundstein zu seinem späteren Wohlstande gewesen".
„Der Prälat von Melk vollzog am 6. Mai 1770 die

Trauung, schenkte der Braut schönes Silber und gab meinem Vater das Versprechen, ihr oder ihren Kindern ein bedeutendes Vermögen zu hinterlassen. Mein Vater hatte eine schöne Wohnung im Mariazeller Hofe genommen, welche er recht elegant einrichtete. Er konnte aber das häusliche Leben nicht in der Art führen, wie er es für seine Person gewünscht hätte. Seine Frau war durchaus nicht für die große Welt. Wohl führte er sie bei Salerno ein, wo fast kein Deutsch gesprochen wurde, auch bei der Hofrätin Dolphin, einer ehemaligen Kammerfrau der Kaiserin Maria Theresia. Sie war jedoch sehr schüchtern und weinte stets nach einem solchen Besuche. So gab mein Vater dies bald auf, und der häusliche Umgang beschränkte sich auf die Schwester Wimmer und einige alte Verwandte. Der Onkel Prälat kam – denn so schickte es sich in jener Zeit – nur bei feierlichen Gelegenheiten; doch gingen sie viel zu ihm und brachten auch einmal vierzehn Tage im Melker Stift zu, ein Besuch, den mein Vater wegen der dortigen ausgezeichneten Bibliothek zu den angenehmsten Erinnerungen seines Lebens zählte."

Das junge Paar hatte sich in der Annagasse eingerichtet. Am 10. April 1771 kam ein Knabe zur Welt, der Joseph getauft wurde, Taufpate war der Prälat, und am 1. April 1772 das Mädchen Elisabeth Karoline. Die Mutter starb sieben Monate später, und Obermayer trauerte sehr um seine junge Frau: „Am 10. November 1772 mein Weib Elisabeth in Gott selig entschlafen im 22. Jahr ihres Alters. Ihr Leichnam ruht bei St. Stefan. Denket, ihr Kinder, auf Eure liebe Mutter, die ein Tugendspiegel war", schrieb er für seine Kinder nieder.

Wie glücklich der gesellige Mann mit seiner schüchternen Frau später geworden wäre, bleibt der Spekulation vorbehalten. Die kurze Zeit, die beide zusammenlebten, war offensichtlich harmonisch. Nun war Obermayer Witwer und trotz seiner beiden Kinder eine gute Partie. Seine Schwägerin Wimmer übernahm die Oberaufsicht über die Kinder, die eine französische Bonne erhielten; er hatte eine schöne Wohnung und als kaiserlicher Beamter eine sichere Anstellung, so fehlte es nicht an Heiratsanträgen. Doch Obermayer genoß sein Dasein als wohlhabender Junggeselle.

Im Sommer besuchte er häufig seine Freunde aus Studententagen in Weidling. Eines Tages führten sie ihn zu einer Mauer, über die man in einen Garten blicken konnte, wo – so sagten seine Freunde – „die schönste Frau Wiens" promenierte. Neugierig blickte Obermayer über die Mauer und sah „jenseits wirklich eine junge Person von seltener Schönheit, nur etwas groß im Vergleich zu ihm. Sie erging sich im Garten, ein Buch in der Hand; zwei ganz junge Mädchen, beinahe noch Kinder, sprangen um sie herum. Ihr Gang war der einer Königin, in dem wunderschönen Gesicht lag eine Mischung von Stolz und Demut."

Obermayer verliebte sich auf der Stelle und wollte wissen, wer die schöne Dame wäre. Seine Freunde „erklärten ihm, es sei die Tochter der nebenan wohnenden Frau von Rath aus deren erster Ehe, seit einigen Jahren Witwe eines Medizindoktors; sie wäre nur selten auf Besuch bei ihrer Mutter, die ein sehr großes Haus mache und reich sein müsse. Mehr wußten sie nicht." Obermayer sann sofort auf Mittel und Wege, die reiche Witwe, deren Anblick ihm so gefiel, kennenzulernen.

„Er erkundete, daß sie Caton heiße, schon mit vierzehn Jahren (1770) an einen Doktor von Preissing, der achtundsechzig Jahre alt gewesen sei, verheiratet worden und nach einem halben Jahr Witwe geworden wäre. Auch, daß ihre Mutter und ihr Stiefvater Rath sie nicht im Hause haben wollten und man sie unter dem Vorwande, ihr eine bessere Erziehung zu verschaffen, zur Frau Kabinettskurier Caironi, einer Spanierin und ehemaligen Kammerfrau am spanischen Hofe, in die Kost gegeben habe."
Durch sein Amt kannte Obermayer alle Kabinettskuriere, und es war ihm ein leichtes, im Hause Cajetan Caironis eingeführt zu werden, noch dazu, da er als Hofsekretär gesellschaftlich eher höher einzustufen war. Caironi hatte 1745 als Supernumerarius, also unbezahlt, seine Arbeit angefangen und es zum wirklichen Kabinettskurier gebracht. Seine Frau war Quarda Damesin, Kammerfrau bei Maria Theresias Mutter, der Kaiserin Elisabeth Christine, gewesen.
Zur Besuchsstunde der eleganten Welt, zwischen zwölf und ein Uhr mittags, präsentierte er sich im Hause Caironi und wurde sehr förmlich, nach spanischer Etikette, was ihm willkommen war, empfangen. Caton, die er damals in einfacher Landkleidung und ohne Reifrock gesehen hatte, machte nun in großer Toilette auf Obermayer einen geradezu überwältigenden Eindruck. Überdies – die Konversation wurde spanisch geführt – sprach sie sehr geläufig und elegant. Bei weiteren Besuchen stellte sich heraus, daß sie auch Französisch und Italienisch beherrschte, belesen war und nicht nur Klavier spielte, sondern auch hübsch und gefällig singen konnte.
Obermayer war glücklich: Er hatte sein Idealbild ge-

funden. Diese junge hübsche und, wie er annahm, auch reiche Witwe mußte seine Frau werden. Nach einigen Besuchen bat er Frau Caironi bei Caton anzufragen, ob sie geneigt wäre, einem kleinen, mageren, häßlichen und 23 Jahre älteren Mann angehören zu wollen ...

Er erhielt nicht nur keinen Korb, sondern eine schriftliche Einwilligung von Caton, die ihn bat, mit ihrer Mutter und ihrem Stiefvater zu sprechen, weil sie ja noch minderjährig sei. Jetzt erst fiel Obermayer auf, daß er über den leiblichen Vater seiner Angebeteten überhaupt nichts wußte, und beschloß, Erkundigungen einzuziehen, vergaß es aber in seiner Verliebtheit und im Trubel der Ereignisse.

„Der nächste Sonntag war zur Fahrt nach Weidling und zur formellen Brautwerbung bestimmt. Frau von Preissing war mit der Caironi schon früher hinausgefahren, um ihre Eltern von dem Besuche und der Werbung des Herrn Obermayer zu unterrichten. Herr von Rath, der Stiefvater der Braut, war ein kleiner, schielender Mann, eine wahrhafte Karikatur. Er war ehemals Ceremoniarius der Fürstin Dietrichstein gewesen."

Ein Ceremoniarius, meist von niederem Adel, wohnte und lebte im Hause einer Dame der hohen Aristokratie, die ihm auch noch ein ansehnliches Spielgeld einräumte. Blieb er in ihren Diensten bis zu ihrem Tode oder bis zu seiner Dienstunfähigkeit, konnte er mit einer Pension rechnen. Dafür mußte er Etikette und Genealogie des Adels im kleinen Finger haben und ein vornehmes Betragen zur Schau stellen. „Er hatte die Dame in die Kirche zu begleiten, wobei er ihr so die Hand zu reichen hatte, daß seine Hand unter seinem Rockschoß lag und die Dame ihre erst auf die so bedeckte des Ceremoniarius legte."

In den Palais und bei Hofe gab es eigene Zimmer, wo sich die verschiedenen Ceremoniarii bei Kartenspiel und Geplauder die Wartezeiten auf ihre Herrschaft vertreiben konnten. Gewöhnlich speisten sie mit ihrer Herrschaft, doch bei großen Galafesten gab es extra Ceremoniariitische. Bei Einladungen hatten sie die Aufgabe, die Sitzordnung nach Rang und Würde auszuarbeiten. Dazu kam noch manch kniffliges Problem mit der Verwandtschaft. Unliebsame Gäste mußten ausgesondert werden. Viel Takt erforderte es, die Damen in ihrem Putz zu beschränken, damit nicht eine minder Hochgestellte eine Ranghöhere durch prächtigere Kleider und aufwendigeren Schmuck vergräme.

„In einem schönen, aber einfachen Staatskleide (weil es auf dem Lande war), chapeau bas [Dreispitz] mit Haarbeutel, Stock und Degen, fuhr mein Vater nach Weidling am Bach zum Landhause der Frau von Rath, wo schon die großen eisernen Gittertore geöffnet waren und ihn der Herr des Hauses, ebenfalls en grand tenue [im eleganten Rock] am obersten Treppenhausabsatze erwartete. Er führte ihn gleich in das Empfangszimmer. Dieses war sehr schön, doch die Einrichtung etwas verblichen. Dort wurde mein Vater von Rath seiner ‚Frau Liebsten' als der Bewerber um die Hand der verwitweten Frau von Preissing vorgestellt. Als mein Vater bei beiden Eltern seine Werbung vorgebracht hatte, sagte Herr von Rath nach einem beistimmenden ‚Ja', ‚Je vous laisse seul avec Madame pour arranger les affaires de famille'".

Auf gut deutsch: Das Geschäftliche besprechen Sie mit meiner Frau – und er wußte warum.

Obermayer blieb also allein mit seiner künftigen Schwiegermutter, die einmal eine sehr schöne Frau gewesen sein mußte, ihm aber eher gedrückt und wie eine gutmütige Wiener Bürgersfrau vorkam und auch wie eine solche die Unterredung eröffnete: „Na also, die Kathl wolln S' heiraten, kein Geld hat s' halt nicht." Zu seiner bösen Überraschung erfuhr Obermayer nun die Ehetragödie der von ihm ach so reich eingeschätzten Frau von Rath. Diese war in erster Ehe mit dem wohlhabenden Wirt „Zum wilden Mann" in der Kärntner Straße verheiratet gewesen, mit dem sie sieben Kinder hatte. Als ihr Mann plötzlich starb, versuchte sie, das Geschäft weiter zu führen und das Vermögen – das Gut in Weidling mit viel Grundbesitz – zusammenzuhalten. Keiner der vier Söhne wollte ins Geschäft, einer ging zum Salzamt, einer wurde Jäger, der andere Soldat, ein vierter starb in jungen Jahren. Unter ihren vielen Bewerbern gefiel ihr Herr von Rath wegen seiner vornehmen Manieren am besten, und sie heiratete ihn. Damit nahm das Unglück seinen Lauf. Das Gasthaus war zwar eine Goldgrube und blieb es bis ins folgende Jahrhundert, aber gerade dieses Gasthaus mußte gleich verkauft werden, so wollte es Herr von Rath, „denn eine Wirtin hätte sich als Frau für so einen Herrn nicht geschickt. Sie seien dann mit den Kindern fürs ganze Jahr nach Weidling gezogen, und er habe ein Absteigquartier in der Stadt gehabt. Dabei sei das Geld verschwunden, der Wein verpraßt worden – schon so manches Grundstück hätte verkauft werden müssen. Und die Kathl hätte ihr Mann, als sie vierzehn Jahre alt war, an den 68jährigen Doktor von Preissing verheiratet, der ein halbes Jahr darauf verstorben sei und dessen

Töchter aus früherer Ehe der armen Kathl das Silber, die Hauswäsche, selbst den Schmuck weggenommen hätten, weil sie behaupteten, es sei Vaters Eigentum gewesen, und niemand war da, sich der jungen Witwe anzunehmen. Nun hätte ihr Mann geglaubt, ihr erst eine noble Erziehung geben zu müssen, und so hätten sie sie zur Caironi getan."

Kurz und gut, die schöne Caton war arm: nur 4000 Gulden konnte ihr die Mutter als Mitgift geben, aber Obermayer war viel zu verliebt, um sein Wort zurückzunehmen. Am 23. Mai 1776 wurde geheiratet. Das Brautkleid kam aus Paris. Es war von grünem Moiré mit Atlasstreifen, Rock und Kleid mit perlgrauem Stoff und mit lila Girlanden besetzt. Es war so voluminös, daß Catons Tochter mit dem Stoff später ein Sofa, vier Armsessel, zwölf Sessel und acht Taburetts beziehen konnte. Die Galakleider waren damals so ausladend, daß die Damen manchmal seitwärts durch die Türen gehen mußten, wenn es keine Flügeltüren waren.

„Das Haus wurde nun ganz nach beider Sinne eingerichtet ... Die Eltern sprachen zusammen Spanisch; Papa wurde Señor, sie von ihm Señora genannt, und gegenseitig nannten sie sich Doña Caterina und Don Giorgio, auch gegenüber der Dienerschaft. Diese bestand aus einer Französin für die zwei kleinen Kinder (mein Halbbruder Josef war fünf, meine Halbschwester Lisette vier Jahre alt), dann eine Jungfer für Mama, einer Köchin und einem Bedienten, der eine graue, für die Gala jedoch eine lichtblaue Livree mit rotem Gilet und einen silberbordierten Hut hatte. Er hieß Antoni.

Caton empfing intimere Besuche meist bei der Toilette, wenn sie frisiert wurde und die Zeit mit Stricken verbrachte. Die Eheleute frühstückten nicht zusammen. Um elf Uhr ging Obermayer in die Kanzlei; seine Frau hörte um zehn Uhr die Messe und kleidete sich dann erst für den Tag an. Das Mittagessen wurde um drei Uhr aufgetragen, wenn Obermayer von der Kanzlei zurückkam. Die Kinder, die Gouvernante und der Hofmeister warteten dann bereits im Speisezimmer, wenn er seine Frau zu Tisch führte. Vor und nach dem Essen wurde gebetet, dann begaben sich Caton und ihr Mann in ein Kabinett und tranken zusammen Kaffee, die Kinder hatten weitere Lektionen. Abends um sieben ging Obermayer wieder ins Büro und seine Frau zu Gesellschaften oder mit ihren Freundinnen ins Theater.

Caton gab auch viele Gesellschaften, da ihr Mann gerne Leute sah und seine Kollegen, Diplomaten und Gelehrte einlud. So empfing sie nach dem Theater fast jeden Abend. Dann gab es kein Souper – so reich war Obermayer noch nicht –, sondern Wasser mit gestoßenem Zucker oder Tee, was damals als Getränk noch ziemlich unbekannt war. Obermayer bezog den Tee direkt aus Rußland von seinen Freunden, den Kabinettkurieren.

Richtige Soupers gab es hingegen bei Catons Freundin, der Bankiersgattin Fanny Arnstein, geborene Itzig, die einen glänzenden Salon im Hause ihres Schwiegervaters am Graben führte. Sie hatte im gleichen Jahr wie Caton geheiratet und war ihrem Mann von Berlin nach Wien gefolgt. Taktvoll, geistreich und allem Schönen zugetan, war sie bald allgemein berühmt und beliebt. Erst 1768 hatte die Kaiserin den reichen Arnsteiners gestattet, ihren Wohnsitz frei zu

Caton (Katharina) Obermayer

wählen, und sie konnten sich am Graben einmieten. Grundbesitz zu erwerben war aber Juden nach wie vor nicht gestattet.

„Eines Tages", erzählt Emilie in ihren Memoiren, „befanden sich meine Geschwister Josef und Lisette (mit der französischen Gouvernante) im Kontrollgang der Hofburg, als die Kaiserin denselben durchschritt ... Mein Bruder, der sehr schön war, fiel der Kaiserin auf. Sie frug, wem die Kinder gehörten, was Lisette der Französin übersetzte, worauf die Kaiserin nach erhaltener Auskunft ... auf französisch sagte, daß sie es liebe, wenn ihre Staatsbeamten viel auf die Erziehung ihrer Kinder verwendeten ... Als mein Vater des anderen Tages in die Kanzlei kam, fand er auf seinem Tisch eine Anweisung auf 200 Gulden jährlich für jedes der Kinder als Erziehungsbeitrag ..." Gleich nach dem Tod Maria Theresias strich Kaiser Joseph alle diese Vergünstigungen, und die erbosten Wiener brachten an Josephs Haus im Augarten eine Tafel an: „Witwenmark und Waisengut sind für Kaisers Augen gut." Damals litt Joseph an einer hartnäckigen Augenkrankheit.

Im Hause Obermayer verkehrte ein Großhändler und Heereslieferant jüdischer Abstammung namens Adam von Bienenfeld. Er und seine Tochter Therese waren zum Katholizismus konvertiert und geadelt worden. Seine Ehefrau war ihrem Glauben jedoch treu geblieben. Tochter Therese hatte die Kaiserin zur Taufpatin; sie war zehn Jahre jünger als Caton, was der Freundschaft keinen Abbruch tat. Durch Bienenfeld kamen nun viele Militärs ins Haus, die die Diplomaten ersetzten, da sich Obermayer als Beamter der geheimen Hof- und Staatskanzlei nach dem Tod der Kaiserin

auf Befehl Josephs II. jeden Umgangs mit Diplomaten anderer Mächte enthalten mußte. Der Grund für diese Verfügung wird wahrscheinlich die Spionageaffaire Günther-Eskeles gewesen sein, die sich 1782 zutrug und in Wien ungeheures Aufsehen erregte.
Valentin Günther war Privatsekretär des Kaisers, der ihn sehr schätzte und fast den ganzen Tag in seiner Gesellschaft verbrachte. Wenn der Kaiser nicht in Uniform war, unterschied er sich in nichts von der Kleidung seines Sekretärs; wie er trug Joseph hirschlederne Hosen, einen dunkelblauen Rock, Stiefel und einen dreieckigen Hut. Günther ritt mit dem Kaiser im Prater, ging mit ihm auf der Bastei spazieren und saß abends mit ihm im Theater. In seiner kärglichen Freizeit besuchte Günther seine Freundin Eleonore Fließ, geborene Eskeles, mit der er zwei Kinder hatte. In ihrem Hause wurden ihm eines Abends während einer Soirée aus der Manteltasche wichtige Briefstücke gestohlen, was ihn in des Kaisers Augen sofort zur Unperson werden ließ. Er wurde fristlos entlassen, verhaftet und nach Siebenbürgen verbannt. Seine Freundin mußte Österreich verlassen, und erst Leopold II. sprach sie vom Spionageverdacht frei. 1802 kehrte sie nach Wien zurück. Günther wurde von Franz II. rehabilitiert und siedelte sich dann mit seiner siebenbürgischen Frau in Loretto an.
„Dreimal des Jahres wurden große Gesellschaften gegeben", erinnert sich Emilie. „Am 24. November, dem Vorabend von Mamas Geburtstag, am Neujahrsabend und am 23. April, auf den Papas Namenstag und Mamas Geburtstag fiel. Jeden Samstag ging meine Mutter zu Metastasio, auch mein Vater, wenn er abkommen konnte. Dort war Musik, italienische Deklamation und

Improvisation. Metastasio hatte drei Schwestern adoptiert, Fräulein Martinez, die alle sehr schön sangen und bis an ihr Ende unvermählt blieben. Diesen hinterließ er die Renten seines großen Vermögens."
Metastasio war als armer Leute Kind 1698 als Pietro Trapassi zur Welt gekommen. Der reiche und in Rom berühmte Advokat Gravina wurde bald auf den hochbegabten Knaben aufmerksam und sorgte für seine Erziehung. Er war es auch, der den Namen Trapassi ins Griechische übersetzte und Pietro einen neuen Namen gab, unter dem er weltberühmt wurde: Metastasio. Das Versemachen war schon dem jungen Knaben leicht gefallen. Nachdem er das Vermögen seines verstorbenen Protektors durchgebracht hatte, wurde er Theaterdichter und hatte bald ein Monopol auf Opernlibretti, denn seine Verse, so behaupteten die Komponisten, setzten sich von selbst in Musik und die Sänger hätten keine Mühe, sie zu singen.
1730 übersiedelte Metastasio als Hofpoet nach Wien, wo er 30 Jahre lebte. Böse Zungen behaupteten, daß er jedes Jahr ein deutsches Wort erlernte, genug „um mir im Falle der Not das Leben zu retten". Ein anderer Ausspruch löste allgemeine Heiterkeit aus: „Nun lebe ich schon 25 Jahre hier und noch immer haben die Wiener nicht Italienisch gelernt."
Nun, das Ehepaar Obermayer sprach Italienisch, wie der Hof und die gebildeten Bürger auch; Metastasio hatte also keinen Mangel an Gesellschaft.
„Meine Mutter begann zu kränkeln. Sie litt an Blutbrechen; auch machte sie in den ersten Jahren ihrer Ehe ein paar Fehlgeburten, die sie sehr schwächten. Immerhin besuchte sie noch öfters Gesellschaften. Bald nach Antritt der Regierung Kaiser Josefs fand

wie gewöhnlich die Redoute statt, bei welcher der Kaiser noch manchmal ein Menuett tanzte. Meine Eltern waren auch auf der Redoute, Mama ohne Maske. Da ließ der Kaiser sie zum Menuett auffordern und tanzte mit ihr. Davon erzählte mir mein Vater stets mit Stolz."

1786 war Caton wieder schwanger, aber so kränklich, daß Obermayer fürchtete, sie wäre lungenkrank. Der Jugendfreund Dr. Quarin, der einst den jungen Obermayer geheilt hatte, suchte die Befürchtungen seines Freundes zu zerstreuen, aber auch Caton hatte Angst und ging heimlich zu dem berühmt-berüchtigten Arzt Franz Anton Mesmer, um sich magnetisieren zu lassen. Ihr Mann hielt ihn für einen Scharlatan und „Teufelsaustreiber", doch Caton sprach gut auf die magnetische Kur Mesmers an und brachte am 31. Dezember 1786 ein gesundes Mädchen zur Welt, das auf die Namen Emilie Therese Johanna getauft wurde. Therese von Bienenfeld, die inzwischen auch geheiratet hatte, war Taufpatin.

Caton war nach der Geburt so geschwächt, daß man um ihr Leben fürchtete. Der Säugling wurde mit einer Amme in das hinterste Zimmer verbannt, um nicht von der Tuberkulose angesteckt zu werden. Jeden Tag besuchte Obermayer seine jüngste Tochter, weil er immer fürchtete, mit seiner Frau auch sie zu verlieren. Doch beide überlebten. Caton wurde von ihrer Stieftochter Lisette, die damals erst fünfzehn Jahre alt war, rührend gepflegt. Sie kümmerte sich um alles, um die Kranke, den Haushalt, die Familie, nur um das Neugeborene kümmerte sie sich nicht. Sie wollte die Liebe des Vaters nicht teilen.

Langsam erholte sich Caton und konnte wieder in Ge-

sellschaft gehen. Als Emilie keine Amme mehr brauchte, kam keine französische Kinderfrau ins Haus, sondern eine Wienerin, die Frau Liesl, die der Kleinen nach dem Tod der Mutter eine Stütze sein sollte.
Catons Freundin, Therese von Bienenfeld, hatte ihrem Mann, dem polnischen Gardeoffizier Graf von Gintowt, inzwischen drei Mädchen geboren. Die älteste Tochter, so alt wie Emilie, starb innerhalb weniger Tage an den Pocken. Therese war außer sich vor Schmerz, und ihr Mann wollte, um sie zu zerstreuen, mit ihr nach Dresden fahren. Therese zögerte, ihre beiden Kinder zu verlassen, und mußte fast mit Gewalt in den Reisewagen getragen werden. Das eine Kind klammerte sich an sie, und der Vater übergab das schreiende Mädchen der Kinderfrau. „Diese, eine rohe Person", erzählt Emilie in ihren Memoiren, „darüber erbost, daß das Kind ihr entlaufen war, riß es an sich und warf es, als es nicht zu toben und schreien aufhören wollte, im Zimmer auf die Leiche der Schwester, ihr drohend, wenn es nicht sofort still wäre, würde sie wie ihre Schwester aussehen und sterben."
„Darüber geriet die Amme des dritten Kindes, das noch an der Brust war, in Streit mit der Kindsfrau, die ihr nun das kleine Mädchen Katharina entriß und zu den beiden anderen warf. Im selben Augenblick trat der junge Arzt Dr. Vierer ein, sah die ganze Szene und hörte den Spektakel."
Dr. Vierer – oder richtig Virer, später ein bekannter Kurarzt, der Ischl berühmt machte, konnte die Kleinen vor dem Tod nicht bewahren.
Emilie erzählt:
„... andern Tages hatten die beiden überlebenden Kinder die Blattern noch viel böser als Jeanette. Es wur-

den Krankenwärterinnen genommen, doch binnen wenigen Tagen starben nacheinander die beiden Kleinen. Meine Mutter ging nicht hin, denn sie bangte für mich. Sie beschränkte sich darauf, die Erkrankung der zurückgebliebenen Kinder Therese sofort per Eilstafette zu melden." Das Ehepaar kam erst nach sechs Wochen zurück, da Gintowt seiner Frau die Hiobsbotschaft verschwiegen hatte. „Von da an lebten sie in steten Unfrieden", schreibt Emilie.

Um diese schreckliche Seuche einzudämmen, hatte man mit Impfungen begonnen, und die Kaiserin unterhielt in Hetzendorf ein Impfinstitut, wo man mit Kuhpocken impfte. Aber erst, als Jenner eine Methode erfand, mit natürlichen Pocken zu impfen, war das Risiko für Kinder geringer, an dieser Kranheit zu sterben.

„Der grauenhafte Vorfall ...", erzählt Emilie, „mag dazu beigetragen haben, daß ich nun im Genzingerischen Hause in der Favoritenstraße, dem jetzigen Taubstummeninstitut, mit natürlichen Pocken inokuliert wurde, was damals durchaus noch nicht allgemein üblich war. Ich mußte dort mit meiner Schwester, der Kindsfrau und vierzig bis fünfzig anderen Kindern durch sechs Wochen bleiben."

Nach der erfolgreichen Impfung kam Emilie wieder zu ihren Eltern zurück in das Lobkowitzsche Haus in der Augustinerstraße, gegenüber der Kirche. Die Wohnung umfaßte neun Zimmer im zweiten Stock und kostete 400 Gulden im Jahr. Im ersten Stock lebte „der verwitweten Frau Fürstin Lobkowitz königliche Hoheit", denn dieses Haus und nicht das Palais nebenan diente als Witwensitz. „Die Abende bei meinen Eltern wurden durch ein besonderes Talent meiner Schwester Lisette verschönt; sie hatte in hohem

Grade die Gabe des Märchenerzählens. Stundenlang konnte sie mit der lieblichsten und glühendsten Phantasie so sprechen. Sie erfand die Märchen im Erzählen selbst ... Sie erzählte beliebig in deutscher, französischer oder italienischer Sprache, je nachdem die Zuhörer waren. Oft hatte man sie aufgefordert, die Märchen aufzuschreiben. Sobald sie zur Feder griff, wurde alles ein unzusammenhängender Galimathias. Ihr eifrigster Zuhörer war der damals noch ganz junge Fürst Josef Lobkowitz" (der spätere große Musikfreund und Förderer Beethovens).

„Als ich drei oder vier Jahre alt war, ließ mich die Fürstin öfter zu sich herabkommen. Sie war eine liebe Frau, gab mir Zuckerwerk und nach und nach durfte ich immer länger bei ihr bleiben. Ich hatte dort einen kleinen Tisch und Sessel für mich, noch von Fürst Josef herrührend, als er klein war und bekam die schönsten Spielsachen, meist von Gold und Silber. Doch durfte ich nur bei der Fürstin damit spielen. Nur am Silvestertage, meinem Geburtstage, schenkte sie mir immer etwas von diesen Sachen. Man hatte mich gelehrt, ihr stets Altesse royale [königliche Hoheit] zu sagen, ihr Kleid zu küssen und nicht Deutsch zu sprechen. Sie sprach immer Französisch oder Italienisch mit mir."

Emilie, die mit ihrer Mutter und Schwester viel ins Theater ging, hatte eine Leidenschaft für das Tanzen entwickelt und tanzte zu Hause alles nach, was sie im Theater gesehen hatte. Gerade in diesen Jahren war die Frau des Ballettmeisters, die Tänzerin Josephine Medina-Viganó, in ihrem fleischfarbenen Kostüm, über das sie mehrere Schleier zog, die Wiener Sensation. Dem Auge des Zuschauers erschien sie nackt.

„Empörend frech“, urteilte Karoline Pichler in ihren Memoiren. Zur Zeit der großen Kaiserin wäre die Tänzerin sofort „abgeschafft“ gewesen und hätte sich vielleicht als Bäuerin im Banat wiedergefunden.
„Mamas kleiner Salon befand sich oberhalb dem ihrigen [der Fürstin]. Dort hörte sie mich tanzen. Nun ließ mich die Fürstin auch gerne bei sich tanzen. Eines Tages durfte ich jedoch nicht mehr in Mamas Boudoir tanzen, damit die Fürstin es nicht höre. Ihre geistreiche, liebenswürdige Schwester, die schöne Lamballe war guillotiniert (sic) worden. Mein Vater wurde vom Staatsminister beauftragt, die Schreckensnachricht der Obersthofmeisterin der Fürstin mitzuteilen. Ihr Beichtvater, Graf Canal, der Pfarrer bei den Augustinern war, brachte sie ihr schonend bei.“
Prinzessin Lamballe hatte nach Frankreich geheiratet und war der königlichen Familie in Freundschaft verbunden. Als die Revolution ausbrach, eilte sie, die damals außer Landes war, sofort nach Paris, um der Königin Marie Antoinette beizustehen. Sie kam in das berüchtigte Gefängnis La Force, wurde umgebracht und ihr Kopf auf einer Pike vor den Fenstern der königlichen Familie paradiert.
Die arme Fürstin verlor darüber fast den Verstand. Sie konnte nicht essen, nicht schlafen, nur jammern und weinen. Wenn Emilie sich im Salon ihrer Mutter auf den Boden legte, hörte sie die Fürstin stöhnen.
„Sie war in größter Verzweiflung und man fürchtete für ihr Leben. Einmal jedoch, nachdem sie wieder durch Tage nichts gesprochen hatte, fragte sie ihre Kammerfrau: ‚Wo ist die Kleine? Ist sie gestorben? Ich höre sie nicht mehr singen und tanzen.‘ Man sagte ihr, daß mir das verboten worden war, um sie nicht zu

stören. ‚Nein', rief sie aus, ‚sie ist auch tot, sie wollen es mir nur nicht sagen. Wenn sie nicht gestorben ist, soll sie kommen.' Da wurde ich sogleich hinabgeholt."
Rasch zog man das Mädchen um, entfernte grellfarbige Haarschleifen und bunte Maschen von ihrem weißen Kleid. „Man sagte mir auch, in dem schwarzen Zimmer mich nicht zu fürchten, und ja nicht laut zu sprechen. Ich kann damals nicht älter als sechs Jahre gewesen sein. Ihr großes Zimmer war ganz in schwarz ausgeschlagen, sogar der Fußteppich war schwarz; die Fensterläden geschlossen; in der Mitte des Zimmers stand ein schwarz überdeckter Tisch, darauf ein Kruzifix und zwei große silberne Armleuchter mit dicken, hohen düster brennenden Wachskerzen, davor ein Betschemel, auf welchem schwarze Gebetbücher mit silbernen Klammern lagen. In einen hohen, schwarzsamtenen Armstuhl saß die bleiche, ganz in schwarz gekleidete und von langen Schleiern verhüllte Fürstin."
Das verschüchterte Kind wurde von der Obersthofmeisterin ins Zimmer geschoben und von der Fürstin weinend in die Arme genommen. Auch Emilie schluchzte zum Herzerweichen, den Kopf der armen Lamballe immer vor Augen. Oft genug hatte sie die schreckliche Geschichte erzählen gehört. Sie hielt die Knie der Fürstin fest umklammert und barg ihr Gesicht in den Falten des Kleides.
„Sie streichelte mir die Haare und fing mit mir zu reden an, ich solle nur wieder tanzen und springen. Dann ließ sie sich von meinen Puppen erzählen. Ich blieb lange bei ihr, und alles war hoch erfreut, daß sie nun wieder sprach. Daher wurde ich alle Tage hinabgeholt. Aber ich bekam keine Bonbons mehr, auch

keine Spielsachen waren da, und ich durfte nicht mehr tanzen."

Emilie, nun sechs Jahre alt, mußte erzogen werden. Ihr Vater, der hohe Beamte Obermayer, wünschte die Erziehung à la Rousseau, also modern, was seiner konservativen Frau, Caton, nicht recht war.

„Mama war sehr strenge; sie spielte nie mit mir. An bestimmten Stunden des Tages wurde ich von der Kinderfrau zu ihr geführt. Kam Besuch, so wurde sogleich die Bonne geläutet und ich wieder fortgeführt. Meinen Vater sah ich ganz kurz des Morgens und am späten Nachmittag, bevor er abends wieder in die Kanzlei ging. Bei ihm durfte ich herumtollen, wie ich wollte, bei Mama nur, wenn Bienenfeld da war; der spielte auch mit mir, ebenso wie Papa. Beide gaben mir mitunter kleine Geldmünzen zum Spielen."

Während der Vater ihr beibrachte, mit den Münzen Figuren zu legen, zeigte ihr der praktische Kaufmann Bienenfeld, wie man mit den zusammengestellten Münzen rechnen konnte. Emilie war, noch ehe sie das Lesen und Schreiben erlernte, eine gute Kopfrechnerin. Für die Anregung der Phantasie sorgte ihre Halbschwester Lisette mit ihren Märchen.

Obermayer gab seinen Kindern eine gute Erziehung, vor allem seinem Sohn, der aber nicht gerne lernte, während seine Schwester Lisette eine ausgezeichnete Schülerin war. Als Josef achtzehn Jahre war, mußte er in einem Amt untergebracht werden. Das war nicht so leicht, denn Kaiser Joseph wollte tüchtige und geprüfte Beamte, Protektionswirtschaft war ihm zuwider. Josefs Lernerfolge waren leider mäßig, und die Rechtswissenschaft war nicht seine Stärke. Fürst Kaunitz jedoch war Obermayer wohl gewogen; er ließ

die Verdienste des Vaters dem Sohne entgelten, und Josef trat in den Staatsdienst.
Fürst Kaunitz war damals schon sehr exzentrisch und von den durchreisenden Aristokraten bestaunt wie ein Wundertier, wenn sie seine Bekanntschaft machten. Der Engländer Henry Swinburne, der sich auf der „grand tour", einer Bildungsreise, befand, die in der Regel von Frankreich nach Italien, Österreich und Deutschland führte, wurde vom englischen Gesandten in Wien beim Fürsten eingeführt: „Nach dem Essen hatten wir das Vergnügen, dem Fürsten bei der Zahnpflege zuzuschauen. Es dauert lange Zeit und wird von allen möglichen Geräuschen begleitet. Eine abstoßende Prozedur! Er hat hunderte von allen möglichen Spiegeln bei sich, um die Zähne und hinter die Zähne sehen zu können. Er hat einen Wetzstein für das Messer, Zangen und Scheren sonder Zahl in den Taschen und Watte und Tücher, um Gaumen und die Augen wischen zu können. Auch darf in seiner Gegenwart niemand von Krankheiten reden ... Außerdem bietet er ein eigenartiges Bild. Seine Perücke rutscht ihm fast über die Augen, an den Seiten hat er zwei Haarrollen, die nicht genau wissen, wo sie sich am Kopf niederlassen sollen. Dabei kann er nicht genug Komplimente hören, über seine Eleganz, seine Reitkunst und dergleichen. Das Bündnis mit Frankreich, das er zustande gebracht hat, reut ihn schon lange."
Joseph II. war 1790 gestorben, sein Bruder Leopold, Großherzog von Toskana, wurde als Kaiser Leopold II. sein Nachfolger. Aus Florenz übersiedelte der ganze Hofstaat nach Wien. Unter den Kammerfrauen der neuen Kaiserin Maria Ludovica befand sich auch eine alte Bekannte der Obermayers, Madeleine Bian-

chi, mit der Caton bald den geselligen Verkehr aufnahm. Sie führte auch ihre Freundin Therese Gintowt bei ihr ein, obwohl Obermayer diese Besuche ungern sah, da Madeleine – die feurige Orientalin, wie sie genannt wurde – die Maitresse des Kaisers war, aber seine Frau konnte Madeleine gut leiden.

Madeleine war eigentlich eine Österreicherin. Sie war die älteste Tochter des Andreas Bianchi, erster Dolmetscher der österreichischen Gesandtschaft in Konstantinopel. Gesandter war damals Obermayers alter Freund Franz Thugut. Madeleine wurde in Pera bei Konstantinopel 1758 geboren. Ihr Bruder Andreas besuchte in Wien die Orientalische Akademie, um in die Fußstapfen des Vaters zu treten. Die Schwestern – es waren fünf – blieben mit den Eltern in Konstantinopel.

Jahrelang litt Bianchi an heftigen Kopfschmerzen, die ihm fast den Verstand raubten, bis er in der Nacht des 24. August 1771 plötzlich starb. Ein Gehirntumor, „die Auflösung eines Geschwürs im Gehirn", so berichtete Thugut seinem Vorgesetzten Kaunitz nach Wien, war die Todesursache. Frau und Kinder blieben in dürftigsten Verhältnissen zurück.

Thugut plädierte, Mutter und Töchter nach Wien zu schicken, wo sie Zuflucht bei Verwandten suchen sollten. Die Kaiserin kam für die Reisekosten auf, und die Bianchis fuhren per Schiff nach Venedig, wo sich ihrer der Gesandte Durazzo annehmen mußte. Er streckte die Reisekosten bis Wien vor, die dann von der Hofkanzlei beglichen wurden. Später bewilligte die Kaiserin den Bianchis eine kleine Pension.

Die Mädchen waren – bis auf die Drittgeborene – nicht schön, aber interessant, besonders die Ältere hatte wundervolle Augen. Bei ihrer Ankunft trugen sie alle die auffallende Kleidung der Fauen von Pera, nämlich türkische Hosen. „Gingen sie aus, so blieben die Leute auf der Gasse stehen oder liefen ihnen nach. Das kam der Kaiserin zu Ohren, die derlei Aufsehen erregende Dinge bei Frauen und gar bei Mädchen nicht leiden konnte und ihnen deshalb das Ausgehen verbieten ließ", erzählt Emilie.

Maria Theresia ließ Obermayer zu sich rufen, um herauszufinden, was für die Bianchis getan werden konnte. Obermayer empfahl ihr die Töchter als gut erzogen und lobte besonders die Älteste, Madeleine, die eine gute Kammerdienerin bei Hofe abgeben würde. Die Kaiserin war einverstanden. Emilie schreibt, daß die Kaiserin ihrem Vater antwortete: „Na ja, der Leopold kriegt eh ein Kind ums andere, i wir's nach Toskana schicken."

1779 reiste Madeleine nach Florenz. Dort begann der Aufstieg der „feurigen Orientalin". „Kaum dort angelangt, wußte sich Madeleine das Vertrauen der Großherzogin in dem Maße zu erwerben, daß sie sie bald aus der Kammer der Kinder in ihre eigene nahm. Mit ihrem Geist und Verstand gelang es ihr, den flatterhaftesten aller Männer, den damaligen Großherzog und späteren Kaiser Leopold, zu fesseln, der sich leidenschaftlich in sie verliebte. Sie war klug genug, seine Nebenliebschaften zu dulden, sie allein aber beherrschte ihn ganz."

Nach dem Tode Josephs II. übersiedelte sie mit dem Hof von Florenz nach Wien und erhielt ein Appartement in der Burg.

„Sie wollte ganz die Rolle einer Pompadour spielen. Die Minister machten ihr die Aufwartung; doch wurde sie nicht hoffähig und dadurch erreicht, daß ihre

Ausnahmestellung vor der großen Welt verborgen blieb. Dabei war sie nach wie vor die Trösterin der eifersüchtigen [Kaiserin], die ja soviel Ursache dazu hatte, und nur merkwürdigerweise gerade auf Madeleine nicht eifersüchtig war."
Die Rolle der Pompadour konnte Madeleine aber nur kurze Zeit spielen. 1792 schon starb Kaiser Leopold, und sein Sohn und Nachfolger, Franz II., voll Entrüstung über den Lebenswandel seines Vaters, befahl den Bianchis, die Burg sofort zu verlassen.
„Kaiser Leopold lag noch auf dem Paradebett, als dies geschah. Die Kaiserin Witwe war zwar über den Auftrag des Sohnes sehr erzürnt, willigte jedoch ein, sich von Madeleine zu trennen, nachdem sie eine Unterredung mit ihrem Sohne Franz gehabt hatte."
Kaiser Franz II. ernannte Obermayer zum Hofrat in der Hof- und Staatskanzlei. Nun wurde er mehr und mehr von seinen Geschäften beansprucht. Zu Hause lag seine Frau lungenkrank im Bett, und er rechnete mit ihrem baldigen Tod, was ihn sehr bedrückte. „Papa wurde immer ernster", erinnert sich Emilie, „und ich litt unter diesem Druck, da ich auch meine Mutter nie lachen, kaum lächeln sah."
1796 sollte für Obermayer ein Katastrophenjahr werden. Im Sommer, am 14. August, besuchte Caton mit Emilie und einer Kammerfrau den alten Freund Bienenfeld auf seiner Mühle in Deutsch Altenburg. Dort angekommen, wurde beschlossen, ins nahe Wolfsthal zu reiten, um die Baronin Walterskirchen zu besuchen. Emilie sollte mit dem Kutscher im Wagen nachfolgen. Während der Fahrt dorthin befiel Emilie eine furchtbare Angst um die Mutter, und sie bat den Kutscher unter Tränen, schneller und immer schneller nach

Wolfsthal zu fahren. Als sie dort ankam, waren die Reiter noch nicht abgestiegen, und man war gerade dabei, einen weiteren Ausritt zu planen. Emilie hatte beim Anblick der Mutter ihre Angst vergessen und blieb in Wolfsthal, wo sie mit der Tochter der Baronin im Park spielte. Plötzlich drängte sie jedoch ins Haus: „Als wir heimkamen, fanden wir alles in Aufruhr. Mama hatte unterwegs einen Blutsturz bekommen. Wie sie ins Schloß kam, weiß ich nicht. Sie sollte dort bleiben, wollte das aber nicht. Es wurde Nacht, da saß ich auf dem Boden des geschlossenen Wagens, in dem Mama auf Bettkissen lag, die Jungfer neben ihr, Bienenfeld kutschierte selbst, und Baron Walterskirchen ritt daneben, ein paar Reitknechte hinter ihnen nach. Der Doktor, den man aus Hainburg geholt hatte, folgte im zweiten Wagen. So langte der Zug bei grauendem Morgen in Deutsch Altenburg an."
Am nächsten Tag wurde Caton versehen. Am Abend kamen Obermayer, Lisette und Dr. Genzinger aus Wien, der sofort sagte, daß sie sterben würde. Da sie nicht transportfähig war, blieb sie bis Ende September in der Mühle. In Wien suchte Obermayer indessen eine andere Wohnung, da der junge Fürst Lobkowitz die Zentralgüterverwaltung in das Haus in der Augustinerstraße verlegen wollte. Am Hohen Markt fand Obermayer eine große Wohnung, die ihm zusagte, aber gehörig restauriert werden mußte.
„Und dies beschäftigte und beängstigte meine Mutter in ihrer Krankheit. Der Fürst war jedoch so rücksichtsvoll gegen unsere Familie, in der er, wie er selbst meinem Vater sagte, die einzigen frohen Stunden seiner sonst freudlosen Jugend zugebracht hatte, daß er meinem Vater zusagte, die Anwärter auf unse-

re Wohnung so lange im Gasthause unterzubringen, bis Mama ohne Schaden in die neue Wohnung transportiert werden könne."

Da die Mühle langsam zu kalt wurde, wartete man auf einen sonnigen Herbsttag, um Obermayers Gattin nach Wien zu transportieren. Auf der Reise wurde sie viermal, bei jedem Pferdewechsel, mit Suppe und Ragout gestärkt. In Wien hatte der gute Freund Bienenfeld Catons Schwestern kommen lassen, damit Lisette nicht die ganze Last der Pflege zu tragen hätte. „Lisette betreute sie mit beispielloser Aufopferung, doch konnte sie sich mit Mamas Schwestern nicht vertragen und machte meiner Mutter dadurch viel Verdruß. Trotz der Pflege wurde Mama täglich schlechter."

Emilie verbrachte die Tage bei ihrer kranken Mutter und schlief abends bei verschiedenen befreundeten Familien. Am 7. November sah sie ihre Mutter zum letzten Mal. Laut Totenprotokoll starb Caton, vierzig Jahre alt, im Lobkowitzschen Haus am 8. November 1796 um halb neun Uhr früh an der Lungensucht. Emilie war noch am 7. November spät abends in die neue Wohnung ihres Vaters am Hohen Markt gebracht worden: Da wußte sie, daß die Mutter im Sterben lag. Bei der Tür wurde sie von einem ihr fremden Hausmädchen empfangen. Das verzweifelte Kind wollte seinen Vater sehen, der sich jedoch mit seinem Gram in sein Zimmer eingeschlossen hatte. Das Hausmädchen führte Emilie durch große, leere, halb gemalte Räume, an deren Wänden die Leinwand, die man damals unter die Tapeten gab, halb aufgerollt herunterhing, in ein Hinterzimmer. Dort wartete Lisette auf sie, setzte sich zu Emilie, die nur die Decke über den Kopf ziehen und weinen wollte, ans Bett

„und fing an, bis tief in die Nacht zu erzählen, wie herzlos meine (noch auf der Bahre liegende) Mutter sie behandelt habe und wie sie sich jetzt an mir für alles Erlittene rächen könnte. Wenn ich ihr aber folge und alles tun würde, was sie wolle, auch nie bei Papa, Josef, bei Bienenfeld oder der Gintowt über sie Klage führen wolle, so möge ich tun was mir beliebt, lernen oder nichts tun, kurz so leben, wie es mir passe."
Die traumatischen Erlebnisse forderten ihren Zoll. Emilie, die sich ihrer Schwester ausgeliefert fühlte, mußte mit hohem Fieber einige Tage im Bett bleiben, wo sie wieder auf Lisette angewiesen war. Ihren Vater sah sie erst beim Begräbnis.
„Sein Schmerz äußerte sich nur in gänzlicher Schweigsamkeit. Seine Schwägerin Wimmer redete ihm zu, mich von Lisette fortzugeben, etwa zu den Salesianerinnen, oder wenigstens eine gute Gouvernante für mich zu nehmen. Aber es scheint, daß mein Vater oder Lisette, welche ihn bereits ganz umgarnt hatte, dies nicht wollten, und so blieb ich, halb mir selbst überlassen, zu Hause."
Die Wohnung war öde und traurig, auch kaum möbliert, da Obermayer – die Ansteckung fürchtend – die schönen Möbel dem Fürsten Lobkowitz verkauft hatte. Obermayer wollte keine Gesellschaften mehr haben, nur „la piccola" (die Kleine) durfte ihre Freundinnen einladen. Dann vergaß er seinen Gram und suchte die Mädchen zu unterhalten.
Emilie erhielt nun einen Zeichenlehrer, einen Klavier- und Tanzlehrer hatte noch die Mutter engagiert. Da Lisette zu Beginn des Faschings bereits die Trauer für die Stiefmutter abgelegt hatte, um keine Bälle und Redouten zu versäumen, schleppte sie Emilie mit, da

sie fürchtete, allein nicht ausgehen zu dürfen. So mußte der Tanzlehrer Emilie alle Modetänze beibringen.
Als 1797 Napoleon im Frühjahr von Italien aus Österreich bedrohte, beschloß man, Wien in Verteidigungsbereitschaft zu versetzen. Ein allgemeines Aufgebot wurde verkündet, Fremde wurden ausgewiesen, Frauen und Kinder nach Böhmen evakuiert. Obermayer, dessen Sohn dem Aufgebot folgte und als Offizier diente, schickte Emilie mit ihrer Stiefschwester Lisette zu seinem Schwager, Catons Bruder, nach Wilfersdorf, der dort Postmeister war. Bienenfeld stellte einen Wagen und Pferde zur Verfügung. Die Mädchen fuhren die ganze Nacht und fanden das Haus von Onkel und Tante Mühlbauer überfüllt mit Verwandten. Emilie stand in den folgenden Tagen stundenlang am Fenster, das Schauspiel der Flüchtenden zu bestaunen.
„Die Wagen fuhren nur langsam, im Schritt ... Die unabsehbare Wagenreihe bestand teilweise aus eigenen Kutschen, sogar prachtvolle Wagen, mit denen man damals zu Hofe fuhr, teilweise wieder aus elenden Fuhrwerk, meist Zeiselwagen; diese letzteren waren offen, höchstens mit einer Rohrdecke überdacht, dann folgten Leiterwagen, auf denen zwölf bis dreizehn Sitze angebracht waren, auf jeder Bank saßen vier bis fünf Personen ... Dazu weinende Kinder, fluchende Kutscher und eine Menge Vogelhäuser mit Kanarienvögel, Zeissigen, Nachtigallen, Papageien, schließlich Affen und viele, viele Hunde."
Da mit Napoleon ein Waffenstillstand geschlossen wurde, wälzte sich im Mai der gleiche Menschenstrom wieder in die Stadt zurück, wieder vorbei an Onkel Mühlbauers Gast- und Posthaus.
Zurück in Wien, wechselte Obermayer die Wohnung.

Er zog mit seiner Familie in die Grünangergasse; da die Wohnung restauriert werden mußte, mietete er auf der Wieden eine Sommerwohnung, nicht weit von dem luxuriösen Haus Bienenfelds.
Für Emilie gab es den gewohnten Kleinkrieg mit ihrer Halbschwester Lisette, von dem der Vater wenig merkte. Emilie durfte die Bienenfeldequipage benutzen, nicht so Lisette, die ihr das Ausfahren natürlich verbieten wollte. Die Kleine rächte sich, indem sie die Schwester nicht ins Theater mitnahm, wo sie die Bienenfeldloge zur Verfügung hatte. Im Haus war nun ein französischer Bedienter, namens Richard, und ein italienisches Stubenmädchen beschäftigt, damit Emilie die beiden Sprachen nicht verlerne. Der Plan, sie ins Pensionat zu geben, wurde wieder fallengelassen, was Emilie sehr leid tat, da sie der drückenden Atmosphäre des Hauses liebend gern entflohen wäre. Einzige Freude waren ihre Freundinnen.
Man schrieb das Jahr 1801. Österreich hatte in einem neuerlichen Krieg gegen Frankreich die Lombardei verloren. In Mailand hieß es, waren die staatlichen Kassen, die große Summen enthalten hätten, zuerst gerettet und dann doch den Franzosen in die Hände gefallen. „Der Abgang betrug ... mehrere Millionen, die Franzosen fanden kaum 500 Gulden in der Kasse und ließen den Monte di Santa Teresa [die Bank] sofort sperren. Die Akten waren verloren, die Sache nicht aufzuklären. Darüber entwickelten sich langwierige Verhandlungen zwischen Frankreich und Österreich ... Bei der Ordnung des alten Mailänder Archivs, das heraufgebracht worden war, entdeckte nun mein Vater eine Reihe von Aktenstücken, die Licht in diese dunkle Geschichte brachten.“

Dieses Wissen sollte Obermayer zum Verhängnis werden. Er ließ sich beim Kaiser Franz II. melden und erstattete seinen Bericht über die seiner Meinung nach vorgefallenen Veruntreuungen; der Kaiser verlangte mehr Beweise und bestellte Obermayer zu einer neuerlichen, dieses Mal geheimen Audienz.

„Am 11. [Mai] ging Papa, nachdem ich, wie gewöhnlich, bei ihm gelesen hatte, ins Bureau und ordnete noch vorher an, daß sein Staatskleid für die Audienz des nächsten Tages bereitgestellt werde. Er kam an diesem Tage zum Speisen nach Hause und brachte eine sehr schöne Salamiwurst mit, die er im Bureau von einem Kurier gekauft hatte. Es fehlte daran ein Stück, das, wie er sagte, in der Kanzlei verzehrt worden war, weil die Herren sie gekostet hätten. Sie versicherten, daß sie sehr gut gewesen sei. Auch die beiden Hofräte R. und P. hatten davon gegessen."

Diese beiden Hofräte waren vor der französischen Besetzung Mailands in der österreichischen Verwaltung tätig gewesen und als Kenner der Mailänder Verhältnisse ebenfalls mit der Aufspürung der verschwundenen Gelder beschäftigt, doch hatte Obermayer ihre Bemühungen als eher verwirrend denn aufklärend gefunden.

„Papa wollte zu Tische nichts mehr von der Salami sprechen; sie sollte für morgen aufgehoben werden. Er nahm Suppe, doch kein Fleisch mehr; es schüttelte ihn und er sagte: ‚Mi ho guastato lo stomaco con questo maledetto Salame' [diese vermaledeite Salami hat mir den Magen verdorben], stand vom Tische auf und legte sich auf den Diwan."

Er schlief bis sechs Uhr abends, dann wollte er in der Kanzlei die Akten für die Audienz holen und seine beiden Töchter vom Theater abholen. Statt des Vaters erschien der französische Bediente Richard in der Loge, die Mädchen nach Hause zu holen, da Obermayer todkrank vom Büro nach Hause gebracht worden war. Die Jungfer Anette hätte bereits Dr. Genzinger geholt.

„Als wir die (mir eine Ewigkeit dünkenden) drei Stockwerke hinaufgekommen waren, fanden wir meinen Vater in einem schrecklichen Zustande vor. Genzinger war nicht da, aber sein Substitut Dr. Careno. Dieser, die Köchin und Antoni mußten ihn halten, denn, ganz ohne Besinnung wollte er stets aus dem Bette springen und dicker Schaum stand ihm vor dem Munde. Ich stürmte auf Papa zu und wollte ihn umarmen, Careno jedoch rief: ‚No, è invenenato‘ [nicht doch, er ist vergiftet]. Lisette schrie sogleich: ‚Die Salamiwurst‘; dieses Wort brachte ihn zu sich, er rief: ‚Via lo Salame, è invenenato‘ [weg mit der Salami, sie ist vergiftet!]“

Zur großen Verzweiflung Emiliens wurde ihr Hund geholt und mit einem Stück der Wurst gefüttert, die ihm sehr behagte; er zeigte keinerlei Anzeichen einer Vergiftung.

„Inzwischen war endlich um zehn Uhr, Genzinger gekommen, der auch sagte, es seien Symptome einer Vergiftung da. Man gab Papa Milch und Brechmittel, doch kam er die ganze Nacht nicht zu sich.“

Dr. Quarin, den man zugezogen hatte, gab Obermayer wenig Hoffnung zu überleben. Er war sicher, daß sein Freund mit Aqua Toffana, einer Arsenikverbindung, vergiftet worden war, daß die Täter jedoch die Dosis zu hoch angesetzt hätten, um eine natürliche Krankheit erfolgreich vorzutäuschen. Genzinger war eher optimistisch, da der Patient die erste, starke Attacke lebend überstanden hätte. Die Salami war chemisch untersucht und einwandfrei befunden worden. Alle Personen, die zur fraglichen Zeit in der Kanzlei waren, wurden nun um Einzelheiten befragt. Daraus ergab sich folgender Tatbestand: Obermayer war, wie gewöhnlich, um elf Uhr in sein Amt in der Herrengasse 28 gekommen, um die Akten für die Audienz zusammenzupacken. Sein Zimmer war durch einen Gang direkt mit dem Arbeitskabinett des Ministers verbunden. Eine andere Tür führte zu einem großen Zimmer, wo die Offizialen und junge Adelige saßen, die sich auf Gesandtschaftsposten vorbereiteten. Sie unterstanden Obermayers Aufsicht. Dort arbeitete auch sein Sohn. Im nächsten Zimmer saßen die Kanzlisten, kamen die Kabinettskuriere mit ihren Botschaften, machten die Türhüter und Kanzleidiener Dienst.

Der Kabinettskurier hatte Veroneser Salami gebracht, die im Vorzimmer verteilt, verkauft und gekostet wurde. „Der Türhüter Fagnami, ein älterer, meinem Vater sehr ergebener Mann, hatte meinem Vater gemeldet, daß die Hofräte P. und R. im Vorzimmer wären, und von jenem früher erwähnten Kabinettskurier, dessen Namen ich leider vergessen habe, herrliche Veroneser Salami gekauft hätten."

Obermayer kaufte ein Stück, sein Sohn ging damit zu Fagnami, damit er es zerteile und auf einen Teller lege. Bevor er jedoch den Teller zu seinem Vater tragen konnte, wurde er von Hofrat R. gebeten, ein Aktenstück zu suchen. R. und P. begannen ihrerseits ihre Wurst zu schneiden und schickten Fagnami um Wein. „Dies alles dauerte nur wenige Minuten, doch hatte Fagnami bemerkt, daß P. seine Salami mit einem Messer schnitt, das er bei sich hatte. P. kam nun mit

dem Teller und reichte ihn Papa, der davon nahm und aß. Auch P. und R. griffen nach einem Stück – den Rest nahm P. an sich, lief damit hinaus und kam nun mit zwei Tellern zurück. Man hörte etwas klirren, R. hatte einen Teller fallen lassen, der zerbrach. Die Reste der Salami, die darauf gewesen waren, schoben sie beiseite. Unterdessen war auch mein Bruder mit der von R. geforderten Schrift zurückgekommen und alles aß Salami und trank Wein dazu. Die zwei Hofräte empfahlen sich und gingen mit dem Reste ihrer Wurst fort, mein Vater gleich wieder an seine Arbeit. Wein hatte er nicht getrunken, das lag nicht in seiner Gewohnheit. Papa erinnerte sich, daß ihm das Stück Salami, das er genommen hatte, sowie die zwei anderen Stücke, die auf dem Teller lagen, größer vorgekommen seien, als es dem Umfange der von ihm gekauften Wurst entsprochen hätte. Mein Bruder war, als er mit dem Aktenstück wiederkehrte, die Blässe der beiden Herren aufgefallen, und er erinnerte sich, daß sie an den Händen gezittert hätten."
Fagnami gab noch an, daß beim Verlassen des Bureaus sich P. im Vorzimmer niedersetzen mußte und die Hände vors Gesicht gehalten hätte, worauf R. ihm zugerufen hätte: ‚Via, partiamo' [Gehen wir] und festen Schrittes zur Tür hinaus sei. Antoni teilte mit, daß die zwei Herren ihn um ihre oben vergessenen Mäntel geschickt hätten, ihm dann ‚addio' sagten und jeder einen Dukaten gab, weil sie beide abreisten."
Die ganze Geschichte dieser Vergiftung ist so mysteriös, daß die Nachkommen Emiliens sich sehr bemühten, vor Veröffentlichung ihrer Memoiren authentische Dokumente zu finden. Sie stellten Nachforschungen im Haus-, Hof- und Staatsarchiv an.

Obermayers Personalakt enthält jedoch nichts, was auf eine Vergiftung des Beamten hindeutet. Zwei Aktenstücke über Vorträge beim Kaiser waren damals noch vorhanden. Der eine Akt vom 28. Oktober befaßte sich mit den Abgängen in der Staatskasse, dem Monte Teresa, in Mailand. Der zweite, datiert vom 24. Dezember, nannte Namen und wies bedeutende Betrügereien nach. Er bezifferte den Schaden, den der Staat erlitten hatte, auf 20 Millionen Gulden. Diese beiden Akten sind inzwischen auch verschwunden, wahrscheinlich dem Justizpalastbrand des Jahres 1927 zum Opfer gefallen.

„Als mein Vater nun nicht zur Audienz kam und dem Kaiser gemeldet war, daß er krank sei, erschien in seinem Auftrag noch am selben Tage ein Kabinettssekretär (ich glaube er hieß Knecht) und holte die Akten, die mein Vater, als er nach Hause kam, in seinem Schreibkasten verschlossen hatte. Den Schlüssel hatte er unter seinen Kopfpolster gelegt, das hatte Antoni noch gesehen. In Gegenwart meines Bruders wurde der im Nebenraum stehende Schreibkasten geöffnet und der Kabinettssekretär nahm alle darin sich befindlichen Schriften an sich. Von alledem sah und hörte Papa nichts, er war fortwährend bewußtlos."

Der Kaiser ließ Obermayers Arzt kommen und befahl ihm, keinerlei Nachforschungen über die Krankheit seines Patienten anzustellen. Alle Medikamente mußten von der Hofapotheke bezogen werden, die Ärzte persönlich die Rezepte bei der Apotheke abgeben. Die Kosten übernahm der Hof. Zur besseren Pflege – Emilie dachte zur besseren Überwachung – wurden zwei Barmherzige Brüder geschickt, die einander abwechselten.

„Das dauerte so volle neun Tage. Dann wurde der Patient ruhiger. Gleich am Tage der Erkrankung hatte man ihn, nach damaliger Sitte öffentlich versehen lassen, wobei das ganze Personal der Staatskanzlei und die Leiblakeien Sr. Majestät mit brennenden Kerzen mitgingen. Er war nicht imstande zu beichten und zu kommunizieren, er erhielt jedoch die letzte Ölung. Auf dem Krankenbulletin, das zweimal des Tages im Vorzimmer aufgelegt wurde, standen alle Notabilitäten Wiens."

Obermayers Krankheit wurde als Flecktyphus bezeichnet. Als das Bewußtsein wiederkehrte, wußte er sich nur daran zu erinnern, daß er statt ins Theater nach Hause gefahren sei. Er fragte sogleich nach seinen Akten und wann der Arzt erlaube, daß er zur Audienz könne.

Langsam brachte man ihm bei, daß die Akten abgeholt worden waren. Er war sehr schwach, und man fürchtete stets um sein Leben.

„Im Juni konnte Papa zeitweilig auf den Armsessel außer Bett gebracht werden, im Juli wurde er täglich für einige Stunden ins große Empfangszimmer gerollt und wechselte öfters die Schlafzimmer. Die Barmherzigen wurden entlassen. Im August konnte er sogar einige Male ausfahren. Er sah ganz abgezehrt aus, wie ein Skelett und der fortwährende Husten quälte ihn."

Im Juni richtete Obermayer ein Gesuch an den Kaiser um eine 1791 zugebilligte Personalzulage von 800 Gulden, die er durch eine Beförderung in die nächsthöhere Klasse verloren hatte, die aber seinem damaligen Vorgesetzten belassen worden war. Das Gesuch wurde vom Kaiser nie erledigt.

Es war Obermayer nicht vergönnt, seine letzten Tage

in der Wohnung am Hohen Markt in Ruhe zu verbringen. Wieder beanspruchte der Hausbesitzer die Räume. Am 14. Oktober wurde er in sein neues Domizil am Franziskanerplatz getragen. Im Erdödyschen Haus, im zweiten Stock, war seine letzte Bleibe.

Trotz seiner Schwäche hatte Obermayer Zukunftspläne. Er wollte sich in Preßburg bei seinem Freund, dem pensionierten Minister Thugut, zur Ruhe setzen und die Sommer in Deutsch Altenburg verbringen.

„Diesen schönen Plänen machte sein Tod, der am 24. November 1801 um vier Uhr nachmittags erfolgte, ein Ende. Ruhig verschied er."

In seinem Testament hatte Obermayer seinen beiden Töchtern alles, seinem Sohn nur das Pflichtteil hinterlassen. Das Testament „machten den Bruch zwischen Josef und Lisette vollständig. Doch bestand mein Bruder darauf, für mich Mitvormund zu werden, was das Gericht auch zugestand."

Am Namenstag seiner verstorbenen Frau, am 25. November, wurde Obermayer begraben. Die meisten Kollegen aus der Staatskanzlei gaben ihm das letzte Geleit, ebenso die Diener, Bienenfeld und alle Freunde des Hauses. Im Totenprotokoll der Stadt Wien ist als Todesursache Obermayers, wie bei seiner Frau, Tuberkulose angegeben. Emilie spricht aber vom Sektionsbefund, wonach alle Eingeweide mit blauschwarzen Flecken übersät waren. Dieser Befund wurde noch am gleichen Tag vom Hof angefordert und nie mehr gesehen.

„Die Hofräte R. und P. überlebten meinen Vater nicht ein Jahr. Der eine stürzte sich in die Lagunen Venedigs, der andere erhängte sich in Zara. Das waren seine Hekatomben."

Emilie und Lisette lebten nun die nächsten Jahre recht und schlecht zusammen. 1804 heiratete Emilie Bernhard von Weckbecker, mit dem sie zehn Kinder hatte, von denen sechs am Leben blieben. Der jüngste Sohn Hugo, der eine militärische Karriere machte, erbte offensichtlich das schriftstellerische Talent seiner Mutter, denn er führte ein Tagebuch und veröffentlichte später seine Memoiren. Emilie selbst griff noch einmal zur Feder, um die Ereignisse der Revolution von 1848, die sie in Wien erlebte, aufzuzeichnen. Ihre Kindheitserinnerungen schrieb sie „zur Erbauung ihrer Kinder und aus Dankbarkeit für ein gütiges Geschick", da ihr eine gelungene Staroperation – eine der ersten ihrer Art – das Augenlicht wiedergab. Sie war damals 72 Jahre alt.

Weckbeckers führten ein geselliges Haus. Sohn Hugo schreibt, daß er 1820 am Faschingssonntag zur Welt kam, „nachdem meine Mutter zum Tanze aufgespielt hatte". Im Winter war jeden Sonntag große Gesellschaft, da wurde getanzt, gespielt und vorgelesen. Lisette wird nicht mehr erwähnt.

1810 machte Lisette, schon recht kränklich, ihr Testament und setzte ihre Schwester zur Universalerbin ein. Dem Sohn des Bruders hinterließ sie ihre goldene Uhr und den Dienstboten ihre Kleider, doch sollte ihre Schwester nach ihrem Gutdünken verfahren. Von alter Herrschsucht ist nichts mehr zu spüren. Lisette wollte „so schnell und geschwind als möglich begraben werden".

Vierzig Jahre alt, starb sie am 25. Mai 1815 an „Blutbrechen", der Obermayer-Krankheit, im Windhagischen Haus in der oberen Bäckerstraße.

Eine Säule des Staates: das Militär

Österreich war ein Beamtenstaat, aber kein Soldatenstaat. Soldat wurde, wer nichts gelernt hatte, Bauer war und – oder – arm war. Wer den Kaufschilling des Werbers genommen hatte, war Soldat auf Lebenszeit, bis zur Untauglichkeit. Desertierte er und wurde wieder gefangen, erwarteten ihn drakonische Strafen oder der Tod. Erst Maria Theresia gab Deserteuren von Zeit zu Zeit eine Chance, straffrei wieder in die Armee einzutreten. Offizier zu werden gelang einem Gemeinen in den allerseltensten Fällen. Nur Adeligen stand diese Laufbahn offen, selbst der Dümmste konnte sich ein Regiment kaufen und seine Leute in den Tod treiben.

Maria Theresia, die am Anfang ihrer Regierung viele Kriege zu führen hatte, und das mit einem wenig schlagkräftigen Heer, bemühte sich um Reformen, half dem gemeinen Mann und versuchte, das Ansehen der Soldaten zu heben. Ab 1751 hatte das Militär Zutritt bei Hof, und bereits ab 1750 bewarben sich fast 60 Prozent aller Adeligen für den Militärdienst, während der Adel zuvor den Verwaltungsdienst anstrebte. Verdiente Subalterne konnten in den Offiziersrang aufrücken, wurden sogar gelegentlich geadelt, wie dies auch bei Beamten der Fall war. Es gab eine Art Faustregel, nach der Adelsprädikate ausgestellt wurden: zur Hälfte Offiziere, ein

Drittel Beamte, sieben Prozent für Künstler und Wissenschaftler, neun Prozent für Männer der Wirtschaft. Zwei Autobiographien von Soldaten, die beide Schützlinge der Kaiserin waren, vermitteln ein Bild der Zeit: Josef Rauch, der Sohn eines kaiserlichen Leiblakeien, früh verwaist, in der Ingenieursakademie erzogen, war zeit seines Lebens unglücklich. Klein, schmächtig und undiplomatisch in seinem Wesen, wurde er von seinen Vorgesetzten abgelehnt. Nur seiner Zähigkeit und den Napoleonischen Kriegen verdankte er es, als Hauptmann pensioniert zu werden. Doch bis an das Ende seiner Tage fühlte er sich von der Offizierskaste zurückgesetzt und gedemütigt.

Ganz anders Johann Michael Reichardt, der als Feldwebel mit Maria Theresia bekannt wurde. Sein charmantes Wesen, seine Freimütigkeit empfahlen ihn der Kaiserin, die einen Blick für tüchtige Leute hatte. Er bat sie, ihm zur Freistellung vom Militär zu helfen, was sie auch tat. Sie brachte ihn beim Staatsrat als Schreiber unter. Mit seinen minimalen Schulkenntnissen arbeitete er sich nach oben, lernte und arbeitete unermüdlich, wußte sich angenehm zu machen und fand einen selbstlosen Mentor im Dekan der juridischen Fakultät, der ihn erzog und leitete. Reichardt starb als wohlhabender, zufriedener Mann.

Josef Rauch

Ein Patenkind der Kaiserin

WOHL FROH ICH HIER DIE AUGEN SCHLOSS
WARD DOCH DAS EXERZIEREN LOS
(GRABSCHRIFT)

Ich wurde zu Wien den 9. Februar 1765 geboren. Von den Edlen, die mir das Dasein gaben, weiß ich, da ich sie beinahe im Kindesalter verloren, leider nur weniges; und selbst dieses wenige nur aus mündlicher und schriftlicher Überlieferung", beginnt Josef Rauch seine Erinnerungen.
Das Wenige, das er über seine Familie zusammentragen konnte, wußte er von seinem Onkel, dem Bruder seines Vaters, der Domherr in Erlau war, und von seinem einige Jahre älteren Bruder Wenzel.
Der Domherr berichtete, daß Rauchs Vaters mit zusammengewachsenen Füßen zur Welt kam, die operativ getrennt werden mußten. Die Familie stammte aus Weingarten in Vorderösterreich, dem heutigen Württemberg. Der Großvater trank und spielte, mißhandelte Frau und Kinder, bis diese sich durch die Flucht retten konnten. Der ältere Sohn wurde Geistlicher, der jüngere, Vater unseres Josef, Soldat. Er hieß Josef Karl Rauch und wurde 1729 in Weingarten geboren, diente als junger Soldat in österreichischen Regimentern; durch Verwundung dienstuntauglich, fand er endlich 1760 eine Stelle als Leiblakai am Hofe Maria Theresias. 1764 wurde er Türhüter bei der Erzherzogin Marie Christine.
Ein Türhüter damals hatte nicht mehr mit gezogenem Schwert die inneren Gemächer mit seinem Leben zu schützen, sondern sehr prosaisch den Herrschaften die Türen zu öffnen und auch wieder zu schließen, um die Zimmer vor Zugluft zu bewahren. Kaiserliche Türhüter mußten wohlgewachsen sein und ein gehöriges Maß von Geduld und Menschenkenntnis für ihr Amt mitbringen. Rauchs Vater war ein schöner Mann, wie ihn Joseph beschreibt. Er ver-

diente 450 Gulden jährlich. Bald nach seiner Anstellung heiratete er Elisabeth, die Tochter des Kittseer Forstmeisters Kopp, „eines der schönsten Weiber ihrer Zeit", wie Bruder Wenzel sie beschreibt. „Sie war groß, schön und majestätisch von Gestalt; unser Vater ein großer, schöner, aber barscher Mann", als Unteroffizier ans Kommandieren gewohnt.
Elisabeth Rauch war auch eine gebildete Frau, die Französisch sprach und eine schöne geschulte Singstimme hatte. Maria Theresias Gemahl, Kaiser Franz Stephan, hörte sie gerne singen, und Josef Rauch besaß von ihr noch ein gebundenes Buch mit Arien aus jener Zeit. Auch der Vater sprach Französisch. Durch das Nahverhältnis zur kaiserlichen Familie hatten die Kinder alle hochgestellte Taufpaten. Der älteste Sohn Wenzel wurde vom Fürsten Kaunitz, vertreten durch seinen Kammerdiener Antoni, aus der Taufe gehoben, bei Josef war es die Kaiserin, die den Kammerheizer Florian schickte. Josefs Bruder Albert hatte 1767 Albert von Sachsen-Teschen zum Taufpaten. Die beiden Mädchen, Maria Anna, 1768, und Franziska, 1771 geboren, hatten keine illustren Paten mehr, sondern Türhüter und Stadtbaumeister aus Preßburg.
„Unsere Mutter", so erzählt Wenzel weiter, „stillte an ihrer Brust die Tochter Kaiser Josephs, Therese, als ich ungefähr 6 Wochen alt war, daher ich dann auch von dieser Zeit bei Wasser erzogen ward, welches Los auch dich betraf, da unsere Mutter nach deiner Geburt 9 Löcher in den Brüsten bekam, mithin dich nicht stillen konnte. Dafür, daß sie die Tochter eines Kaisersohnes an ihrer Brust nährte, erhielt sie die große goldene Gnadenkette."
Erzherzogin Therese war das einzige Kind, das Jo-

seph II. aus der Ehe mit seiner geliebten Frau Isabella von Parma hatte. Das Mädchen starb im achten Lebensjahr. Die goldene Gnadenkette wurde nach dem Tod der Mutter versteigert und brachte 191 Gulden 8 Kreuzer ein.

„Zwölf Jahre lebten unsere Eltern zusammen. Im Jahr 1772 erkrankte der Vater und starb, nicht ganz 43 Jahre alt, an einer hitzigen Krankheit am 2. Juni um 10 Uhr nachts; unsere arme Mutter kränkelte seitdem fortan, war abwechselnd einen Tag um den andern auf und im Bette; ward bedeutend bestohlen und setzte sich endlich, nachdem sie ihre Kinder an verschiedenen Orten in die Kost untergebracht hatte, bei den Elisabethinerinnen zu Preßburg, woselbst sie Witwe geworden, gegen Bezahlung jährlicher 200 Gulden in Pension."

Als Josef Rauch ein Jahr alt war, heirateten Erzherzogin Marie Christine, Maria Theresias Lieblingstochter, und Herzog Albert von Sachsen-Teschen. Als Statthalter von Ungarn übersiedelte das Paar nach Preßburg und mit ihm der ganze Hofstaat. Die Rauchs hatten in Preßburg in der Burg eine schöne Wohnung, daran konnte sich der Kleine auch erinnern, „die für die damalige Zeiten ganz artig möbliert sein mochte, wie ich aus meinem Gedächtnis noch vorschwebendem Stücke, einem großen, breiten, mit karmesintaffetenem Vorhange gezierten Himmelbette schließe".

Von der Wohlhabenheit der Eltern blieb nicht viel. Nach dem Tod des Vaters bezog die kranke Mutter nur 220 Gulden Pension, davon mußte sie den Nonnen für die Pflege 200 zahlen. Ihre Kinder hatte sie mit Hilfe der illustren Taufpaten bei verschiedenen Institutionen untergebracht, aber die irdischen Güter,

die nach ihrem Tode versteigert wurden, brachten nur 890 Gulden 31 Kreuzer ein, und bei der Endabrechnung 1781 fielen auf jedes Kind 165 Gulden.
Im April 1776 hatte Elisabeth Rauch ihr Testament aufgesetzt. Der Oberapothekerin des Klosters und der Schwester Floriana vermachte sie je drei Gulden und ihren Töchtern die zwei Hofkleider samt den Spitzen, die aber zu versteigern und der Erlös zinsbar anzulegen sei, da die Söhne ein „mehreres für die Erziehung gekostet" hätten. Sie vermachte den beiden Mädchen auch ihr und ihres Mannes Porträt nebst zwei anderen und „ein kleines Jesu Kindlein".
Solange der Vater lebte, besuchten die Kinder die Schule. „Meine erste Erziehung genoß ich in meiner Eltern Hause in einer Schule zu Preßburg (bei den Jesuiten). Die Natur schien mich mit Geistesgaben nicht stiefmütterlich ausgerüstet zu haben, denn schon im 7. Jahr sprach ich fertig Latein und hatte bereits manches Wissenschaftliche inne ... Die Schule hatte eine Art militärische Verfassung ... Der Versammlungssaal der Studierenden war der Länge nach in zwei Teile geteilt, deren eine Seite die der Römer, die andere die der Karthager hieß", erzählt Rauch. Er selbst saß bei den Karthagern. „Jede dieser Parteien versuchte durch besonderen Eifer und gute Prüfungsergebnisse die andere zu besiegen und die auf jeder Seite aufgepflanzte Fahne zu erobern. In jeder Gruppe gab es ‚Konsulartribunensitze' für die besten Schüler.
War der Sieg einer Partei besonders glänzend, so ward die Niederlage der anderen dadurch gestraft, daß sie *sub jugum* [unter das Joch] gehen mußte, das war: Sie mußte in den Lernstunden so lange knieend

dem Unterrichte beiwohnen, bis sie durch gedoppelten Fleiß nicht nur die Scharte ausgewetzt, sondern einen Sieg ihrerseits über ihre stolzen, sie verachtenden Feinde erhalten hatten, was nicht selten in Kürze der Fall war."

Josef war ein ehrgeiziger Schüler und saß gerade wieder auf der Ehrentribüne, als ihn dort der Lehrer in Latein prüfte, worin er sehr gut abschnitt. Dann wollte dieser sozusagen als Draufgabe wissen, wieviel ein mal eins sei. Dies verblüffte den armen Josef dergestalt, daß er „ganz geistesverloren, stumm und besinnungslos" dastand und keine Antwort wußte. Da kam er auf die Eselsbank. Nur zwei Jahre sollte er in dieser Schule verbringen, dann zerstreute der Tod des Vaters die Kinder in alle Windrichtungen.

Wenzel, der Älteste, kam als Zögling zu den Augustinern auf die Landstraße, der Jüngste in die Kost zu Herzog Alberts Kammermaler Franz Fuxeder und einige Jahre später als Tambour in das Regiment Belgiojoso. Die älteste Schwester wurde bei einer Freundin der Mutter, der Goldarbeiterin Katharina Schumayer, in Preßburg untergebracht.

Josef, das Patenkind der Kaiserin, wurde mit seiner Schwester Franziska nach Wien gebracht, zuerst in das von Maria Theresia gestiftete Versorgungshaus und dann zur Beamtenwitwe Stubenreich, weil die Kaiserin Familienpflege der Institutserziehung vorzog. Die Witwe Stubenreich, die neun Knaben betreute – wie viele Mädchen sie unter ihrer Fuchtel hatte, erfahren wir nicht aus Rauchs Memoiren – war „ein eigennütziges, höchst beschränktes Weib", die nur an die Höhe des Kostgeldes dachte, wenig Nahrung und Bildung, aber viele Prügel austeilte. Dort vergaß er in

kürzester Zeit, was er zuvor gelernt hatte, übte sich aber in Raufereien.
Josef war ein kleiner, schwacher, aber sehr jähzorniger Bub, vom Ehrgeiz besessen, etwas darzustellen, und dabei äußerst schüchtern. Außerdem hatte er noch eine jüngere Schwester zu beschützen, also für die Lausbuben der Frau Stubenreich das ideale Quälobjekt.
Die Zöglinge der Witwe Stubenreich waren wilde Knaben, die, unbeaufsichtigt, einander lebensgefährlich wurden. Einmal stieß Josef einem Kameraden, der ihn nicht in Ruhe seine Aufgaben machen ließ, sein Federmesser so unglücklich in den Kopf, daß er ihn fast getötet hätte. Mit dem Messer war er immer schnell zur Hand, das er ein andermal einen Buben, der ihm ein Stuhlbein über die Nase schlug, bis zum Griff in die Hand bohrte. Von all diesen Verletzungen erfuhr die strenge Witwe nur beiläufig, denn: „Sofort vergaßen wir unseren Zwist und sannen gemeinsam nun auf Mittel, durch scheinbare Ausflüchte den wahren Hergang der Sache vor unserer strengen Kostfrau ... zu bemänteln ... was uns auch vollkommen gelang."
Zurückblickend auf seine Kindheit, schienen ihm diese Zwischenfälle für seine charakterliche Entwicklung bedeutungsvoll: „Selbständigkeit und empörendes Gefühl gegen Erduldung unberechtigter Kränkungen ... Geschwisterliebe, Mut und Tapferkeit. Irre ich hierin nicht, so leuchten schon aus diesen die Hauptzüge meines Charakters hervor, die sich in der Folge ganz entwickelten." Sein Charakter aber sollte ihn in der Militärakademie um alle Chancen bringen. Seine Vorgesetzten fanden ihn zum Offizier untauglich, und er

mußte große Widerstände überwinden, bis er es zum Hauptmann brachte.
„Das Jahr 1777 [brachte] für mich zwei sehr traurige Ereignisse. Das erste war die Entführung meines um wenige Jahre jüngeren Bruders Albert aus dem Hause, worin er in Versorgung stand ... Alles was man über diesen Vorfall erfuhr, war, daß ein als k. k. Oberst sich ausgebender Mann in Stabsoffiziersuniform eines Abends in das Haus des Malers kam, der meinen Bruder in der Kost hatte, eine Verordnung der Monarchin vorwies, kraft derer er beauftragt sei, den Knaben sofort von ihm in Empfang zu nehmen, was dieser sich dann auch ohne minderst weitere Untersuchung gefallen ließ."
Offenbar genügte ein Aktenvermerk. Was immer auch mit Waisenkindern geschah, die Geschwister oder Verwandten wurden nicht unterrichtet. Wahrscheinlich wußte der zehnjährige Bub, der in ein italienisches Regiment kam, nicht einmal die Adressen seiner Geschwister.
Das zweite traurige Ereignis für Josef war der Tod der Mutter.
1776 fanden die Nonnen die arme Frau steif und kalt im Bett und bahrten sie in der Kapelle auf. Durch die bittere Kälte in der Nacht erwachte die Scheintote wieder zum Leben und wurde zurück in ihr Zimmer gebracht. Erst eine Kur im Schwefelbad erschütterte ihre Gesundheit gänzlich; sie starb am 2. August 1777.
Elisabeth Rauch hatte, als sie ihr Ende nahe fühlte, „der Kostfrau geschrieben, man möchte ihre Kleinen unter sicherer Obhut auf ihre Rechnung auf einige Tage nach Preßburg senden; umsonst! Das gefühllose

Weib nahm von der Bitte einer sterbenden Mutter nicht die geringste Notiz, und die Scheidende starb in Kürze darauf". Den Tod der Mutter erfuhr Josef später von seinem älteren Bruder Wenzel.

1780 wollte Maria Theresia „noch einmal alle ihre aus dem Kammerbeutel versorgten Kinder sehen ... an deren Spitze [ich] eine lateinische Anrede an sie hielt, die sie von mir verdeutscht zu hören verlangte, und sodann mich und alle andern, reichlich beschenkt, entließ. Diese Aufwartung geschah in Schönbrunn und ich trat da eben in mein fünfzehntes Jahr."

Josef, der immer behauptete, daß er bei seiner Kostfrau nichts lernte, konnte also zumindest gut Latein; er schreibt in seinen „Erinnerungen" aber auch, daß er Philosophiekurse an der Universität besuchte und Mathematik zu studieren begann, weshalb man ihn dann wahrscheinlich in die Ingenieursakademie gab, da er in diesen Fächern Talent zeigte.

Der berühmte Kammerbeutel der Kaiserin wurde vom Kammerzahlmeister Mayer verwaltet. Auf dessen Grabplatte in der Michaelerkirche ist der beziehungsreiche Spruch eingraviert: „Herr öffne Deiner Freuden Schoß, dem guten und getreuen Knechte, durch dessen ausgestreckte Rechte Herzens Erbarmen floß."

Aus dem Kammerbeutel bezahlte die Kaiserin Geschenke für ihr Hofpersonal – allein die Nikologeschenke beliefen sich auf 5850 Gulden. Trat ein Kammerfräulein aus dem Dienst, konnte es 3000 Gulden erwarten, Kammerdienerinnen bis zu 2000 Gulden, gewöhnliches Dienstpersonal 32. Als 1779 der Pulverturm bei Nußdorf durch eine Explosion in die Luft flog und 92 Tote und Verletzte forderte, spendete die

Kaiserin den Opfern 22000 Gulden. Täuflinge kosteten sie 1780 die Summe von 22350 Gulden. Knaben erhielten mehr als Mädchen, da deren Erziehung kostspieliger war.
Waisen und Findelkinder wurden unterhalten, Kadetten equipiert und konvertierte Juden oder Protestanten unterstützt. Es gab auch abstruse Renten, wie zum Beispiel die Renten der Blatternbeter. Als Maria Theresia an den Blattern erkrankt war, hatten zwölf vier- bis fünfjährige Kinder für die Genesung der hohen Frau gebetet und, da sie genas, eine jährliche Rente von je 30 Gulden erhalten. Die Eltern der Knaben, dessen Pocken den Impfstoff für die Tochter des Kaisers lieferte, erhielten für die erteilte Zustimmung eine Rente von 100 Gulden.
Maria Theresias Sohn und Nachfolger, Joseph II., hob dieses Wohlfahrtssystem der Kaiserin nach ihrem Tod sofort auf, obwohl diese in ihrem Testament ausdrücklich die Weiterzahlung der Pensionen erbeten hatte.
„Die große unsterbliche Maria Theresia, meine unvergeßliche Wohltäterin starb [1780] – ihr nicht minder großer Sohn begann seine Regierung sofort mit Reformen der Ökonomie; die Stiftung, in der ich war, ging, wie so viele andere, ein; die Kinder, die noch Eltern hatten, wurden denselben wieder zurückgegeben; die elternlosen anderwärts verteilt und untergebracht ... so kam ich ... in die Ingenieursakademie zu Wien."
Josef trat am 1. Mai 1781 in die Akademie auf der Laimgrube in Mariahilf ein, seine Schwester kam ins Waisenhaus am Rennweg. Der älteste Bruder, der in den Eremitenorden St. Augustin aufgenommen wor-

den war, verließ diesen wieder im Juli 1780 – seine Vokation war keine große – und ernährte sich dann vom Stundengeben. Die älteste Schwester erhielt bis zu ihrer Volljährigkeit eine kleine Pension vom Kaiser. Bruder Albert war Soldat in Italien.

Mit großen Erwartungen trat Josef in die Akademie ein, die er als eine Art Universität betrachtete. Doch zu seiner peinlichen Überraschung kam er in die unterste Klasse, in der noch die Prügelstrafe herrschte. „Ich war schüchtern von Natur, meinen Willen gänzlich verleugnend, vor dem geringsten menschlichen Wesen mich beugend, das mir nur eine Spanne größer als ich erschien ... trotzdem hatte ich ein Gefühl meiner selbst, eine Art edlen Stolzes, mich nicht demütigend behandeln zu lassen, keine unverdiente Kränkung zu erdulden", erinnert er sich später.

Von den schon länger in der Anstalt befindlichen Zöglingen wurde er ständig gehänselt und gequält; so war es nur eine Frage der Zeit, bis Josef einen seiner Wutanfälle bekam.

„Ein roher Kroate hatte sich eines Tages die Lust gemacht, mich in einer Freistunde dadurch zu necken, daß er mit einer kleinen Spritze unausgesetzt auf mich lospritzte ... [bis] letztlich der Faden meiner Geduld riß, und so warf ich ihm die Schlüssel meiner Schublade an den Kopf. Der mir an Kräften weit überlegene Bengel verfolgte mich sofort auf meiner Flucht ... holte mich ein und warf mich so derb gegen die Wand, daß ich sinnlos niederstürzte", berichtet Josef. Als er wieder zu sich kam, ergriff er eine Schiefertafel und hieb sie seinem Feind so lange auf den Kopf, bis ein Ohr nur mehr an Hautfetzen am Kopfe hing. Im Zorn entwickelte Josef ungeahnte Kräfte.

Für diese Tat sollte ihm am Nachmittag von den Hausknechten eine Tracht Prügel verabreicht werden. Josef war entschlossen, keine Prügel mehr zu erdulden; er erschien im Keller, wo die Prügelstrafe vollzogen werden sollte, mit einem in seinem Rock versteckten Messer. Das Urteil wurde noch einmal von dem Inspektionsoffizier, der den Strafvollzug überwachen mußte, verlesen, aber als die Knechte Josef auf die Bank spannen wollten, sprang er in die hinterste Ecke des Raumes, zückte das Messer und drohte jeden, der ihm in die Nähe käme, und sich selbst zu töten. Er war so sichtbar erregt, daß der Offizier ihm glaubte und bei seinen Vorgesetzten eine Umwandlung der Strafe in 24 Stunden Arrest erwirkte. Die Führungskarte des Zöglings Rauch erhielt ihren ersten schwarzen Punkt.

Da saß er nun in seiner Zelle im Finstern und beschloß zu verhungern. Er fühlte sich als „eltern-, vermögens-, patronanzloser Jüngling, für den Verlassensten in der ganzen Stiftung. Nur zwei oder drei Mitstiftlinge, wie ich aus kaiserlicher Huld hineingegeben, für die das geringste Kostgeld (wenn ich nicht irre, 200 Gulden Bankozettel im damaligen Geldkurse) bezahlt wurde, während alle andern Kostknaben 4–500 Gulden bezahlten, galten wir drei in dieser Erziehungsanstalt gleichsam für Bettler, wurden auch in diesem Sinne behandelt, und was mich betraf, war mein Los bis zum Austritt aus diesem Hause, in physischer wie moralischer Behandlungssicht meiner Obern, ganz das eines Bettlers."

Josef Rauch war für eine Institutserziehung offensichtlich nicht geschaffen. Dabei war die Akademie eine Eliteschule. Zur Zeit von Rauchs Eintritt in die Anstalt

war Graf Karl Pellegrini der Leiter, der einen ausgezeichneten Ruf genoß. Die Stiftlinge „aus kaiserlicher Huld“ kosteten Joseph II. 182 Gulden, das Schulgeld der anderen Zöglinge betrug 250, der Unterschied war also nicht so groß, wie Rauch wissen wollte.
Josef fühlte sich auch von seinen Lehrern unverstanden und machte wenig Fortschritte. „Welche Stufen des Glücks und des Ansehens, der Würden und Wohlhabenheit würde ich auf meiner betretenen Militärlaufbahn erstiegen haben, hätten meine Lehrer in der Akademie die an mir wahrgenommenen Naturanlagen sorgsam ausgebildet ... Eine Betrachtung, die, sooft ich sie mache, mich mit tiefem Schmerz erfüllt!“
Unter solchen ihm widrigen Umständen bereitete er sich auf die Offizierslaufbahn vor. Ein weiterer Zwischenfall hätte ihm aber fast die schimpfliche Entlassung eingetragen.
Die Studenten suchten immer Mittel und Wege, am Samstag den salbadernden Predigten des Schulpfarrers Pater Leopold Piller zu entgehen. Dieser wiederum beschwerte sich oft über das Ausbleiben seiner Schüler. So kam der strenge Befehl, daß der erste, der des Pfarres Zimmer verließe, strenge bestraft werden sollte. Die Schüler vereinbarten, geschlossen das Zimmer zu verlassen, nur sollte Rauch sozusagen als erster, als Anführer, dies tun. Gesagt, getan, Rauch verließ das Zimmer – aber als einziger.
„Ich wußte nun, was mir bevorstand, wollte aber doch einen Versuch wagen, das Gewitter schadlos von meinem Haupte abzuleiten, weshalb ich am nächsten Morgen nach der Messe zu dem geistlichen Herrn ging, ihn um Schonung zu bitten. Ich ward aber so brutal von ihm angelassen ... – da ich von jeher die-

sen Mann in meinem Herzen äußerst verachtete, so setzte mich dieses pöbelhafte Benehmen in nicht geringe Aufwallung, daß ich, als er mich bei dem Arm anfaßte, ihm an der Schwelle der Tür in die Haare fiel, wir beide im Herumbalgen zu Boden stürzten und da ich das Übergewicht über ihn gewann, überdeckte ich ihn mit derben Faustschlägen so lange, bis das zufällige Erscheinen eines der Inspektionsoffiziere dieser skandalösen Szene ein Ziel setzte."

Rauch landete, gefesselt, bei Wasser und Brot, im Kerker. Zwei Tage versuchte er zu verhungern, am dritten aber wollte er nicht „ein Opfer des Elenden" werden und aß sein Brot. Am vierten Tag wurde er, noch immer in Eisenfesseln, im Speisesaal allen Zöglingen vorgeführt und bekam endlich sein Urteil verkündet. Auf Grund einer ihm unbekannt gebliebenen Fürsprache wurde er nach Abbüßung seines Arrestes begnadigt, aber beim mindesten Fehler sollte er „als inkorrigibler aus der Akademie ausgestoßen und zu irgendeinem Regiment als Spielmann abgegeben werden".

Von nun an war Josef Rauch ein Musterschüler, was ihm bei seinen Kollegen den Spitznamen „der Tote" eintrug. Trotzdem wurde er nach Beendigung der Schuljahre nicht als Offizier ausgemustert.

„Statt dessen arbeitete man dahin, mich in dem Zivile unterzubringen und schon war eine Stelle bei dem k. k. Bauamte für mich bereit, als ich empört über die Ungerechtigkeit, die man an mir verübte, zu dem General der Akademie ging und trotzig als k. k. Kadett unter ein Regiment einzutreten verlangte. Jeder Welterfahrene wird auf dem ersten Blick einsehen, daß dieser unbesonnene Jünglingsschritt meinen mir abgeneigten Vorgesetzten Wasser auf seine Mühle war."

Josef kam als kaiserlicher Kadett in das Regiment Deutschmeister, das in Wien in Garnison lag. Am 19. März 1786 erhielt er 200 Gulden für seine Equipierung, durfte aber die Schule nicht einmal mehr besuchsweise betreten, was ihn sehr kränkte.

Unnütz zu sagen, daß Rauch auch kein erfolgreicher Kadett war. Beim Exerzieren auf dem Glacis bei der Alser Straße, wo der prügelnde Unteroffizier die Rekruten ausbildete, war er es, der beim Kommando „halb rechts" sich nach „halb links" wendete. Der Tobsuchtsanfall des Korporals, der einen kaiserlichen Kadetten nicht die Knochen zerschlagen durfte, verleitete die Zuschauer zum Ausruf: „Das arme Kind!" Der Korporal hatte den fast besinnungslosen Josef zu einem kleinen Häuflein Elend geschüttelt.

Sein erster Regimentsdienst stand ebenfalls unter keinem guten Stern. Das kleine, schmächtige Bürschchen – es maß fünf Fuß elf Zoll, also an die 155 Zentimeter – mit dem kleinen Tschako verschwand fast hinter den graubärtigen Soldaten mit ihren Riesenbärenmützen. So zog der Fahnenkadett auf die Burgwache.

„Kaum auf der Hauptwache aufgezogen, ertönte vor den Scharposten das brüllende Geschrei: ‚Gewehr heraus!' Seine Majestät Joseph II. fuhr aus; die Wache stürzte aus dem Wachzimmer, der Hauptmann in gehöriger Paradedistanz, ich mit geschwungener Fahne einige Schritte hinter ihm. Der Hauptmann kommandierte der Wache ‚Präsentiert' und ich sollte auf geschehenes Präsentieren der Mannschaft ein gleiches mit der Fahne bewerkstelligen, sie dreimal bis auf drei Schuh von der Erde senken, was auch wirklich, aber so ... ungeschickt geschah, daß ich die Fah-

ne gerade nach der Grenadiermütze des vor mir stehenden Hauptmannes so unsanft senkte, daß ich ihm dieselbe auf zehn Schritt vom Kopfe schlug."
Der erbitterte Hauptmann, der so schlechte Figur vor seinem Monarchen machte, setzte dem kleinlauten Josef seinen Degen auf die Brust und drohte, ihn zu ermorden. Aus war die Fahnenkadettenzeit, und es kam wieder das Exerzieren, wo ihm das „ungeschickte Fleisch abgehobelt" wurde und er selten abends ohne blutige Hände einrückte.
Die Rettung kam durch Josefs Bruder Wenzel. Dieser arbeitete in der Kanzlei des Obersten Andreas von Neu, den der Kaiser mit der Landvermessung von Ungarn betraut hatte. Wenzel verschaffte seinem Bruder, der die Ingenieursakademie besucht hatte, eine Anstellung. Endlich fand Josef eine Tätigkeit, die ihm zusagte, in der er Erfolg hatte und auch noch Geld verdiente. 1788, nach zwei Jahren, war diese schöne Zeit allerdings wieder vorbei, und Rauch kehrte zu seinem Regiment zurück – mit der Hoffnung, nun Offizier zu werden. Der Kaiser hatte als Verbündeter der Zarin den Türken den Krieg erklärt. Das Regiment marschierte auf den Kriegsschauplatz. Offiziere wurden gebraucht.
Josefs Oberst aber, der Freiherr von Lilien, lehnte eine Beförderung dieses ungeschickten Kadetten zum Offizier rundweg ab. „Aber bald faßte ich mich und in einer edlen Aufwallung meines Geistes schwur ich mir selbst mit Aufopferung meines Lebens um den Preis zu ringen, bald Offizier zu werden. Und kaum ein Vierteljahr verstrich, ward ich es vor dem Feind."
Er hatte sich freiwillig zum Sturm auf die türkische Festung Dubitza an der Unna – im heutigen Kroatien

gelegen – gemeldet und war als Lohn für seine Tapferkeit zum Fähnrich befördert worden.
Als solcher machte er auch den zweiten Feldzug mit und lag mit seinem Regiment vor Czettin (südlich von Agram), das erst sturmreif wurde, als man die verborgene Wasserquelle, aus der die Frauen und Kinder die kämpfenden Türken mit Wasser versorgten, entdeckte und beschießen konnte. Beim Sturm auf die Stadt flog auch noch ein verborgenes Pulvermagazin der Türken in die Luft und tötete viele plündernde kaiserliche Soldaten.
Aus diesen Kämpfen kam Josef unbeschadet in die Heimat zurück und rückte als Leutnant mit seinem Regiment nach Wiener Neustadt in die Friedensgarnison ein, wo er freundliche Aufnahme bei einer Familie fand.
„Nicht lange sollte ich mich dieses Glückes freuen, ein liederlicher, zu Hainburg in Garnison stehender Kamerad wurde nach Neustadt berufen, um unter den Augen des Obersten zu sein, und ich mußte an seiner Stelle nach Hainburg abgehen, was mich damals, und mit vollem Rechte, innigst kränkte."
Von Hainburg wurde Josef nach Wien versetzt, wo er bei der Kärntnertorwache Dienst machte. In Wien verkehrte er im Hause einer Gräfin Auersperg, geborene Bredau, was ihm ungeheuer schmeichelte. Er wurde ihr Cicisbeo – ohne jedoch mehr als je einen Handkuß erreicht zu haben. Für sie ging sein sauer verdientes Geld dahin.
„Dieses gefährliche Weib (es starb zu Wien im Jahre 1805) hätte mich leicht in doppeltem Betrachte höchst unglücklich machen, meine Gesundheit als nimmersatte Geilbuhlerin von Grund auf zerstören

und mich zu einem gefährlichen Verführer der Unschuld bilden können."
Aber Josef gelang es, seine Unschuld zu bewahren. Seine Dienste beschränkten sich darauf, die Kinder in die Schule zu führen, am Spieltisch hinter dem Stuhl der Gräfin zu stehen und dergleichen mehr. Durch Zufall gelang es ihm endlich, sich aus den Fängen der Gräfin zu befreien.
„Ein Leutnant vom Prinz-Deligne-Regiment, das in den Niederländern vor dem Feinde stand, suchte einen Tausch zu irgendeinem in Wien garnisonierenden Regimente. Der Zufall führte mich an den Bruder des tauschlustigen Offiziers, die Anerbietungen waren sehr lockend und ich stand keine Minute an, den Vorschlag mir gefallen zu lassen: 20 Dukaten Reisegeld, beim Regiment eingetroffen die ganze Feldequipage mit Sattel und Zeug und 1000 Gulden auf die Hand. Außerdem profitierte ich, was mehr als alles war, in der Anciennität des Charakters."
Ein wahrhaft lockender Tausch bei seiner ständigen Geldknappheit und die „Anciennität" bedeuteten eine baldige Beförderung. Ein wenig fürchtete er sich vor dem Eintritt in das Regiment, dessen Offiziere als renomiersüchtige Schläger und als gegen Neuankömmlinge intolerant verschrien waren. Doch „muß ich bekennen, daß ich in diesem Regiment mit mehr Vergnügen diente".
Was er nicht wußte, war, daß sein Tauschkamerad, der Neffe des Israel Hönig, Leutnant Leopold Hönig von Hönigshofen, im Regiment verbreitet hatte, daß Rauch auf den Vorrang bestanden hatte. Das brachte diesem einen sehr frostigen Empfang ein. Erst die Vorlage aller Briefe und Dokumente befreite ihn von

diesem Makel. War er nun mit seinen Kameraden im reinen, so war er es mit Leutnant Hönig nie, denn die Hälfte des versprochenen Geldes wurde ihm vorenthalten.

1794 avancierte Rauch zum Oberleutnant, aber wieder nicht ohne Kränkung seines Selbstgefühls: Der Regimentsinhaber, Prince de Ligne, hatte ihm einen anderen Leutnant vorgezogen und seine Beförderung erst im Februar des Jahres ausgesprochen. Der Feldzug im Westen gegen die Franzosen endete für die Kaiserlichen mit einer Niederlage. Die Armee mußte sich aus den Niederlanden zurückziehen, das Regiment de Ligne geriet in Gefangenschaft, erhielt jedoch freien Abzug und die Erlaubnis, zu seiner Armee zu stoßen, was in ermüdenden Tagesmärschen erfolgte. Viele Soldaten desertierten, die Franzosen suchten nach Emigranten in kaiserlichem Sold und füsilierten sie an Ort und Stelle, so sie welche entdecken konnten. Endlich kam das Regiment an seinen Musteрungsplatz in Olmütz an. Hier erhielt Rauch den Befehl, sich in Laibach zur Rekrutenausbildung einzufinden.

1795 traf er dort ein und fand seinen Dienst nach all den Anstrengungen des Feldzuges als sehr leicht. In Laibach traf er auch auf eine Verwandte „seiner kieselherzigen" Gräfin Auersperg, der er in Wien vergeblich den Hof gemacht hatte, und sie führte ihn in die besten Häuser ein, „wo ich um so gütiger aufgenommen, als ich mit dem Anstriche jugendlicher Leichtfertigkeit, Sittlichkeit und Lebensart verband, der ich mich allerorts befließ und die ich zu keiner Zeit verleugnete".

Das Flirten mit den jungen Damen und ein Liebes-

abenteuer mit der Primadonna der Laibacher Oper stärkten sein Selbstbewußtsein. Bald fühlte er sich als Casanova und hielt nach gefährlicheren Abenteuern Ausschau. Da gab es eine eingesperrte Schöne, die nach Befreiung lechzte und einen Palatin brauchte.
Es war dies eine angebliche Tochter des Kaisers Franz Stephan, die sich Charlotte, Princesse de Lorraine et Bare nannte und die damals an die 30 Jahre alt war. Sie lebte mit einer Zofe im Ursulinerinnenkloster in Laibach, das sie auf Befehl des Kaisers Franz II. nicht verlassen durfte. „Das Romantisch Gefährliche der verwunschenen Prinzessin ... erhitzte meine Phantasie, ... daß ich gegen das bestehende Gebot mit der Prinzessin eine Bekanntschaft anzuknüpfen [wagte]."
Innerhalb einer Woche gelang es Rauch, durch Vermittlung des Kammermädchens der Schönen einen Brief zu erhalten. Die schwer lesbare Schrift und das schlechte Französisch verwunderten ihn sehr, dämpften aber nicht seine Begeisterung und den Vorsatz, sich in das Kloster einzuschleichen. Klein und schmächtig, wie er war, gelangte er in Frauenkleidern unangefochten in das klösterliche Sprechzimmer und konnte durch das Gitter seiner Prinzessin die Hand küssen. Ihre sanften Klagen feuerten ihn an, ihre Bitte, zur Vorbereitung der Flucht einige hundert Gulden bereitzustellen, „klangen meinen Ohren zwar eben nicht wie Nachtigallgeflöte, aber ich mußte zu dem unbequemen Spiele, in das ich mich eingelassen hatte, eine gute Miene machen".
Beim Rückweg fand der verkleidete Josef nicht mehr den Weg aus dem Kloster, tappte im Dunklen auf den

Gängen umher und sah sich schon entdeckt, als er endlich gegen eine Tür stieß, die nicht versperrt war und ihm den Weg ins Freie wies. Schließlich fand er auch die Klosterpforte und war gerettet.
Groß war jedoch seine Überraschung, als am nächsten frühen Morgen ein Polizeikommissär bei ihm erschien, der sich erkundigte, ob er von der Flucht der Prinzessin wüßte, was ihn in nicht geringe Verlegenheit brachte.
„[Er] erzählte mir, daß die Prinzessin in der vorhergehenden Nacht der Vorsteherin des Klosters die Pfortenschlüssel entwendet und mit ihrem Kammermädchen entflohen sei. Er sagte ferner, daß ein Offizier in ihrer Gesellschaft gesehen worden sei und sie einen Wagen gemietet hätte, mit dem sie verschwunden [sei]. Da in Laibach der Offiziere nur drei waren, worunter selbst nur zwei, denen man die Bestehung eines Romanabenteuers zutrauen könne, so habe der Polizeidirektor an die nächste Quelle gehen wollen."
Rauch beteuerte – sehr geschmeichelt über seinen Ruf als Casanova – seine gänzliche Unschuld, machte sich aber nach Abgang des Kommissars daran, die Briefe der Prinzessin zu verbrennen. Drei Tage später wurden die Prinzessin und ihr Kammermädchen in Klagenfurt aufgegriffen, weil „sie sich in allen großen Häusern" präsentierten. Sie wurden zurückgebracht, und da die Mutter Oberin der Ursulanerinnen sie begreiflicherweise nicht mehr aufnehmen wollte, im Gasthof „Zum wilden Mann" einquartiert.
„Da ich im besagten Gasthofe täglich zu speisen pflegte, machte [ich] mich nach der Tafel insgeheim in das Asyl der Prinzessin. Ich fand sie äußerst aufge-

räumt und voll der Beredsamkeit über das Romantische ihres kurzen Ausflugs aus dem Kloster. Mir aber, dem bei der Sache nicht so wohl war wie ihr, und Arrest und Kassation bei der Entdeckung der ganzen Geschichte immer vor Augen schwebte, mir war es das Angelegentlichste, die Prinzessin aufzufordern, im Falle eines Verhörs mich ganz aus dem Spiel zu lassen, was sie mir versprach."

Dem Spezialisten für das 18. Jahrhundert und der besonderen Verhältnisse in Wien, dem Forscher Gustav Gugitz, ist es gelungen, ein wenig Licht in die Geschichte der geheimnisvollen Prinzessin zu bringen, nur nicht, ob sie wirklich eine illegitime Tochter des Kaisers Franz Stephan war.

1785 erschien in Wien eine Broschüre *Die Unbekannte. Eine wahre Geschichte*. Darin wird behauptet, daß 1768 der bevollmächtigte Minister in Brüssel, Graf Karl Philipp Cobenzl, Briefe einer Dame aus Bordeaux erhalten hätte, die sich als natürliche Tochter des Kaiser zu erkennen gab. Er berichtete der Kaiserin darüber. 1769 wurde diese Dame, die sich Gräfin Juliane von Schönau nannte, nach Brüssel gebracht und einvernommen. Sie gab an, in Böhmen aufgewachsen zu sein. Dort habe sie ihr Beschützer, den sie nach einem Porträt als den Kaiser erkannte, dreimal besucht. Nach seinem Tod sei sie nach Bordeaux gebracht worden. Unbekannte hätten ihr 150000 Livres zur Verfügung gestellt. Es war ihr jedoch gelungen, bis zu ihrer Reise nach Brüssel 60000 Livres Schulden zu machen.

Graf Cobenzl schug dem Wiener Hof vor, die Schulden zu bezahlen und die angebliche Gräfin in Tirol in ein Kloster zu sperren. Statt dessen wurde das

Mädchen mit 50 Louisdors wieder in Freiheit gesetzt. Später soll es in England gesehen worden sein.
Gustav Gugitz gelang es, dem „soll gewesen sein“ einige Tatsachen hinzuzufügen. Er fand heraus, daß die Gräfin nach einem Wanderleben 1793 in Wien auftauchte, wo sie mit Jungfer, Stubenmädchen und Bedienten auf großem Fuße lebte, deren Löhne jedoch Kaiser Franz II. bezahlte. Endlich wurde sie nach Laibach abgeschoben und ins Kloster gebracht, wo der Kaiser noch immer den Lohn für das Kammermädchen zahlte, das sie im Kloster hatte.
Nach dem Fluchtversuch wurde sie 1796 nach Graz gebracht. Zwei Jahre später gelang es ihr, einen Hauptmann Röder zu umgarnen, der sie aus dem dortigen Kloster befreite. Dies kühne Tat brachte ihm die Verbannung aus den Erblanden und ihr die Haft in der Festung Peterwardein, wo sie vom Kaiser wegen guter Führung statt 400 Gulden Rente 700 erhielt. Dort verstarb sie am 24. September 1802, angeblich aus Kummer. Im Sterbematrikel ist sie nicht als Gräfin Schönau, sondern als „Gräfin Falkenstein, ca. 40 Jahre alt“ geführt. Falkenstein war der Titel einer habsburgischen Grafschaft; Kaiser Joseph gab sich auf seinen vielen Reisen stets als Graf von Falkenstein aus.
Die romantischen Tage Rauchs in Laibach neigten sich ihrem Ende zu. Er hatte in der Stadt noch die Bekanntschaft des Grafen Lichtenberg gemacht, dessen Tochter Seraphine einem im Felde stehenden Oberleutnant heiraten sollte. Kurz vor der bevorstehenden Hochzeit kam die Todesnachricht. Die nicht mehr so junge Seraphine, deren Eltern nicht reich waren, fand Trost bei Rauch und sollte am

14. April 1800 seine Frau werden. Der Vater hatte lange gezögert, den armen Habenichts als Schwiegersohn in die Familie aufzunehmen.
Hatte Rauch als Oberleutnant fröhliche Tage erlebt, so fand er jene als „Hauptmann beinahe das Gegenteil“. 1799 kam die ersehnte Beförderung. „Die höheren und beschwerlicheren Dienstobliegenheiten dieser neuen Standesstufe [verscheuchen] den bisher genährten jugendlichen Froh- und Leichtsinn und ... eine Reihe von Schlägen des Schicksals trug das ihrige bei, der Stirne des reif gewordenen Mannes Falten des Ernstes und der stillen Schwermut einzuätzen.“
Josef Rauch war nun 34 Jahre alt. Im neuerlichen Feldzug gegen die Franzosen wurde er gefangengenommen und nach Frankreich gebracht. Er verlor seine Uhr und seinen neuen Hut, den ihm ein Soldat vom Kopf riß. Wieder entlassen, reichte er im November die Heiratslizenz ein und entrichtete die Heiratskaution von 6000 Gulden, um die 31jährige Gräfin Seraphine heiraten zu können.
Der Sohn des Lakaien, das Patenkind der Kaiserin, hatte unter vielen Mühen seinen Weg gemacht, sogar in die Aristokratie geheiratet. 1800 wurde er in Italien schwer verwundet. Kaum genesen, folgte er seinem Regiment nach Wien, wo seine Frau in Döbling einen Onkel, den pensionierten Major Wenzel von Lichtenberg hatte, der die jungen Leute freundlich in seinem Hause aufnahm. Er gewann das Paar so lieb, daß er seinem Testament ein Kodizill beizufügen versprach, um den beiden ein Legat zu hinterlassen: eine erfreuliche Mitteilung, da Josef nur seinen Sold hatte und Seraphines Vermögen in Laibach gebunden war. Aber – Pechvogel, der Rauch schon war – der Major wurde

in seinem Haus ermordet, bevor er das Kodizill in Auftrag geben konnte.

„Dieser Unglücksfall war der erste in unserm häuslich-ehelichen Leben, der in finanzieller Hinsicht uns einen empfindlichen Stoß versetzte." Weitere sollten folgen, denn Rauch war in Geldangelegenheiten ahnungslos. Er investierte das Geld seiner Frau in ein Gut, das er dann nicht zu bewirtschaften verstand, und das Heiratsgut seiner Frau wurde aus dem verpackten Wagen gestohlen; Rauchs Pech verfolgte auch die Eheleute. 1805 wurde ihm nahegelegt, sich pensionieren zu lassen, als Gegenleistung versprach man ihm dafür den Majorsrang. Schweren Herzens stimmte er zu. 1808 wurde er wieder zu den Waffen gerufen, als Kommandant eines Landwehrbataillons. Die standesgemäße Equipierung kostete ihn 3000 Gulden, die er ausleihen mußte. Ein Jahr später ließen ihn „Kabalen und Niederträchtigkeiten sonder Zahl" um seine Entlassung bitten, und zu seinem Schmerz fand er sich wieder als Hauptmann mit einer Pension von ungefähr 24 Gulden, einem Drittel seiner bisherigen Gage. Diese Pension, die monatlich ausbezahlt werden sollte, konnte wegen der Besetzung Wiens durch die Franzosen lange nicht ausgezahlt werden, und Rauch geriet in Schulden.

So suchte Rauch eine Kleinstadt, wo man billig leben konnte, und fand sie in Krems an der Donau. Fünf Jahre blieben die Eheleute dort. Verschiedene Gesuche Rauchs um Anstellung beim Hofkriegsrat wurden abschlägig beantwortet. 1816 starb seine Frau.

Der Hauptmann im Ruhestand widmete sich nun ganz der Literatur und der Dichtkunst. Er hatte schon früher gedichtet. 1812 fand er dann den Mut, seinen ersten Gedichtband zu veröffentlichen. Er bringt Soldatenlieder, schildert Freud und Leid des Soldatenlebens – vor allem das Leid, das er ja so mannigfach erfahren hatte.

O lieber Herr! Es peinlich drücket
Wohl manchen Kriegermann,
Wenn ihm jedweder Schritt mißglücket,
Den er zum Ruhm getan.
Wenn für ruhmvoll durchlebte Jahre,
Für Wunden, Blut und Schweiß
Der Rock dahier bei grauem Haare
Wird seiner Taten Preis.

Noch als aktiver Offizier veröffentlichte er einen Band historischer Anekdoten, *Charakterzüge aus dem Feldleben verdienstvoller Krieger*, ein Jahr später, 1804, *Geschichten der merkwürdigsten Kriegsvorfälle am Schlusse des 18. Jahrhunderts*. Die Zensur machte ihm das Leben schwer, wie jeden Literaten in Österreich. Sein *Lesebuch zum Nutzen und Vergnügen für Unteroffiziere der k. k. Armee 1814* konnte erst gedruckt werden, als er sich verpflichtete, als Offizier nicht genannt zu werden. Nachdem noch ein weiteres Werk, *Praktischer Fürsten- und Taschenspiegel*, abgewiesen wurde, glaubte er an eine militärische Intrige und gab das Veröffentlichen auf. Nach dem Tode seiner Frau widmete er sich fortan der Erziehung der militärischen Jugend und versorgte die Erziehungsanstalten des Infanterieregiments Erzherzog Karl mit Manuskripten für den Unterricht. Das Schreiben war seine Leidenschaft, der er bis zu seinem Tode 1834 frönte. In Krems galt der Hauptmann Josef Rauch als Original.

Ein Schüler des Piaristengymnasiums in Krems, Sebastian Brunner, der 1891 in Regensburg seine biographischen Notizen veröffentlichte, kannte den dichtenden Hauptmann gut und schildert ihn uns so:
„Was gab es da in Krems, besonders unter den älteren Leuten für höchst sonderbare, komische Käuze. Es war da ein pensionierter alter Hauptmann; diesem erschien es nicht unangenehm, wenn man sich laut in die Ohren raunte, er sei des Kaisers Joseph natürlicher Sohn."

Johann Georg Reichardt

Maria Theresia und ihr Soldat

Ohne vernünftig denken in die Welt geschickt, musste ich allenthalben anstossen und zuletzt mit Schaden klug werden.
(Reichardt)

Aus ganz anderem Holz geschnitzt als Josef Rauch war Johann Georg Reichardt, auch er ein Schützling der Kaiserin. In seiner Jugend aus Unverstand Soldat geworden, gelang es ihm, das Wohlwollen der Kaiserin zu erringen. Er ergriff die Chance, die sich ihm bot, und brachte es schließlich zu einigem Wohlstand. Sein umgängliches Wesen errang ihm schnell die Gunst seiner Vorgesetzten.

Als er zur „dokumentierten" Person wird, ist Johann Georg Reichardt bereits sechsundzwanzig Jahre alt, Feldwebel beim Waldeckschen Infanterieregiment (später Nr. 35) und dient bereits sieben Jahre. Als anstelliger junger Mann hat er schnell Karriere gemacht. Leider wurden die meisten Akten des Kriegsministeriums und des Verwaltungsarchives aus dieser Zeit beim Brand des Justizministeriums 1927 vernichtet, und vieles aus seiner Biographie muß Spekulation bleiben. Einzig ein Brief, aus dem in der Folge zitiert wird, ist in der Handschriftensammlung der Österreichischen Nationalbibliothek erhalten geblieben.

Am 16. Mai schreibt Reichardt an seinen „Hoch Ehrwürdigen in Gott geistlichen Herren! Insbesonders Hochgeehrt und Liebenswertesten Herrn Vetter, auch bester alter Freund!".

Über 30 Jahre hatte er diesen alten Freund aus den Augen verloren gehabt, ehe er durch einen Verwandten endlich die Adresse erhielt. Nun freute er sich, dem Herrn Vetter seinen Werdegang zu schildern. Reichardt war stolz darauf, sein Leben erfolgreich gemeistert zu haben.

„In der Schule, obwohlen ich sie beinahe 10. ganze Jahre besucht habe, hat man mich nichts als undeutlich und unverständlich lesen, unregelmäßig schreiben und ohne zu wissen warum oder zu was Ziel und Ende? etwas Rechnen gelernt. Außer dieses sehr wenige wußte und kannte ich nichts weiter als einige Dutzend Kirchenlieder und einige Sprüche aus der Heiligen Schrift, die man mich zwar auswendig zu lernen gezwungen, aber nicht anzuwenden, klug, fürsichtig, vernünftig, bescheiden, gesellig und menschenfreundlich daraus zu werden, gelernt hat."

Reichardt war armer Leute Kind, stammte aus Herrenberg in Württemberg, in der Nähe von Tübingen, einem Ort, in dem evangelische und katholische Einwohner friedlich beisammen wohnten. Die Reichardts waren evangelisch. Mit ihm wuchsen noch drei Stiefschwestern auf, Christine, Elisabeth und Maria Anna, die Moser hießen; seine Mutter war also zweimal verheiratet, und Joseph wird sich wahrscheinlich mit dem Stiefvater nicht vertragen haben. Als schlechter Schüler blieb ihm nur das Militär. Was er in den Jahren zwischen Schulaustritt und Anwerbung zum Regiment tat, wissen wir nicht.

Er war neunzehn Jahre alt, als er ins Waldecksche Regiment kam, das damals bei Darmstadt lag und dessen Werbekreis die weitere Umgebung umfaßte. Es war ein berühmtes Regiment, das während der Türkenbelagerung 1683 als Regiment des Herzogs von Württemberg in Wien lag und unter Führung des Generals Graf Serenyi das Mauerstück gegenüber der heutigen Universität so tapfer verteidigte, daß die Türken es für verzaubert hielten, da in dem Trümmerhaufen immer noch ein Hauptmann mit 50 Mann aushielt.

Zur Zeit von Reichardts Eintritt wurde das Regiment reorganisiert, Dienst und Exerziervorschriften wur-

den vereinheitlicht, Übungslager für Offiziere und Mannschaften eingerichtet und Aufmärsche geübt. In den beiden ersten Schlesischen Kriegen hatte das Regiment wieder gekämpft.
Reichardts Uniform bestand aus einem weißen Rock, der bis zum Knie reichte; die Aufschläge waren rot, dazu trug man weiße Hosen und graue Gamaschen.
Der Regimentsinhaber Fürst Carl August von Waldeck hatte das Regiment dem Kaiser und der Kaiserin überlassen. Es wurde der Armee des Feldmarschalls Khevenhüller einverleibt.
Nach der erhaltenen Musterliste von 1755 diente Reichardt in der Grenadier Compagnie des Hauptmanns Graf Christian zu Ehrbach von Ehrbach, der ein Jahr älter als Reichardt war und wie dieser sieben Jahre diente. Unterleutnant war Dominicus von Berlichingen, dessen katholische Tante Obersthofmeisterin bei der Fürstin Lobkowitz war. Als Berlichingen befördert wurde und Reichardt um eine Offiziersstelle ansuchte, wurde er abgewiesen, da er aus der Mannschaft kam.
Die neuen Bestimmungen der durchgeführten Reform erlaubten den Offizieren keinerlei Gold oder Silberverzierungen; die Uniformen mußten gleich denen der Mannschaft sein, nur von besserer Stoffqualität. Als Erkennungszeichen hatten sie die „Echarpe" um den Leib gebunden, die vom Ärar um 40 Gulden bezogen werden mußte. Fähnriche und Unterleutnants zahlten nur 15 Gulden. Das Haar wurde weiß gepudert, der Zopf mit einer schwarzen Masche umbunden; auch die Halsbinde war schwarz. Es war den Offizieren strengstens verboten, sich der Truppe im Mantel, Pelz oder Schlafhaube unter dem Hut zu zei-

gen. Der Monturrock mußte von der Mannschaft drei, von den Unteroffizieren zwei Jahre getragen werden. Die Soldaten bis zum Feldwebel wurden täglich entlohnt. Reichardt erhielt 15 Kreuzer pro Tag, ein Gemeiner nur deren fünf. Die höheren Chargen wurden monatlich bezahlt, ein Leutnant erhielt 21, ein Hauptmann 45 Gulden. Die Prügelstrafen wurden eingeschränkt, das berühmte Spießrutenlaufen jedoch blieb weiter bestehen. Dabei wurde der Verurteilte langsamen Schrittes durch eine doppelreihige Gasse geführt, die seine Kameraden gebildet hatten, die mit Stöcken oder Ruten den nackten Rücken des Delinquenten peitschen mußten.

Eine weitere Reform war, daß jeder Hauptmann seine Kompanie mindest einmal pro Woche zu inspizieren hatte und bei der Auszahlung der Löhne anwesend sein mußte. Die Regimentssprache war Deutsch.

Jedem neu angeworbenen Rekruten, wenn er aus den Erblanden stammte, standen 27 Gulden Handgeld zu, Ausländer erhielten bis zu 49 Gulden.

Von Böhmen wurde das Regiment in den Banat verlegt und 1755 zur Bewachung des Schlosses Schönbrunn nach Wien beordert.

„Anno 1755 im Monath Mai bin ich mit dem damaligen Waldeckischen Infanterie Regiment als Grenadier Feldwebel nacher Wien gekommen“, schreibt Reichardt an seinen Vetter. „Auf meiner ersten Wache zu Schönbrunn bin ich mit der Höchst seeligen Kaiserin, Königin Maria Theresia, die Gott ewig seelig habe, bekannt geworden. Durch diese persönliche Bekanntschaft ließ sie mich während der 5/4 Jahre, als das Regiment hier lag, öfter zu sich ruffen und beschenkte mich jedesmal.“

Damals, nach zwei verlorenen Kriegen gegen Friedrich den Großen, beschäftigte sich die Kaiserin mit einer neuerlichen Militärreform: Es sollten die finanziellen Mittel aufgebracht werden, eine Armee von 110000 Mann aus den Erblanden zu rekrutieren. Zusammen mit den ungarischen Regimentern, den Kroaten und den Irregulären, so meldete der preußische Gesandte nach Berlin, könne die Kaiserin noch einmal 28000 Mann mustern. Außerdem sei sie imstande, ihre Soldaten pünktlich zu bezahlen, Waffen und Ausrüstung anzuschaffen, wenn auch nicht – so beruhigte er seinen Herrn – in dem Ausmaß, wie dies in Preußen geschehe (Friedrich hatte mit den Garnisonstruppen 145000 Mann unter den Waffen).
Neben der pünktlichen Bezahlung versuchte Maria Theresia, auch das Soldatendasein attraktiver zu machen und unnötige Härten abzuschaffen. Sie wollte in ihren Soldaten keine Sklaven sehen, ihnen einige Freiheiten einräumen und die Beurlaubung in Friedenszeiten erleichtern. Sehr oft machte sie Soldaten Geldgeschenke, und selten ging sie an einem Wachposten vorbei, ohne ihm eine Münze zuzustecken. So sicherte sie sich die Loyalität der gemeinen Soldaten – wie auch ihrer Offiziere.
Feldwebel Reichardt, der zweimal versucht hatte, sich in den Offiziersstand hinaufzuarbeiten, und abgewiesen worden war, sann ernstlich auf Mittel und Wege, dem Soldatenstand den Rücken zu kehren. Die Leutseligkeit der Kaiserin gab ihm die Hoffnung, sie bei ihren täglichen Besuchen um eine Gnade bitten zu können.
„Bei einer solchen Gelegenheit nun nahm ich mir die Freiheit und bat sie um einen Civildienst. Sie ver-

sprach es auch mit dem Beisatz, daß ich jedoch so lang beim Regiment bleiben müsse, als es hier in Garnison liegen werde. Bei dem Ausmarsch des Regiments welcher im Monat Julius 1756 erfolgte, geschah es, daß ich von dem Militärdienst los worden bin und bis zu einer anderwertigen Anstellung meine bis dahin gehabter Feldwebelgebühr per monatlichen 12 Gulden zu einstweiligen Lebensunterhaltung ausgeworfen bekommen hatte."

Reinhardts Aufenthalt in Wien ließ sich sehr schlecht an. Er konnte keine Anstellung finden, sosehr er sich auch bemühte, und mit seiner Gage als Feldwebel, die ihm noch immer ausgezahlt wurde, konnte er nicht leben. Besser ging es ihm erst, als er eine frühere Bekannte traf, deren Mutter die Hofriemerei (Sattlerei) ihres verstorbenen Mannes im Schottenhof weiterbetrieb. Reichardt machte der Tochter der Hofriemerin Eva Bschaidner den Hof und zog zu den beiden Frauen. Er hätte die Tochter gern geheiratet, scheute sich aber, als Arbeitsloser um sie anzuhalten. Oft verzweifelte er an seiner Lage und wollte wieder zu den Soldaten zurück. Es ging ihm gegen das Gewissen, sich von der Witwe, die ihn sehr gern hatte, durchfüttern zu lassen. Zu seinem Glück, so berichtete Reichardt seinem Vetter, konnte er vier Jahre keine feste Anstellung finden und hielt daher nie um die Hand seiner Liebsten an.

„Denn dieses gute Mägdlein hatte, wie ich mit der Zeit erfuhr, nicht nur einen starken Hang zum Trinken, nebst einigen mir unanständig gewesenen Eigenschaften; sondern die Vermögens Umstände ihres verstorbenen Vaters, und lebender Mutter, die [ich] nach dem Äussern zu urtheilen, sehr große vermuthete,

waren sehr gering, und man lebte wie ein jeder andere arme Handwerker, von den täglichen Verdienst, den die gehaltenen Gesellen erarbeiteten.
Ich erhielt aber keinen Dienst, folglich unterblieb auch die Heurath, ja in Februar 1760 zerschlug sich sogar dieser ganze Liebeshandel. Ich verlor zwar dadurch die von dieses guten Mägdleins Frauen Mutter bis dahin gehabte freie Kost, und andere kleine Wohltaten; entledigte mich aber zugleich auch meiner, wo nicht ganz kalt, doch wenigstens sehr lau gewordenen Liebe."

1760 erlebte Reichardt eine große Enttäuschung, die ihn schließlich aus dem Haus der Witwe Bschaidner trieb. Zwei Jahre hatte er unentgeltlich in der Dominikalbuchhalterei des Kaisers praktiziert und auf eine spätere Anstellung gehofft. Als endlich eine Stelle frei wurde und er darum ansuchte, wurde er abgewiesen und aufgefordert, „sein Glück weiter zu suchen". Dieser Bescheid drückte ihn so zu Boden, daß es zum Bruch mit seiner Braut kam.

Die Dominikalbuchhaltung war die Gutsverwaltung der habsburgisch-lothringischen Güter, die Kaiser Franz Stephan im Laufe der Jahre aufgekauft hatte und gut verwaltete. Die Zentralverwaltung befand sich in der Wallnerstraße im Palais Lamberg, das der Kaiser, damals noch Großherzog, 1740 angekauft hatte und wohin er sich immer gern zurückzog, um seinen persönlichen Neigungen zu leben: der Wirtschaft, den Finanzen und der Alchemie. Da Maria Theresia keinen Feldherrn aus ihm machen konnte, übergab sie ihm die Finanzen. Ein weiser Entschluß, denn der Kaiser lenkte die Finanzen des Staates wie auch die seiner Familie in geordnete Bahnen; er sah den Be-

amten genau auf die Finger, so daß er in aristokratischen Kreisen bald als Geizhals galt.
Ohne Geld und ohne Unterkunft, zutiefst deprimiert, vertraute sich Reichardt einem alten Manne an, den er seit einiger Zeit kannte. Dieser hielt ihn ab, sich wieder anwerben zu lassen, und nahm ihn bei sich auf. So hatte Reichardt einige Monate ein Dach über dem Kopf, und im Mai 1760 fand er endlich „einen Privatdienst", mit Wohnung und 400 Gulden Jahresgehalt, wahrscheinlich als Diener in einem großbürgerlichen oder adeligen Haus. Mit seiner Feldwebelpension hatte er nun 544 Gulden jährlich zur Verfügung und dünkte sich ein wahrer Krösus.
„Ich besuchte meine alte Gutthäterin (Eva Bschaidner) sehr oft, und weil ich sehr sparsam lebte, so hatte ich immer eine kleine Barschaft in Händen; von dieser brachte ich ihr von Zeit zu Zeit kleine Präsenten, und gab ihr dadurch Beweise von meinem erkänntlichen Herzen ... ja ich setzte dieses als nach der Hand bessere Umstände kamen, fort, solange sie lebte."
Sie muß sehr alt geworden sein, da sie 1789 noch im Wienerischen Kommerzialschema verzeichnet ist. Seine frühere Verlobte fand schließlich auch einen Ehemann, „der ganz nach ihrem Wunsch und Geschmack war, denn er trank eben so viel und schön wie sie".
„Mit dem Anfang des 1761ten Jahrs fing mein Glückstern an zu leuchten. Die Kaiserin errichtete den Staatsrath, und zugleich eine kleine Kanzlei nur von 7. Individuen, unter welchen ich, als Kanzelisten accesist mit 400 Gulden Gehalt und 200 Gulden jährlicher Remuneration ohne es zu wissen, aus aller-

höchsteigenen Bewegnis, von ihr resolvirt worden bin. Hier nun mußte ich meinen Privatdienst aufgeben und den kaiserlich königlichen antreten", berichtet Reichardt seinem Vetter.

Maria Theresia hatte Wort gehalten, wenn es auch vier lange Jahre gedauert hatte. Mitten im dritten Schlesischen Krieg, der sieben Jahre anhalten sollte und den Verlust Schlesiens, ihrer reichsten Provinz, besiegelte, schuf die Kaiserin den Staatsrat, eine Zentralstelle „für schnelle Entschlüsse". Die Kassen waren leer, die Verwaltung war unübersichtlich und verwirrt, es gab keinen Kredit mehr, und die Generäle verloren die Schlachten.

Der Staatsrat sollte der Kaiserin beratend zur Seite stehen, Gutachten ausarbeiten und für die Durchführung der gefaßten Entschlüsse sorgen. Er hatte außerdem alle Ratschläge von außen der Kaiserin zu unterbreiten. Sie war jedoch nicht verpflichtet, die Empfehlungen der Staatsräte anzunehmen. Der Rat bestand aus drei Mitgliedern des Herrenstandes als Minister, drei aus dem Gelehrten- und Ritterstand als Staatsräte, einem Referendar und dem Hilfspersonal für die Protokolle, zu dem nun Reichardt gehörte. Alle Sitzungen waren in der kaiserlichen Residenz, in der geheimen Ratstube, abzuhalten, stets im Beisein der Kaiserin, manchmal auch in Anwesenheit des Kaisers.

Am 30. Dezember 1760 wurden die Mitglieder ernannt: Kaunitz, Haugwitz und Daun als Minister, Blümegen, Borie und Stupan als Räte, Referendar wurde König von Kronberg. Am 26. Januar 1761 fand die erste Sitzung statt; ein besonderer Diebstahl war Gegenstand der Beratung. Graf Emmerich Esterházy hatte bei der Besetzung Berlins Eigentum des Königs von Preußen requiriert und, noch schlimmer, ohne Zoll zu zahlen nach Wien geschickt. Das Zollamt und der Thronfolger Erzherzog Joseph als Regierungsmitglied sprachen von Konfiskation, Graf Esterházy warf sich der Kaiserin zu Füßen und hoffte auf Milde und Legalisierung seines Raubes. Feldmarschall Daun wollte ein Exempel statuieren; das Militär dürfe keine Zollfreiheit bei Beute erlangen. Der weise Kaunitz berief sich auf das Völkerrecht und empfahl die Rückgabe der Beute. Zum großen Leidwesen des Grafen Esterházy entschied sich die Kaiserin zur Rückgabe der Kriegsbeute an Friedrich den Großen.

Der Staatsrat funktionierte klaglos, bis Joseph II. nach dem Tod seines Vaters als Kaiser Mitglied wurde. Von da an war man nie mehr einer Meinung. Joseph überhäufte seine Mutter mit Denkschriften und Reformplänen, versuchte seine Anhänger in den Rat zu bringen; mehr und mehr ließ sich Kaunitz bei den Sitzungen vertreten, um nicht zwischen Mutter und Sohn Partei ergreifen zu müssen. Doch trotz aller Konflikte bewährte sich der Staatsrat unter sechs Regenten.

In diesem erlauchten Kreis saß nun Feldwebel a. D. Joseph Michael Reichardt auf Empfehlung der Kaiserin als kleiner Schreiber und merkte mit Schrecken, daß er „dem Zivildienst" nicht gewachsen war.

„Allein! wie betroffen und bestürzt ich worden bin, als ich mich in dieser neuen Gesellschaft befunden, und nach und nach durch Erfahrung gelernt und eingesehen habe, woran es mir fehle, und was mir noch alles ermangle, um künftighin mein Amt und Beruf würdig vorstellen zu können, kann ich nicht sagen, denn ich hatte nur mit Menschen zu thun, die in ihrer

Jugend civilisirte Erziehung bekommen und zugleich alle nöthige Wissenschaft, und mehrere Sprachen erlernet hatten, ja Dinge besassen, welche mir bis dahin, weil ich nur mit meinesgleichen umgegangen bin, ganz fremd und unbekannt waren."

Das Schulwesen war während Reichardts Jugend noch nicht reformiert. Kinder wurden privat oder, wenn sie begabt waren, in Klosterschulen unterrichtet, dort aber dann auf den geistlichen Stand vorbereitet. Ansonsten unterrichteten selbsternannte Lehrer die Kinder schlecht und recht. Maria Theresia befaßte sich in den siebziger Jahren mit einer Schulreform. Die Mittel für die zu errichtenden Schulen wollte sie aus einer Erbschaftssteuer bestreiten. Bei jeder Testamentsvollstreckung wurde eine bestimmte Steuer eingehoben, vom Ritterstand vier Gulden, von Beamten und Bürgern zwei, von Bauern ein Gulden. Dieses Geld kam in den „Normalschulfonds".

Die allgemeine Schulordnung von 1775 bestimmte, daß die Gemeinden dafür zu sorgen hätten, daß Schulstuben „Extrazimmer" sein müßten, in denen nicht gewohnt werden dürfe, „um die Schüler nicht zu stören". Unterrichtet wurde im Winter von acht bis elf und von zwei bis vier Uhr, im Sommer vormittags von sieben bis zehn Uhr. Kleine Kinder mußten nur im Sommer zur Schule gehen, da der Schulweg im Winter zu beschwerlich war und die meisten Kinder keine Schuhe hatten.

Es dauerte lange Zeit, bis diese Schulordnung durchgesetzt und allgemein befolgt wurde. Die Gemeinden hatten auch große Schwierigkeiten, geeignete Lehrer zu finden, die fehlerlos lesen und schreiben konnten.

In der Dorfschule in Württemberg, in der Reichardt

seine Schulzeit absaß, hatte er weder Rechtschreiben noch Naturkunde oder Geschichte gelernt, von Latein oder anderen Fremdsprachen ganz zu schweigen. Die besondere Protektion der Kaiserin verhinderte, daß er sofort, wie in der Dominikalbuchhaltung, an die Luft gesetzt wurde. Man gab ihm Zeit zum Lernen, und er nützte sie gut. Er übte zu Hause das Schönschreiben, las viel und suchte seine Mängel so gut es ging zu verbergen und durch Zuschauen und Zuhören zu lernen. Wieder hatte er Glück und fand einen Protektor in dem berühmten Rechtsanwalt Dr. Christoph Sonnleithner, der den charmanten jungen Mann unter seine Fittiche nahm und erzog. Er lieh ihm gute Bücher, lehrte ihn Sprachen und gab ihm gesellschaftlichen Schliff, indem er ihn zu sich einlud, wo Reichardt bald zum geschätzten Freund der Familie wurde. „Ich brachte es durch seinen Unterricht, und meinen Fleiß nach und nach so weit, daß ich mich nicht nur allenthalben hören und sehen lassen [konnte], sondern gewann mir auch hierdurch, besonders aber durch eine von der gütigen Natur empfangene und sich hierzu gesellte vorzügliche Gabe, nämlich eine einnehmende Leutseligkeit, sowie redliches, aufrichtig und offenherziges Betragen, bei jedermann der mich kennen lernte, Achtung, Gewogenheit und Freundschaft", berichtet Reichardt voll Stolz und führt weiter aus: „Ich bekam durch obgedachten meinen alten Freund eine sehr große Bekanntschaft mit verschiedenen Cavaliers, Prälaten, Pröbsten, Abten, Provinzialen und dergleichen Leute, deren Sachverwalter er war, ja ich bin durch ihn und seinen täglichen Umgang mit der ganzen juridischen Fakultät so gut bekannt geworden, als wenn ich unter sie gehört hätte."

Reichardts Gönner und Mentor, der Rechtsanwalt und Professor der juridischen Fakultät Dr. Christoph Sonnleithner, war fünf Jahre jünger als er und hatte ebenfalls eine schwere Kindheit hinter sich.
Christoph Sonnleithner war 1734 in Szegedin zur Welt gekommen, wo sein Vater als Beamter diente. Schon als Kleinkind verlor er seine Eltern und kam zu einer Tante nach Wien, die den Subkantor von St. Stephan geheiratet hatte. Die Sonnleithners waren eine musikalische Familie. Christophs Onkel Leopold war Kontrollor am Wiener Magistratssteueramt, aber auch begeisterter Chordirigent bei St. Joseph in der Leopoldstadt. Dort machte der kleine Christoph Chordienste und bekam dafür Musikunterricht. Der weite Weg in die Vorstadt war für den kleinen Buben beschwerlich und endlos. Oft hatte er Löcher in den Strümpfen, die er mit Tinte zu kaschieren suchte, indem er die Haut darunter schwarz färbte. Geld war knapp bei der Tante. Er erhielt jedoch eine sorgfältige Erziehung und studierte Gesang, Violine und Komposition, aber auch Jus und Philosophie. Nach dem Doktorat wurde er Hofrichter bei den Schotten. Seine Klienten waren Geistliche. Er verfaßte viele juridische Werke, aber der Musik blieb er immer treu. Er komponierte Messen, aber auch Symphonien, die Haydns Brotherr, Fürst Nikolaus Esterházy, sehr schätzte, und Kammermusik, die Kaiser Joseph spielte.
Er heiratete Anna Maria Doppler und hatte mit ihr dreizehn Kinder. Es war ein großer und freundlicher Haushalt, in dem Reichardt Aufnahme fand und sozusagen zum Adoptivkind wurde. Alle Sonnleithnerkinder machten Karriere. Ignaz wurde Advokat und war Professor der Handelswissenschaften, sein Bru-

der Joseph Beamter und Hoftheatersekretär. Letzterer gründete 1814 die Gesellschaft der Musikfreunde. Die fünf Töchter verheirateten sich gut, eine von ihnen wurde die Mutter des Dichters Grillparzer.
In seinem Beruf machte Reichardt Fortschritte. Um seine Unbildung zu bemänteln „... blieb nichts anderes übrig, als die Rolle eines Affen anzunehmen, und was ich nicht nachahmen konnte, um dieses fragte ich auf eine wohlanständige Art, hinter welcher meine Schwäche verborgen blieb".
1767 war Reichardt bereits Staatsratskanzelist, erhielt ein Gehalt von 600 Gulden und eine Remuneration von 150, und konnte, was sehr wichtig war, ein Hoffreiquartier beanspruchen. Da die Kaiserin diese selbst vergab, durfte Reichardt „auf besondere Gnade hoffen", und er wurde nicht enttäuscht: Es war mitten in der Stadt, „sehr schön für eine ganze Familie geräumig, auf dem Petersplatz gelegen. Ich ließ es recht schön einrichten, nahm eine Dienstmagd, und hielt meine eigene Kost zu Hause; nun lebte ich recht herrlich und vergnügt." 1770 stieg sein Gehalt auf 1000 Gulden und Remuneration, die er jedoch nach der Kaiserin Tod verlor.
Seit 1770 war es dem Kaiser gelungen, seine Anhänger in den Rat einzuschleusen. Damals wurde die Studienreform besprochen, und der Josefiner Graf Perger schockierte die Kaiserin mit einem radikalen Konzept, wonach alle Geistlichen aus dem Lehrbetrieb entfernt, vor allem die Jesuiten ausgeschaltet werden sollten.
„Dann als der Kaiser Joseph die Regierung antratt, höreten alle derlei Gnadengaben auf, ja, er nahm den Leuthen sogar dasjenige, was ihnen seine Frau Mut-

ter seelige auf ihre ganze Lebenszeit verliehen, und mit ordentlichen Dekreten versichert gehabt hatte. Als da waren die Naturalquartiere, Quartiergelder, Kammerbeutel Pensionen, Taufpatengelder, Allemosen, Stipendien, Pfründen und dergleichen."

Josephs Reformen trafen auch Reichardt schmerzlich. 1777 hatte die Kaiserin ihrem Schützling eine Badehütte am heutigen Donaukanal (damals die Donau) überlassen, deren zwanzig Badekabinen ihm jährlich an die 1300 Gulden einbrachten. Auch diese Badehütte kam nach der Kaiserin Tod zurück in den öffentlichen Besitz und wurde 1782 versteigert. Hatte Josephs Sparprogramm am Anfang noch viele Anhänger in allen Schichten, so sollten ihn am Schluß seiner Regierung nur mehr die Bauern und die Armen segnen.

Als junger Mann war Joseph mittelgroß, gut gebaut und hatte blitzblaue Augen. Es gab sogar die Kleiderfarbe „Kaiseraugenblau".

„Seit 1768 trug er meist Uniform, er machte auch für die Offiziere die Uniform hoffähig. Das teure Mantelkleid seiner Vorväter wurde abgeschafft und dadurch Geld gespart. Seit seines Vaters Tod schlief er nur mehr auf Stroh, das mit einer Hirschhaut abgedeckt war. Er rasierte sich selbst und frühstückte Schokolade. 1785 litt seine Gesundheit, er hatte ‚Aderbrüche' [offene Krampfadern an den Beinen, wie seine Mutter], rinnende Augen und einen Rotlauf am Kopf, so daß er zur Perücke griff. Seine Gesichtfarbe war von da an stark rotbraun, und er entwickelte Hängebacken. War er zornig, wurden seine Augen starr und er zeigte die Zähne. Sein größter Fehler war seine Herrschsucht und sein Wille, alle Untertanen mit Ge-

walt glücklich zu machen.“ So schildert ein Zeitgenosse den Kaiser.
Reichardts Badehaus, das „Kaiserbad“, stand in der Nähe des „Schanzels“ am Ufer des jetzigen Donaukanals, an der Kreuzung der heutigen Zelinkagasse mit dem Kai. Es wurde erst 1901 abgebrochen, um der Trasse der Stadtbahn Platz zu machen.
Das Kaiserbad erfreute sich großer Beliebtheit. Es bot sowohl warme als kalte Bäder, Sturzbäder sowie Freibäder an. Man konnte auch Erfrischungen kaufen. Reichardt wollte sich unbedingt an der Versteigerung beteiligen, fand es aber klüger, nicht selbst zu steigern, sondern seine Wirtschafterin hinzuschicken. Sie konnte es dann für 8 010 Gulden mit Schankgerechtigkeit ersteigern. Hatte ihn zuerst der Verlust der Badehütte geschmerzt, so sah er jetzt viele Vorteile, da sie ja in seinem Eigentum war und er damit machen konnte, was er wollte. Im Februar 1783 begann er mit dem Neubau, und das neue Haus war in drei Monaten fertig. Nun vermietete er das schöne neue Bad an seine Wirtschafterin, die sich eben verheiratet hatte, und konnte schon im ersten Jahr 1 500 Gulden kassieren. Jetzt hatte Reichardt ein sicheres jährliches Einkommen von 2 600 Gulden und war außerdem Hausbesitzer geworden. Er lebte aber weiter in seiner alten Wohnung am Petersplatz.
Reichardts frühere Wirtschafterin hatte in zweiter Ehe den Holzhändler Johann Maurer geheiratet. Das Ehepaar betrieb das Bad zwei Jahre, kaufte 1785 von der Stadt Wien ein benachbartes Badehaus und erhielt vom Magistrat die Bewilligung, den Betrieb zu erweitern, sofern die Holzlandeplätze auf beiden Seiten der Badehäuser frei gehalten blieben, um den

Durchgang zwischen den Badehäusern nicht zu behindern. Maurer verankerte zum Freibaden ein zweites Badefloß – und der Stadtmagistrat verpflichtete sich, zwischen Augartenbrücke und Schanzel keine weitere Badehütte zu genehmigen. Diese zweite Badehütte erstand Maurer um 5000 Gulden und für eine zehnjährige Pacht von 500 Gulden jährlich. Das Kaiserbad erfreute sich bis zu seinem Abriß großer Beliebtheit und war für Reichardt und Maurer eine gute Einnahmequelle.

„Noch glücklicher aber ward ich, als mich der Kaiser in eben diesem Frühjahr, ohne bis dato zu wissen, warum? mit meinem bis dahin gehabten Gehalt und Emolumenten, von dem Staatsrath weggetan und bei dem böhmisch Österreichischen Kanzleiarchiv als Registranten, der ich bis jetzt bin, anstellte. Hiedurch kam ich aus seinem Zimmern und Augen wo ich täglich sein, und arbeiten mußte, und hatte noch dabei so angenehmen und bequemen Dienst, der aber in der Folge noch weit angenehmer wurde, indeme mein Archivarius vor ungefehr 4. Jahren gestorben, und die Direction mir übertragen worden ist, wo ich nun frequentiren thun und machen kann, wie und was ich will."

Der Kaiser hatte Reichardt 1784 versetzt, wäre aber kaum erfreut gewesen zu wissen, daß Reichardt nicht nur tun und lassen konnte, wie er wollte, sondern außerdem als Leiter des Archives auch kam und ging, wie es ihm beliebte. Sein neuer Chef war Graf Kollowrat-Krakowsky, oberster Kanzler der böhmisch-österreichischen Hofkanzlei.

1786 starb Reichardts Mentor Dr. Christoph Sonnleithner, nur 54 Jahre alt, an „Leber- und Gedärmfraß", tief betrauert von seinem Schützling. Vernachlässigte

Hämorrhoiden waren ihm zum Verhängnis geworden. Er starb am 25. Dezember. Sein Testament hatte er schon am 4. Januar des Jahres abgefaßt. In der Wohnung am Michaelerplatz blieb die Witwe mit den minderjährigen Kindern zurück; nur Franz Sonnleithner, der älteste Sohn und Magistratssekretär, sowie die älteste Tochter Eleonore, mit dem Rechnungsoffizier Siegmund von Paumgarten verheiratet, waren großjährig.
Sonnleithner hatte seine Frau zur Alleinerbin bestimmt und verfügt, daß jedes seiner Kinder außer dem Pflichtteil 1000 Gulden erhalten sollte.
Reichardt ging der Witwe bei der Abhandlung zur Hand. Er war auch Taufpate einer der Töchter Sonnleithners, die er später – als Dank für die Wohltaten, die er im Hause Sonnleithner genossen hatte – in seinem Testament bedachte. Aufgeschreckt durch den unerwarteten Tod seines Freundes machte er am 28. Mai 1787 sein eigenes Testament.
Er vergaß niemanden, der ihm jemals Gutes getan hatte. Der jüngsten Sonnleithner-Tochter Karolina, die sein Patenkind war, vermachte er 1000 Gulden, einer jungen Magd, Barbara Sturmer, „die ich aufgezogen", ebenfalls 1000 Gulden und die gleiche Summe „den Obstlern Franz und Barbara Kainz". Die Kinder seiner braven Wirtschafterin wurden bedacht – sie war bereits verstorben. Jedes seiner Stiefgeschwister in Württemberg erhielt ein großzügiges Legat. Reich beschenkt wurde auch Anna Maria Sonnleithner „zur Belohnung ihrer mir durch mehrere Jahre vielfältig erwiesenen Wohl und Gutthaten".
Reichardt sollte aber noch die Jahrhundertwende überleben. Er war 43 Jahre Staatsbeamter und am

Ende seiner Laufbahn in der „Registratur für alte Akten“, wo er wahrscheinlich selbst langsam verstaubte. Noch 1804, 75 Jahre alt, ist er im Hofschematismus, dem *Who's who* der Staatsbeamten, verzeichnet. Ein Jahr später starb er, am 10. Dezember, in seiner Wohnung „am Stickhusten“, im Hause „Zum Auge Gottes“, in dem sich einst Wolfgang Amadeus Mozart, nach seinem spektakulären Hinauswurf aus Salzburgischen Diensten, bei den Damen Weber einquartiert hatte.

Er starb als reicher Mann. Seinen Reichtum hatte er sich durch seine Klugheit selbst geschaffen, doch hatte ihm Maria Theresia mit sicherem Blick für einen tüchtigen Armen die helfende Hand gereicht.

Vom Kaiserbad, das Reichardt so viel Geld einbrachte, existiert heute nur mehr die in den Jahren 1904–1908 gebaute Kaiserbadstaustufe des Donaukanals. Das Wehr selbst besteht nicht mehr, aber das von Otto Wagner erbaute Schleusengebäude prunkt noch immer mit seinen blauen Kacheln.

Die Säulen des Staates: die Künstler

Kein Volk, kein Land kann ohne Künstler leben. Das Streben nach Schönheit und Kunst ist dem Menschen eingeboren. Doch Künstler brauchen Pflege, Ermunterung und – wie sollte es hier anders sein als beim Militär und bei den Beamten – auch Protektion. Am Habsburger Hof hatte die Musik immer einen hohen Stellenwert, da viele Habsburger höchst musikalisch waren und auch selbst komponierten. Zwei Künstler, zu ihren Lebzeiten sehr berühmt und nach ihrem Tod schnell vergessen, waren Karl Ditters von Dittersdorf, der Virtuose mit dem goldenen Geigenton, der Komponist vieler Symphonien und reizvoller Kammermusik und Schöpfer lustiger Singspiele, die eine Zierde jeden Theaters waren. Und die blinde Maria Theresia Paradis, begnadete Klavierspielerin – auch sie Komponistin –, die mit ihrem Geist über die Schwäche ihres Körpers triumphierte.

Karl Ditters von Dittersdorf

Der Kammerpage mit den goldenen Fingern

„Junge Leute muss man ermuntern“
(Gluck)

Ditters von Dittersdorf, ein Zeitgenosse Haydns und dessen Jugendfreund in Wien, diktierte seine farbigen Memoiren einem Sohn in die Feder, da ihm die gichtigen Finger den Dienst versagten.
Im Gegensatz zu Haydn hatte er „eine goldene Jugend" gehabt. Die gut situierten Eltern ließen ihren Kindern Privatunterricht erteilen. Dittersdorf fand einen aristokratischen Protektor, der ihn ausbildete und ihm die Wege zu seiner glänzenden Laufbahn ebnete. In seinen Erinnerungen entwirft er ein buntes Gemälde seines Werdeganges, wobei er sich nicht scheut, auch Dummheiten und Fehler einzugestehen.
Karl wurde am 2. November 1739 geboren und in der Michaelerkirche getauft. 1732 und 1738 hatten die Eltern zwei Söhne begraben. Karl war der zweite lebende Sohn, sein Bruder Joseph Jakob war fünf Jahre älter. Die Familie wohnte auf der Laimgrube.
„Ich bin im Jahre 1739 am Zweiten des Wintermonats zu Wien geboren. Mein Vater, aus Danzig gebürtig, war unter der Regierung Karls des Sechsten, k. k. Hof- und Theatersticker und da er zugleich ein guter Zeichner war, so wurde er bei der bürgerlichen Artillerie zum Oberlieutnant gewählt und kommandierte in dem damaligen baierischen Kriege, der nach dem Tode Karls des Sechsten unter der Regierung des baierischen Kaisers, Karl des Siebenten, ausbrach, die sogenannte Löbel-Bastei mit zwanzig Kanonen", beginnt Dittersdorf seine Lebensgeschichte.
Karl VII., Nachfolger Karls VI., war vor seiner Wahl zum Kaiser Kurfürst von Bayern und mit einer Kusine Maria Theresias, der Tochter Kaiser Josephs I., verheiratet. Er hatte nie die Nachfolge Maria Theresias in den österreichischen Ländern nach dem To-

de ihres Vaters gebilligt. Deshalb machte er mit Friedrich von Preußen gemeinsame Sache, Maria Theresia zu bekriegen, und rückte mit seinen Truppen in die österreichischen Erblande ein. Als er bei St. Pölten stand, wurde Wien in Verteidigungsbereitschaft gesetzt. Überraschend schwenkte er jedoch nach Norden ab, um Prag anzugreifen. 1742 zum Kaiser gewählt, regierte er bis zu seinem Tod im Januar 1745. Franz Stephan von Lothringen, Gemahl Maria Theresias, bestieg danach als Franz I. den Kaiserthron.

Paul Ditters und seine Frau Anna Maria hatten fünf Kinder. 1742 wurde Alexander geboren, dann ein Mädchen Marianne und als Jüngste Johanna. Sie wurde Sängerin. „Sein Verdienst warf ihm so viel ab, daß er seinen fünf Kindern eine etwas bessere Erziehung, als sie sonst bei Bürgern gewöhnlich ist, geben konnte. Wir drei Söhne, davon ich der mittelste war, studierten bei den Jesuiten und noch ein Weltpriester ward uns als Instruktor gehalten, welchem mein Vater Wohnung, Kost und Besoldung gab. Diesem würdigen Manne, der weder Fanatiker noch Freigeist war, habe ich echte Grundsätze in der Religion und Superiorität über Vorurteile zu verdanken. Auch ließ mein Vater uns fünf Kindern Unterricht in dem Französischen, das er selbst sehr gut sprach, geben. Da er auch zugleich Geschmack an der Musik hatte, so hielt er meinem ältesten Bruder einen Lehrmeister auf der Violine."

Alle fünf Kinder waren musikalisch. Wien war damals die Musikstadt par excellence. Da die kaiserliche Familie Musik liebte, beschäftigte sich auch der Adel damit, und manche Privatkapellen konnten der kaiserlichen Konkurrenz machen, zum Beispiel die des Fürsten Esterházy, in dessen Diensten Joseph Haydn stand. Wer sich kein ganzes Orchester leisten konnte, beschäftigte wenigstens einige gute Musiker und baute auf musikalische Dienerschaft, denn „fast jeder Vater von mäßigem Einkommen läßt seinen Kindern Musik lehren. Wie viele Dilettanten es hier giebt, zeigt sich an der großen Zahl der Instrumentenmacher aller Art, die ihr hinlängliches Auskommen finden", heißt es im Wiener Theateralmanach.

„Noch war ich kaum sieben Jahre alt, als ich schon eine besondere Neigung zur Musik in mir verspürte. Ich lag meinem Vater an, mir auch musikalischen Unterricht geben zu lassen. Er gewährte mir die Bitte, und in Zeit von dritthalb Jahren machte ich solche Fortschritte, daß mein Lehrmeister – König hieß der ehrliche Mann – meinen Vater gerade heraus gestand, er könne mich nichts mehr lehren und es sei nunmehr nötig, mir einen anderen Lehrmeister zu geben, bei dem ich konzertmäßig spielen lernen könne", heißt es in Karls Lebenserinnerungen.

König riet dem Vater, einen besseren Lehrer zu finden, da sein Sohn viel Talent hätte. Ditters folgte dem Rat, gab dem ehrlichen König ein Geschenk und machte ihn zum Lehrer seines dritten Sohnes, des sieben Jahre alten Alexander. Karl kam zu Joseph Ziegler, der im Jesuitenseminar Geige unterrichtete und als Dommusiker in St. Stephan spielte; außerdem war er Lehrer im Jesuitengymnasium. Domkapellmeister und Leiter der Sängerknabenschule, in die 1740 Joseph Haydn als Achtjähriger eintrat, war Johann Georg Reutter. Bei Ziegler lernte der junge Karl in kürzester Zeit alle Kompositionen prima vista, also vom Blatt spielen, und alle damals üblichen Verzierungen,

die die Komponisten meist nicht ausschrieben, sondern die Musiker nach ihrem Geschmack und Können ausführen ließen.
Ziegler schickte seinen Starschüler zum Spielen in den Kirchenchor, um das Spielen vom Blatt zu üben, und zwar in der Schottenkirche auf der Freyung, wo damals die besten Messen aufgeführt wurden.
„Am nächsten Sonntag ging ich dahin. Allein als ich mich beim Regens Chori, Herrn Gsur, meldete und ihn um die Erlaubnis mitzuspielen ersuchte, maß mich dieser Mann mit den Augen und schnarchte mich mit den Worten an: ‚Warum nicht gar! Hier ist kein Chor, auf dem man jeden Knaben mitzukratzen erlauben kann!' – So jung ich war, so verdroß mich doch der Ausdruck ‚kratzen' ganz gewaltig, und auf der Stelle antwortete ich zurück: ‚Sie wissen ja noch nicht, ob ich im Stande bin mitzuspielen oder nicht. Wenn ichs nicht könnte, so würde mir wohl mein Lehrmeister Herr Joseph Zügler, nicht geraten haben, Sie um Erlaubnis dazu zu bitten.' – ‚Ja so, wenn das ist', erwiderte er freundlich, ‚wenn *der* Sie wirklich herschickt, so will ichs gerne erlauben.' – Sogleich befahl er, mir eine Violine zu geben, und wies mir meinen Platz neben dem ersten Violinisten, Karl Huber, an. Dieser gab scharf auf mich acht, ob ich auch richtig spiele; ja bei einer eingetretenen Fuge hielt er sogar mit seinem Instrumente an, um zu beobachten, ob ich auch recht pausiere. Ich verfehlte keine Note. ‚Bravo, mein Sohn', sagte er am Ende; ‚das hätte ich Ihnen nicht zugetraut.' – Der Regens, dem mein Spiel ebenfalls nicht unbemerkt geblieben war, äußerte mir seine Zufriedenheit mit dem verbindlichen Zusatz, ich könne so oft kommen, als ich wolle, ich würde al-

lemal gern gesehen sein. – Das war was Anders, sollt' ich meinen; und kein Wunder, wenn ich um ein Ziemliches gewichtiger nach Hause gegangen sein sollte."
Der Zehnjährige machte nun die Runde in den Kirchen und bat, mitspielen zu dürfen. Bald war er als ausgezeichneter Spieler bekannt und konnte das ganze Messenrepertoire fast auswendig.
„Während diesem Jahre traf es öfters, daß Huber in der Kirche Solos zu spielen bekam. Sein Strich, seine Methode, seine Intonation und sein angenehmer Vortrag griffen mir jedesmal in die Seele. Ich studierte unermüdet, um ihm nachzukommen. Als einmal wieder eine Messe mit einem Violinsolo vorkam, die mir durchaus unbekannt war, sagte Huber zu mir: ‚Haben Sie wohl Courage, das Solo zu spielen?' – ‚Treffen will ich es wohl', erwiderte ich, ‚aber so schön wie Sie werde ich es nicht spielen.' – ‚Ei, spielen Sie getrost', sagte er, indem er mir seine eigene Violine gab, ‚es wird schon gehen.'"
Karl war noch keine zwölf Jahre alt und bereits ein so guter Virtuose, daß er sich an Soli herantraute, die er vorher nicht studiert hatte. Durch das Mitspielen in den Kirchen hatte er sich eine ungeheure Fertigkeit erworben.
Die Wiener Kirchenmusik stand damals auf großer Höhe und besaß einen ausgezeichneten Ruf. Da die Kirchen hoch dotiert waren, konnten sie ihre Kapellmeister gut bezahlen, die wiederum hatten den Ehrgeiz, mit ihren Kompositionen Kenner und Fachleute anzulocken und ihre Kirchen zu füllen.
„Es war gewöhnlich, daß in dieser Kirche, in welcher, besonders an hohen Feiertagen, immer sehr schöne und ausgesuchte Musiken in großer Vollkommenheit

aufgeführt wurden, sich Liebhaber der Musik haufenweise einfanden. So kamen einige von den Verehrern Hubers, die unten zugehört hatten, nach geendigtem Solo auf den Chor, in der Meinung, er habe gespielt, um ihn darüber viel Schönes und Verbindliches zu sagen."

Als Huber ihnen dann den jungen Dittersdorf vorstellte, konnten sie sich vor Staunen nicht fassen. Unter den Gratulanten befand sich auch ein Musiker des Prinzen Joseph Maria aus dem Fürstenhaus Sachsen-Hildburghausen, der Hornvirtuose Hubaczek aus Böhmen, der sofort Karls Adresse wissen wollte.

„Nach einigen Tagen kam er zu uns und erzählte über Tische, daß sein Herr, bei dem er in Diensten stehe, eine ansehnliche Kapelle halte, die sich dreimal in der Woche um elf Uhr versammle, um sich zu exerzieren; zugleich bat er meinen Vater zu erlauben, daß ich doch zuweilen dabei erscheinen dürfe. Mit Dank nahm dieser die Einladung an. Schon am folgenden Tage kam Hubaczek, mich abzuholen und ich nahm meine Violine mit. Ich ward, als ich zum Orchester trat, nicht wenig überrascht, als man mir den ersten Platz antrug."

Hubaczek mußte intensiv von Dittersdorfs Geigenkunst geschwärmt und den Prinzen gehörig neugierig gemacht haben. Seinen Kapellmeister scheint der Prinz jedoch nicht eingeweiht zu haben, da dieser nicht wenig erstaunte, einen Knaben von knapp zwölf Jahren am ersten Pult sitzen zu sehen. Aber Karl spielte die aufgelegte Jomellisymphonie, die er schon kannte und nicht vom Blatt spielen mußte, bravourös herunter. Kapellmeister Bonno war zufrieden und verließ den Saal, um bald darauf mit dem Prinzen

wiederzukommen. Joseph Bonno war Hofkapellmeister des Kaisers, wurde aber stets vom Prinzen engagiert, um dessen Hauskapelle bei Konzerten, die den ganzen Winter für den Adel veranstaltet wurden, zu leiten.
Die regierenden Fürsten von Sachsen-Hildburghausen hatten ihre Besitzungen in Thüringen. Prinz Joseph Maria Friederich Wilhelm war k. k. Generalfeldmarschall und Reichsfeldzeugmeister. Als Sechzehnjähriger war er 1719 in kaiserliche Dienste getreten und hatte noch unter Prinz Eugen gedient. Als er 1727 zum Katholizismus konvertierte, stand einer glänzenden Laufbahn im kaiserlichen Heer nichts mehr im Wege. Er war ein guter Organisator und hatte ein gewinnendes Wesen, das ihn bald in Prinz Eugens nähere Umgebung brachte. Die offensichtliche Protektion Prinz Eugens machte ihm viele Feinde, die nur darauf warteten, den rasch Avancierten ausschalten zu können.
Nach Eugens Tod wurde Prinz Joseph Maria Generalfeldzeugmeister in Ungarn und sollte die Militärgrenze gegen die Türken befestigen. Ein Feldzug mit seinem kleinen Heer gegen Banjaluca mißlang ihm jedoch gänzlich. Er begründete die Niederlage mit der mangelnden Unterstützung der eifersüchtigen Generäle, während seine Feinde dem Kaiser in Wien die Unfähigkeit des Prinzen zu beweisen suchten. Karl VI., der die gesellschaftlichen Talente des Prinzen sehr schätzte, entschied sich, das Mißgeschick, wie er sich ausdrückte, zu vergessen und seinem Generalfeldzeugmeister weiter seine Huld zu schenken. Als die Nichte des Prinzen Eugen, Viktoria, „als ein sehr altes Fräulein" – sie war damals 55 Jahre alt –

den um 18 Jahre jüngeren Prinzen heiraten wollte, gab der Kaiser seine Einwilligung. Am 17. April 1738 wurde in Schloßhof Hochzeit gefeiert.
Die seltsame Heirat, über die sich ganz Wien amüsiert hatte, brachte der Prinzessin nur Kummer. Der Prinz sicherte sich im Ehevertrag das Einkommen aus dem Vermögen von 300 000 Gulden sowie die beiden Schlösser Niederweiden und Schloßhof, die auf 400 000 Gulden geschätzt wurden. Ansonsten kümmerte er sich um seine Frau nicht. „Nichts habe ich von ihm empfangen als Zeichen der Verachtung und Haß", schrieb die unglückliche Gattin ihrem Vetter in Turin. Nach sechs Jahren Ehe verhalf ihr Maria Theresia zu einer Scheidung.
Bei den Majestäten war der gesellige, charmante Prinz jedoch sehr beliebt. Er gab in seinen Schlössern glänzende Feste. Am 1. Oktober 1743 hatte er noch mit seiner Frau zusammen seinen Monarchen und die Kaiserin in Schloßhof empfangen. Mit kleinem Gefolge war das Kaiserpaar per Schiff bis nach Hof an der March gereist, wo schon einige Landauer bereit standen, um die hohen Gäste durch die fruchtbare Ebene zum Schloß zu kutschieren. Obersthofmeister Fürst Khevenhüller notiert darüber in seinem Tagebuch:
„Und weillen unsere Ankunfft gegen Abend vermuthet ware, so hatte man nicht allein das Schloß um und um illuminieret, sondern auch in der zu solchen hinauf führenden Allee eine lebendige Illumination angestellet, indem bei jedem Baum ein Bauer mit einer Fackel in der Hand postiret sich befande, und a mesure, daß wir vorbeigefahren waren, folgten diese brennenden Statuen unseren Wagen mit villem Jubel

und Vivat Schreien ... in vollen Rennen bis zum vorderen Schloß Hoff."
Bei der Schloßterrasse entstiegen die hohen Herrschaften den Wagen. Prinzessin Viktoria führte die Kaiserin auf ihre Zimmer; abends ging man bei Mondlicht spazieren und soupierte erst um neun Uhr. Am nächsten Morgen gingen die Herren auf die Jagd, während die Kaiserin in der Kapelle die Messe hörte. Da es sehr windig war, blieb sie den ganzen Vormittag zu Hause. Sie war wieder schwanger und suchte Erholung.
„Mittags speiste man in der Sala terrena, welche zur Haupt Terrasse hinaus führet und den schönsten Prospect [Aussicht] der Welt über das Marchfeld und auf einer Seiten biß Preßburg, auf der anderen biß gegen Wienn darstellet."
Nachmittags, als das Wetter besser war, fuhr die Gesellschaft nach dem nahen Niederweiden, wo ein Bauerntanz und ein Gänserennen veranstaltet wurden. Ein Regenschauer ließ die Gäste in die Wagen flüchten, und so wissen wir nicht, wie die Gänse zum Wettrennen motiviert wurden. Am 3. Oktober fuhr man per Wagen wieder nach Wien zurück. Beide Majestäten, aber besonders der Kaiser, hatten sich gut unterhalten. Schon damals spielte dieser mit dem Gedanken, Schloßhof zu kaufen. Aber noch hatte der charmante Prinz das Vermögen seiner Frau kaum angetastet und dachte nicht im entferntesten an einen Verkauf. Er lebte als Privatmann in Wien und auf seinen Schlössern, unterhielt eine Kapelle und war immer bestrebt, musikalische Talente an seinen Hof zu binden.
So ließ er sich auch den jungen Karl, der mit Herzklopfen gespielt hatte, vorführen und erkundigte „sich

voller Güte wer mein Vater, wer mein Lehrmeister und wie alt ich wäre“. Der Prinz wollte auch wissen, ob er vom Blatt spielen könne. Karl mußte eine Flötensonate begleiten, dann einige Orchesterstücke und endlich ein Solo in einem Violinkonzert spielen. Dem jungen Musiker gelang all dieses vortrefflich, und er wurde zum Mittagessen am Tisch der Hausoffiziere eingeladen.
Nach dem Essen erhielt er den Auftrag, um fünf Uhr nachmittag seinen Vater zu bringen, und war huldvoll entlassen. Am Nachmittag unterhielt sich der Prinz zunächst mit Vater Ditters und trat dann mit diesem zu dem wartenden Sohn ins Vorzimmer. „Willst du von deinem Vater weg und zu mir gehen? Es soll dir an nichts fehlen; aber dafür mußt du fleißig Musik und Sprachen lernen“, sagte der Prinz. Karl war vor Glück ganz betäubt und fiel auf die Knie, dem Fürsten für die Ehre, von ihm erzogen zu werden, zu danken. Der Prinz erklärte Vater und Sohn, daß er Karl einen Latein- und Französischlehrer halten wolle und daß der Junge als Musiker auch das Italienische beherrschen müsse. Müßiggänger würde er an seinem Hofe aber nicht dulden.
Vater und Sohn gingen überglücklich nach Hause; dort weinte die Mutter, als sie die gute Nachricht erhielt, daß ein Fürst ihr Kind erziehen wollte. Am Abend wurden alle Freunde zu einem Fest eingeladen, um Karls Erfolg gebührend zu feiern.
Am 1. März 1751 begaben sich Vater und Sohn zum prinzlichen Haus in der Schenkenstraße. Da der Prinz nicht anwesend war, wurden sie vom Haushofmeister Johann Ebert zum Sekretär Bremer gebracht, einem jungen Mann von 26 Jahren. Karl bezog das Zimmer

neben Bremer, das ihm recht gut gefiel, da es sogar einen Schreibtisch hatte. Dann wurde er mit der prinzlichen Hausuniform eingekleidet: Rock und Hose waren aschgrau, die Weste war rot, die Knopflöcher mit silbernen Borten eingefaßt. Dazu kamen weiße Seidenstrümpfe und neue Schuhe mit Silberschnallen. Karl fand sein Spiegelbild unwiderstehlich, und der Abschied von zu Hause fiel ihm leicht.

Um elf Uhr war Probe, und Karl wurde im Salon von seinen Musikerkollegen mit Komplimenten und Gratulationen überschüttet. Zur Probe erschien auch die Sängerin Vittoria Tesi, für die Kapellmeister Bonno zwei neue Arien komponiert hatte, die nun geprobt werden sollten. Karl war hingerissen. „Sie hatte eine runde, helle Contre-Altstimme [Kontralto], und ihr majestätischer Vortrag entzückte mich bis zur Betäubung“, erinnert er sich in seinen Memoiren.

Sie war neugierig, Karl spielen zu hören, und er trug eine Sonate vor. Die Sängerin sparte nicht mit ihrem Lob. Sie unterhielt sich auch mit Karls Vater in Französisch, bis sie wieder zum Cembalo trat und die zweite Arie begann.

„Es war ein Adagio. Hatte mich vorher ihr brillanter Vortrag entzückt, so riß mich ihr sanfter und schmelzender Ausdruck so hin, daß ich glaubte, man könne nichts Schöneres in der Welt mehr hören.“

Vittoria Tesi stammte aus Italien und war eine sehr berühmte Sängerin. Am spanischen Hof hatte sie zusammen mit dem Kastraten Farinelli den König mit ihrem Gesang entzückt. In wenigen Jahren war es ihr gelungen, ein Vermögen zu ersingen. Kaiser Karl VI. engagierte sie nach Wien, und hier hatte sich der Prinz sofort mit ihr angefreundet. Er bot ihr eine

Wohnung in seinem Palais an und die Verpflegung an seiner Tafel. Als sie, bald 50 Jahre alt, dem Theater den Rücken kehrte, zog sie zum Prinzen, sang in seinen Konzerten und bildete Schüler aus. Als er aber 1761 nach Thüringen übersiedelte, um die Vormundschaft für seinen unmündigen Neffen zu übernehmen, blieb sie in Wien.

Aus Madrid hatte sich die Sängerin einen abgerichteten Papagei mitgebracht, der mit seinen Kunststücken die Besucher amüsierte. Er sprach mehrere Sprachen, und wenn Vittoria Tesi kicherte, begann er laut zu lachen. Auch in Wien war der Vogel eine große Attraktion.

„Wenn der Prinz seine Tafelgesellschaft recht vergnügt machen wollte, so ließ er ... den Vogel seine Künste machen. Vorzüglich amüsant war es, wenn er, sobald seine Gebieterin kicherte, seine Lache aufschlug. Die ganze Gesellschaft mußte dann schlechterdings mitlachen ... so brach ein so grausam und anhaltendes Geschrei und Gelächter aus, daß man hätte glauben sollen Herrschaften und Bediente wären sämtlich dem Tollhaus entlaufen."

Dabei wäre der kostbare Vogel einst fast der Inquisition zum Opfer gefallen. Als die Tesi nämlich eines Tages in Madrid bei einer Gesellschaft ihren Papagei vorführte, der Fragen in allen möglichen italienischen Dialekten beantwortete und endlich bei einer lustigen Geschichte seine Lache anschlug, brachen einige Herren vorzeitig auf. Sie eilten stracks zur Inquisition und zeigten den Papagei wegen Hexerei an.

Am nächsten Morgen erschienen zwei Männer im Vorzimmer der Sängerin, hinter ihnen zwei Träger mit einem großen Tragekorb. Der Papagei wurde in aller Form verhaftet, der Käfig in den Tragkorb gesetzt und mit einem schwarzen Tuch bedeckt, um schädliche Hexereien zu verhindern. Die Männer begaben sich mit dem Delinquenten zum Amt der Inquisition. Die verzweifelte Sängerin eilte zu dem Kastraten Farinelli und schilderte unter Tränen den Vorfall. Farinelli, der viel Einfluß beim König hatte, bat um eine Audienz, der König versuchte zu vermitteln, doch dauerte es eine Woche, ehe der Hexenpapagei aus den Händen der Inquisition befreit werden konnte.

Karl war noch immer vom schmelzenden Vortrag der Tesi verzaubert, als eine Glocke, die die Ankunft des Prinzen anzeigte, ihn aus seiner Verzückung riß. Als der Prinz im Saal war, wollte er gleich wissen, ob Karl mit dem Zimmer zufrieden wäre, und empfahl ihm, sich gut aufzuführen und das „Reglement" öfter durchzulesen. Alle Kinder, die in adeligen Häusern aufwuchsen, erhielten schriftliche Verhaltensmaßregeln, nach denen sie sich zu richten hatten. Damit war Karl entlassen, und der Prinz ließ sich seine Flöte bringen und spielte ein Konzert, das den jungen musikalischen Snob wenig beeindruckte: „Ich muß freilich offenherzig sagen, daß er kein großer Hexenmeister war; unterdes spielte er doch weit besser, als ich vermutet hatte. Er hielt sein Tempo richtig und hatte eine vorzüglich schöne Embouchüre [Ansatz]."

Karl lernte den Pagenhofmeister kennen, der ihn und einen zweiten Pagen in Latein und Französisch unterrichten sollte und ihm außerdem Fechtstunden geben würde. Reiten, Tanzen und Italienisch wurden im Sommer auf der Herrschaft Schloßhof unterrichtet. Außerdem erbat sich der Prinz von Karls Vater die Erlaubnis, Pater Johannes, der in Ditters Haus als Erzieher der Söhne lebte, in das Palais in der Schenkenstraße kommen zu lassen, um den Jungen zwei- bis dreimal die Woche Religionsunterricht zu geben. Der Hofstaat war nämlich zur Hälfte immer noch evangelisch. Die Übersiedlung nach Schloßhof im Juni beendete jedoch die religiöse Unterweisung durch Pater Johannes, der für seine Mühe neun Dukaten und Stoff zu einem neuen Talar erhielt.

Karl hatte sich in den Wintermonaten sehr gut in seine Rolle als Kammerpage eingelebt. Heimweh kannte er nicht; er fühlte sich wohl und aß am Offizierstisch, auf dem täglich sieben Gerichte aufgetragen wurden. Er bezog ein monatliches Taschengeld von fünf Gulden 30 Kreuzern, hatte seinen persönlichen Friseur und zur Bedienung ein Kammermädchen. Der Prinz sorgte für gute Lehrer; Geigenunterricht gab ihm der renommierte Joseph Trani, ein Mitglied der Hofkapelle.

Kurz vor der Übersiedlung nach Schloßhof besuchte Vater Ditters seinen Sohn und machte ihm die erfreuliche Mitteilung, daß der Prinz auch Karls älteren Bruder Joseph engagiert hatte und ihm neben freier Kost und Wohnung jährlich 300 Gulden bezahlen würde. Karl freute sich, seinen älteren Bruder in Schloßhof als Gefährten zu haben, und ließ durch den Hausknecht eine Flasche Zypernwein holen, den Eintritt des Bruders zu feiern. Dann mußte Karl natürlich zeigen, welche Fortschritte er in den drei Monaten gemacht hatte, und dem Vater vorspielen. Die Spielkünste Karls und der Wein gefielen Vater Ditters so gut, daß er lange bei seinem Sohn blieb, Anekdoten über das Hofleben zum besten gab und beim Fortgehen Karl einen Kremnitzer Dukaten schenkte, als großzügigen Ersatz für die getrunkene Flasche. Der Hausknecht erhielt einen Gulden Trinkgeld, der vor Freude „auf seinen einwärts gedrehten Füßen wie toll und töricht herumsprang".

Karls Gabe, bei allen Menschen das Komische herauszufinden und nachzuahmen, trug ihm einige unangenehme Stunden ein. Als er, wie gewöhnlich, beim Sekretär Bremer frühstückte, kopierte er den Hausknecht und dessen Bocksprünge so treffend, daß sich die beiden über den Armen, der gerade mit dem Frühstück hereinkam, köstlich amüsierten. Zu Mittag gab Karl an der Offizierstafel die Geschichte wieder im Beisein des Hausknechts zum besten, der aber dieses Mal die Lacher auf seiner Seite hatte, da er dem Haushofmeister erzählte, daß die Ratten und Mäuse seit der Ankunft des Jungen ausgewandert seien, da sie das Gequieke in der Geigenstunde für Katzengeschrei hielten. Auch der Prinz erfuhr natürlich von Karls Spöttereien und verwies ihm sein Benehmen.

Nach diesem Zwischenfall reiste Karl 1751 mit dem Prinzen nach Schloßhof. Da im Juni in Wien die Theater geschlossen waren, kamen auch Violinmeister Trani und der Tänzer Angelo Pompeati mit, der die Pagen im Tanzen unterrichtete, denn Tanzen, Reiten, Fechten und Schießen gehörten zur Kavalierserziehung.

Karl war ein fleißiger Schüler, studierte seine Violine, hatte aber auch Gefallen an der Jagd, zu der ihn der Prinz mitnahm. Seiner schwachen Füße wegen liebte der Prinz die Treibjagd, wo er, auf einen Sessel sitzend, das Wild abschießen konnte. Karl mußte auch abwechselnd mit dem anderen Pagen bei der Tafel be-

dienen. Dort wurde nur französisch gesprochen, etwaige Fehler korrigierte der Prinz sofort. Mit Madame Tesi sprach Karl italienisch.
Im Juli kam eine Schauspieltruppe und bat den Prinzen um die Erlaubnis, in der Wagenremise bis zum Herbst Theater spielen zu dürfen. Karl war entzückt, als der Prinz dies gestattete und allen, an Sonn- und Feiertagen sogar den Bauern, den Besuch der Vorstellungen kostenlos erlaubte. Wurde Musik gebraucht, so war Karl mit seiner Geige zur Stelle. Trotz Theater, Jagden und Gesellschaften studierte Karl fleißig und machte auf der Geige gute Fortschritte. Als der Hof im November des Jahres wieder nach Wien übersiedelte, bereitete Trani seinen Schüler für die Winterakademien vor, bei denen Karl als Solist auftreten sollte. Es wurden Violinkonzerte des großen Virtuosen Domenico Ferrari studiert.
Karls erstes Konzert vor dem hohen Adel war ein großer Erfolg, und sein Lehrmeister erhielt viele Komplimente über die vortreffliche Ausbildung des jungen Solisten. Karl wurde nicht minder gelobt und sein Selbstbewußtsein stieg, doch Trani wußte ihm einen Dämpfer aufzusetzen: „Man applaudiert nur, weil Sie noch ein Kind sind“, sagte er und hielt ihm eine lange Rede, daß er jeder Komposition intellektuell auf den Grund gehen müsse und, um dem Geschmack der Zeit zu entsprechen, seine eigenen Kadenzen erfinden solle, denn die Fähigkeit, Kadenzen zu komponieren, unterscheide den Virtuosen von den gewöhnlichen Musikern.
Der Prinz hatte sich für seine Konzerte eine Zugnummer gesichert: den berühmten Komponisten Christoph Willibald Gluck. Gluck hatte erst vor kurzem

Italien verlassen, um sich in Wien 1750 zu verheiraten. So lernte Karl den berühmten Mann kennen, der das Talent des Jungen sofort erkannte. Bei den fürstlichen Akademien dirigierte Gluck vom ersten Geigenpult. Gewöhnlich sang Madame Tesi bei den Konzerten, doch oft wirkte eine bildhübsche junge Sopranistin, Therese Heinisch, mit, die „ungeachtet größter Angebote nie zu bewegen war, auf einem öffentlichen Theater zu singen; bei Kammermusiken aber ließ sie sich für ein Douceur [ein Geschenk] hören. Der Prinz hatte sie ein für allemal für seine Winterkonzerte engagiert."

Karl hatte solche Fortschritte gemacht, daß er bei einer Akademie das Wagnis unternahm, einige Violinkonzerte des preußischen Komponisten und Hofkapellmeisters Franz Benda fehlerlos und mit den nötigen selbst erfundenen Kadenzen versehen, vom Blatt zu spielen, was Gluck ungeheuer beeindruckte, aber den Lehrer Trani einer Ohnmacht nahebrachte.

„‚Hüten Sie sich, dergleichen Wagstücke öfters zu versuchen!' beschwor er Karl. ‚Ich will den Fall setzen, während dem Spielen wäre Ihnen eine Saite gerissen. Wie hätten Sie viersaitige Arpeggios auf drei Saiten exekutieren oder aus dem Stegreif variieren können?'"

Tatsächlich gehörte es zur Schulung eines Virtuosen, alle Stücke auch auf drei Saiten spielen zu können.

Saitenwechsel und Steckenbleiben beim Vortrag galten als grobe Fehler. Deshalb untersuchte Karl jeden Abend seine Geige, ob alle Saiten in Ordnung waren. Und deshalb lehrte ihn Trani nun, alle Stücke auf drei Saiten mit der gleichen Präzision zu spielen.

„Der Prinz fuhr oft und meistenteils des Vormittags nach Hofe. Einmal kam er mit der Nachricht zurück, der Kaiser habe ihm versprochen, ihn mitten im künftigen Juli mit der Kaiserin und einigen der ältesten Erzherzoge und Erzherzoginnen in Schloßhof zu besuchen. Er entschloß sich daher, statt wie gewöhnlich Anfang Juni schon Anfang April mit allen seinen Leuten dorthin zu gehen, um die gehörigen Anstalten und Vorbereitungen zur Bewirtung und zum Vergnügen dieser hohen Gäste zu treffen."

Es wurden zusätzliche Musiker engagiert, darunter Karls jüngerer Bruder Alexander, der nun bereits ein fertiger Geiger, aber kein Solist war. Alexander teilte das Zimmer mit seinem älteren Bruder Joseph, der ihn auch für ein Aufgeld von zwölf Gulden weiter unterrichten sollte. Karl, der Virtuose, hatte mit seinen Brüdern, gewöhnlichen Orchestergeigern, nichts zu schaffen.

„Bei unserer Ankunft in Schloßhof wimmelte schon alles von Professionisten, Künstlern, Zimmerleuten, Tischlern, Malern, Lackierern, Vergoldern etc., und überall, wo man ging, stieß man auf Leute, die geschäftig durcheinander liefen und sichs um die Herrschaften, die da kommen sollten, herzlich sauer werden ließen."

Bei Gluck hatte der Prinz schon vor einiger Zeit eine Oper bestellt, doch kam dieser mit der Komposition von *Le cinesi* nicht voran, da der Textdichter Metastasio zu den drei Frauenrollen auf Wunsch des Fürsten noch eine Männerrolle hinzufügen sollte. So erschien Gluck zur allgemeinen Nervosität erst Mitte Mai in Schloßhof.

Als besondere Attraktion für seine Gäste plante der Prinz ein Ballett aus Bauernburschen und Bauernmädchen. Diese mußten nun geschult werden; um den zwanzig Paaren die Schritte begreiflich zu machen, wurden vierzig Personen vom Hofstaat bestimmt, die Ballettschritte zu lernen und dann mit je einem Burschen oder Mädchen so lange zu üben, bis sie alles verstanden hätten. Die Melodie der Tänze wurde von Karl für die Violine gesetzt und bei den Proben gespielt. Es dauerte drei Wochen, bis das Bauernballett perfekt war. Der fünfzehnjährige Karl stellte für das Fest ein Dudelsackorchester zusammen, indem er die besten Pfeifer aus den umliegenden Dörfern aussuchte. Dann spielte er ihnen auf seiner Geige so lange die Melodie vor, bis sie sie fehlerlos nachspielen konnten.

„Nun nahm ich sie mit mir, versteckte sie hinter einem der Schloßflügel ... und befahl ihnen ganz stille zu sein und zu warten, bis ich sie rufen würde."

Als der Prinz zur Probe auf dem Platz eintraf, fragte er sofort nach Karl und den Sackpfeifern. Dieser lief um die Ecke und bedeutete seinen Musikern, mitzukommen und aus vollen Halse zu blasen. Als er mit ihnen auf dem Schloßplatz anlangte, begann er lustige Sprünge zur Musik zu machen.

„Als sie mich so tanzen sahen, glaubten die Narren, sie müßten es ebenso machen, und hopsten wie toll hinterdrein, und je ärger ichs trieb, desto ärger machten sie mirs nach. Ihr respektvoller Diensteifer war ohne Grenzen. Kurz, wie musizierende Böcke kamen wir alle fünfe daher gesprungen, daß dem Prinzen die Tränen vor Lachen in den Augen standen. Das Chor der Ballettänzer schrie laut auf und alles wieherte umher."

Der Prinz war so zufrieden, daß er Karl auf der Stelle sechs Dukaten schenkte.

Nachdem der Prinz gegangen war, übten Ballett und Pfeifer gemeinsam, und „nach fünf bis sechs Proben stimmten die Dudelsäcke und Bauernfüße herrlich zusammen".

Da Karl so anstellig war, erhielt er einen weiteren Auftrag, der seiner frühreifen Musikalität das beste Zeugnis ausstellte. Der Fünfzehnjährige sollte einen Laienchor aufstellen und einstudieren. In Bonnos Huldigungskantate „Il vero omaggio", die im Park in einem Freilufttheater aufgeführt werden sollte, wollte der Prinz den letzten Vers von einem Chor wiederholt hören. Kapellmeister Bonno zweifelte, in so kurzer Zeit einen Chor engagieren zu können, der Prinz hingegen dachte an seine Untertanen, an Schulmeister und Schulgehilfen, und auch, daß sich musikalische Buben und Mädchen auf den Dörfern finden würden. Diese Aufgabe wurde nun Karl übertragen, und es gelang ihm auch, einen großen Chor auf die Beine zu stellen und das Gewünschte einzustudieren.

„Nun wurden die nöthigen Arrangements zur Aufnahme der kaiserlichen Familie getroffen. Zur Sicherheit und zur Erhaltung der guten Ordnung bat sich der Prinz vom kommandierenden General zu Wien zwei Kompagnien Infanterie und eine Eskadron Kavallerie aus. Vierzig von den ersten besetzten die Posten und die Kavalleristen wurden zu den Spektakeln bestimmt, die in entlegenen Orten gegeben werden sollten, wovon beständig Tag und Nacht viele um den Bezirk patroullierten und auf Feuersbrünste Acht haben sollten. Diese kleine Brigade kampierte auf der Hutweide."

Bei der Ankunft der hohen Herrschaften am 23. September 1754 strahlte die Sonne vom Himmel. Kaiser

Franz Stephan und Maria Theresia hatten nur die älteren Kinder mitgebracht, die sechzehnjährige Marianne, die zwölfjährige Marie Christine, den dreizehnjährigen Thronfolger Joseph und seinen Bruder Karl, der damals zehn Jahre alt war. In der Suite befanden sich der Fürst Salm, Gesellschafter des Kaisers, die Obersthofmeisterin der Kinder sowie sechs weitere Damen und Herren. Auch Fürst Khevenhüller war als Obersthofmeister mit dabei, verzeichnete in seinem Tagebuch jedoch nur die Ankunft „gegen halb 2 Uhr zu Hoff ... allwo der Ertzherzog Joseph Nachmittag ebenfahls von Wienn eingetroffen ist". Der Hof war auf der Rückreise von Prag in kleinen Tagestouren nach Schloßhof gekommen.

Der Prinz empfing die hohen Gäste beim Haupttor. Nach dem Mittagessen fuhr man nach Schloß Niederweiden zu dem Freilufttheater mit Aussicht auf die Berge von Preßburg. Dort begann Bonnos Huldigungsstück.

Während der Overtüre kamen die Bauernburschen und Mädchen zum Vorschein und begannen langsam auf die umstehenden Bäume zu klettern. Aus den Kronen sangen sie dann „die letzte Strophe des Dramas, sooft sie vorkam, in einem Chor so richtig und rein, als wenn es Sänger von Profession gewesen wären. Dieser Chor tat eine so außerordentliche Wirkung, daß die Sensation davon allgemein war und der Kaiser nicht ohne Rührung blieb." Karl hatte seine Sache gut gemacht.

Im nahen Kroissenbrunn ließ der Fürst auf einem großen Teich, den noch Prinz Eugen angelegt hatte, ein Wasserkarussell aufführen. Tribünen für die hohen Gäste und die mitwirkenden Musiker – nur Bläser und Pauker – waren errichtet worden. Im Teich schwammen acht künstliche Inseln, auf denen Tiere angekettet waren: zwei als Pantaloni verkleidete Bären, zwei als Kolumbinen kostümierte Schweine, zwei als Hanswurst ausstaffierte Ziegenböcke und endlich zwei große Bullenbeißer.

Als alle Gäste auf den Tribünen Platz gefunden hatten, gab der Prinz mit einem weißen Tuch das Zeichen zum Beginn des Spektakels. Acht Gondeln kamen auf den Teich gefahren; jede Gondel wurde von zwei Mann gerudert, ein weiterer steuerte, und vorne am Schnabel ritt ein vierter, der Lanzen und Spieße neben sich liegen hatte. Zuerst führten die Gondeln eine Art Ballett rund um die Inseln vor. Dann rangierten sie sich einander gegenüber, wobei „jeder Wasserritter vier bis fünf Lanzen brach“. Hernach umrundeten sie wieder die Inseln. Dieses Mal schlugen die Männer, die am Schnabel der Gondeln saßen, mit Stäben auf verborgene Falltüren auf den Inseln und befreiten eine Unzahl von weißen Gänsen, Enten und Schwänen, die laut kreischend das Weite suchten. „Jedes derselben hatte eine Marionette auf sich reiten. Bald darauf schienen die Tournierritter in Uneinigkeit zu geraten, ergriffen ihre Keulen und drohten einander damit. Die Gondeln fuhren in einer … wilden Unordnung herum. Sooft sie einander begegneten, tauchten die Ritter ihre Keulen in den Weiher – welches eigentlich Handsprützen waren … – und besprützten einander. Sooft sie nahe an ein Postament kamen, gaben sie den darauf befindlichen Statisten ihre ganze Ladung auf die Schnauze, wodurch alle diese Tiere über die Unhöflichkeit ein lautes Geschrei erhuben.“ Dazu waren die Musiker angehalten, jeder in einer anderen Tonart zu blasen und zu pauken ... „Welch infernale Harmonie! Dabei der erbärmliche Laut der großen Tiere, das Gequietsch und Geschnatter der Enten und Gänse, die von den Herumvagieren der Gondeln ins Gedränge gerieten."

Langsam zogen sich die Gondeln zurück. Die Szene wandelte sich. Ein mit Weiden besetzter Hain entfaltete sich vor den Augen der erstaunten Zuschauer, ein schöner Garten prangte auf dem Wasser, in dessen Mitte ein Bassin war, voll mit Weißfischen. Den Garten zierten die schönsten Blumen. Karl und sein Bruder, als Fischer verkleidet, hatten silberne Netze, die sie den jungen Erzherzogen und Erzherzoginnen anboten, damit sie die Fische aus dem Bassin holen konnten. Ein junger Gärtner und eine Gärtnerin luden die hohen Herrschaften ein, die Blumen zu pflücken. Die halbwüchsigen kaiserlichen Kinder waren begeistert und warfen die vollen Netze in die Teiche. Mit Armen voll Blumen saßen die hohen Herrschaften auf den Bänken, lauschten der leisen Musik, genossen den lauen Sommerabend und aßen Eis, das ihnen die jungen Gärtner in zierlichen Gefäßen darboten.

Eine weitere Überraschung für die hohen Gäste war Glucks Oper, in chinesischem Stil. „Aber was der Dekoration den größten Glanz gab, waren prismatische gläserne Stäbe, die in böhmischen Glashütten geschliffen worden waren und, genau ineinander gepaßt, in die leer gelassenen Flecke gesetzt wurden, die sonst buntfarbig mit Öl getränkt werden. Es ist unbeschreiblich, welchen prächtigen, höchst überraschenden Anblick diese von unzähligen Lichtern erleuchteten Prismen auf das Auge hervorbrachten. Man stelle sich den Spiegelglanz der azurfarb lackierten Felder, den Schimmer des vergoldeten Laubwerks und endlich die regenbogenartigen Farben, die so viele hundert Prismata mannigfaltig, gleich Brillanten spielten, vor. Und nun die göttliche Musik von einem Gluck! – Es war nicht das liebliche Spiel der brillanten Sinfonie allein (Dittersdorf meint mit Sinfonie die Overtüre), die stellenweise von kleinen Glöckchen, Triangeln, kleinen Handpauken und Schellen und dergleichen bald einzeln, bald zusammen begleitet wurde, welches die Zuhörer gleich anfangs, ehe noch der Vorhang aufgezogen war, in Entzücken versetzte; die ganze Musik war durch und durch Zauberwerk."

Der Kaiser war hingerissen, wollte das „Zauberwerk" der Dekorationen nach Ende der Vorstellung genau besichtigen und verlangte, den Vorhang aufzuziehen. Von Quaglio, der die Dekoration hergestellt hatte, begleitet und mit seinem Lorgnon bewaffnet, kletterte Franz Stephan auf die Bühne, ließ sich alles erklären und erbat sich einige Prismata zum Geschenk. Quaglio verbrachte eine schlaflose Nacht, in der er die Dekorationen abzeichnete, um sie des Morgens dem Kaiser zu präsentieren, wofür er ein großes Geschenk erhielt.

„Nachdem sechs Tage so in Freude und Jubel hingebracht worden waren, kehrten die höchst zufriedenen Herrschaften nach Wien zurück."

Den Soldaten ließ der Kaiser einen Monatssold auszahlen, und über die mitwirkenden Künstler ergoß sich das Füllhorn der kaiserlichen Huld. „Madame Tesi erhielt von der Kaiserin zwei Brasseletten, die des Kaisers und der Kaiserin Porträt in Brillanten eingefaßt enthielten und zweitausend Gulden an Wert hatten.“ Tabatieren und Nippes wurden verteilt; Gluck und Bonno erhielten goldene Dosen, in denen hundert Dukaten lagen, und an den Hofstaat und die Jägerei wurden zwölfhundert Dukaten verteilt.

„Der Prinz verordnete, daß der Kassier diese nach dem Maßstabe der baren Besoldung verteilen sollte, damit niemand sich über Parteilichkeit beschweren könne. Doch als dieser eben gehen wollte, rief er ihm nach: ‚Der arme Schelm, der Karl, würde mit seinen paar hundert Gulden Taschengeld dabei zu kurz kommen, also soll er in Anschlag gebracht werden, als wenn er vierhundert Gulden Besoldung hätte.‘“

Nach der Abreise des Hofes fand man im prinzlichen Marstall vier Pferde angebunden; man glaubte schon, daß die kaiserlichen Stalleute sie in der Trunkenheit vergessen hätten, als man ein angeheftetes Papier auf einer Satteldecke fand, auf dem der Kaiser eigenhändig geschrieben hatte: „Diese vier Pferde sind von nun an Ihr Eigentum, lieber Prinz. Franz der Erste.“ Ein wahrhaft kaiserliches Geschenk.

Bis Weihnachten blieb man in Schloßhof; es gab noch mehrere Gastereien, Feste für Nachbarn und Wiener Freunde, bei denen die neuen Opern aufgeführt wurden. Der Prinz liebte es, Geld auszugeben, aber selbst die Reichtümer eines Prinzen Eugen reichten für den Lebensstil seiner Nichte und deren Ehemann nicht aus. Zunächst gab es noch einiges zu verkaufen: Silbergeschirr im Wert von 170000 Gulden und Juwelen von 100000, vor allem aber Schloßhof, das Maria Theresia um 400000 Gulden erwarb und 1755 ihrem Gemahl schenkte.

Im März des Jahres 1755 starb Karls Vater, 60 Jahre alt, an Darmbrand. In seinem Testament hatte er seine Frau als Universalerbin eingesetzt; seinen fünf Kindern hatte er zu gleichen Teilen 1500 Gulden, die ihm der Prinz von Sachsen-Hildburghausen für gelieferte Stickereien schuldig geblieben war, vermacht. Von diesem Erbteil sollte die Mutter bis zur Majorität der Kinder die Zinsen genießen.

Nach dem Verkauf von Schloßhof kehrte der Prinz nach Wien zurück und mietete sich bei der Gräfin Kinsky im Palais Auersperg ein. Karl erhielt nun ein monatliches Gehalt von 37 Gulden und 30 Kreuzern, war von Pagendiensten befreit und mußte keine Uniform mehr tragen. Er verkaufte sie gewinnbringend. Alle drei Ditters hatten weiter Freiquartiere, nur mußte Karl jetzt den jüngeren Bruder Alexander beaufsichtigen. Seine Sprachstunden wurden eingestellt – Französisch und Italienisch beherrschte er perfekt –, statt dessen erhielt er zusätzlich zu seinen Violinstunden noch Kompositionsunterricht bei Kapellmeister Bonno.

Nach dem Ende der Winterkonzerte gab es für die Musiker wenig zu tun. Sie hatten den Befehl, sich bis gegen vier Uhr in Bereitschaft zu halten. Dann konnten sie das Haus verlassen.

„An einem Tage, wo ich den Prinz samt der Tesi und Bonno beim venezianischen Gesandten zum Diner wußte, machte ich einen Ausflug auf das Land zur Weinlese und hätte diesen Tag für verloren gehalten, wenn ich an demselben nicht Billard gespielt hätte. Kaum kam ich um drei Viertel auf sechs Uhr auf das Kaffeehaus zurück, so kam mir gleich der Markeur mit dem Ausruf entgegen: ‚... der Laufer vom Prinzen hat Sie schon dreimal hier gesucht; es ist um sechs Uhr Musik beim Gesandten; die anderen Herren sind schon alle hingegangen, nur Sie fehlen noch!' – Hastig flog ich nach Hause, zog mich geschwind um, ließ währenddem einen Fiaker bestellen, und um ein Viertel nach sechs war ich in der Antichambre, wo man mir sagte, daß der Prinz schon dreimal nach mir herausgeschickt und erfahren habe, daß nur ich allein noch fehle. Nachdem man unser Beisammensein gemeldet hatte, wurden wir hereingerufen. Des Prinzen ernster und finsterer Blick ließ mich deutlich sehen, daß es morgen ein tüchtiges Kapitel setzen würde."

Zu allem Überfluß war Konzertmeister Trani nicht da; so mußte Karl die Violinen leiten. Zuerst wurde eine Overtüre gespielt, dann sang des Botschafters Frau eine Arie, die Karl begleiten mußte, obwohl sie ihm gänzlich unbekannt war, und zum Schluß wollte der Prinz dem Botschafter imponieren und Karl ein Solo vortragen lassen. Leider hatte dieser in seiner Eile keine Noten mitgenommen und suchte nun verzweifelt, dem Wunsch des Prinzen nachzukommen, ohne seine Nachlässigkeit eingestehen zu müssen.

Endlich kam ihm der rettende Gedanke: Er würde eine Sonate spielen, die er bereits auswendig kannte. Er weihte seinen Bruder Alexander, der im Orchester spielte, in seinen Plan ein und bat ihn, diese Sonate in G-Dur, so gut er konnte, aus dem Stegreif zu begleiten. Auf fehlende Noten sollte er nicht achten. Nicht minder mutig als Karl, stimmte Alexander zu. Dittersdorf ging nun, als der Befehl kam, sich als Solist zu produzieren, auf den Stoß Noten zu, die auf dem Tisch lagen, fischte die erste Geigenstimme einer Overtüre, die ihm unter die Augen kam, heraus, legte sie auf sein Pult und ein zweites Notenblatt auf das Pult sei-

nes Bruders. Das Wagnis begann, die beiden jungen Musiker spielten mit Bravour.
Während der ersten Takte war Karl sehr nervös, da sich der Herr Botschafter als großer Kenner des Geigenspiels ausgegeben hatte. Zu allem Überfluß war er mit einem anderen Kavalier hinter Karl getreten, um mit einem Lorgnon in die Noten zu schauen. Karl entschloß sich, schon nach dem Ende des ersten Satzes den Botschafter die Wahrheit zu sagen und ihn zu bitten, ihn beim Fürsten nicht zu verraten. Doch bald sah er, daß der „Professor" nicht einmal Noten lesen konnte und sich nur wichtig machen wollte. Um die Täuschung perfekt zu machen, tuschelte er seinem Freund einige Male zu: Adesso viene un passaggio (jetzt kommt eine Passage). „Ich war dann Schalk genug, einen Lauf, einen Schnörkel oder irgendeine Variation aus dem Stegreife zu machen, welches mir öftermals sehr gut geriet. Da ich mich außer Gefahr sah, so wuchs meine Laune dermaßen, daß ich meine Sonate mit einer ungewöhnlichen Präzision durchspielte und zu aller Satisfaktion endigte. Der Botschafter applaudierte mir und konnte dem Prinzen nicht genug sagen, welche herrliche Acquisition er an mir gemacht habe."
Kapellmeister Bonno, Karls Lehrer in der Komposition, war hingegen gar nicht zufrieden und sagte Karl, daß er Alexander wegen seines schlechten Spieles und der vielen falschen Noten tüchtig hernehmen wolle. Da gestand Karl seinen Streich, und als er den – ach, so musikkundigen – Gesandten Correr mit den Passagen nachmachte, mußte Bonno so herzlich lachen, daß es dem Prinzen auffiel und er seinen Kapellmeister zu sich winkte. Karl hoffte auf Bonnos Verschwiegenheit, aber vergeblich.

Am nächsten Tag wurde er zum Prinzen an die Tafel gerufen. Da er von den Bedienten bereits erfahren hatte, daß von ihm gesprochen worden war, fürchtete er wegen des gestrigen Konzertes gehörig ausgezankt zu werden und dies zur Strafverschärfung in Anwesenheit von Gästen und Dienerschaft.
Der Prinz wußte alles und fragte mit geheuchelter Strenge, was Karl glaube, verdient zu haben. „Strafe", murmelte dieser sehr kleinlaut. Er mußte zum Prinzen treten, doch statt der gefürchteten Ohrfeige erhielt er einen Teller, auf dem ein Glas Tokaierwein stand und einige Biskuiten lagen. Der Prinz hieß ihn die Süßigkeiten aufheben, und darunter lagen zehn Dukaten.
„Am allerliebsten pflegte der Prinz Proben von Geistesgegenwart zu belohnen; und da Geist sich oft findet, wo man weiß, daß er bemerkt wird, so gelang es mir nicht selten, einigen Lohn dafür bei ihm zu verdienen." So Dittersdorf in großer Bescheidenheit in seinen Memoiren.
Der Kaiser hatte dem Prinzen, dem er wohlwollte und als tüchtigen General schätzte, das Oberkommando über die Reichsarmee übertragen, zu der auch Kontingente der französischen Armee – die Franzosen waren diesmal auf der Seite der Österreicher gegen die Preußen – gehörten. Die Führung dieser Armee erforderte großes diplomatisches Geschick, das der Kaiser dem Prinzen zutraute. Der Prinz wollte aber auch im Krieg die Musik nicht missen und nahm vierzehn Musiker, darunter alle drei Brüder Ditters, in sein Hauptquartier mit. Im Mai trafen sie nach vierwöchiger Reise in Fürth bei Nürnberg ein, wo sich die Armee in den nächsten zwei Monaten langsam sammel-

te. Nächste Station war Erfurt. Dort lagerten die Franzosen mit 25 000 Mann. Direkt ins Feld wollte der Prinz seine Bagage und die Suite nicht nehmen; unter Bedeckung von zwei Eskadronen Kürassieren schickte er sie durch den Thüringer Wald nach Hildburghausen, der Residenz seines Neffen. Die Musiker hatten Befehl, im Schloß jede Woche zusammen mit der herzoglichen Kapelle ein Konzert zu geben, um in Übung zu bleiben.

Karl behagte das Leben in Hildburghausen außerordentlich. Er und seine Brüder freundeten sich mit dem jungen Bratschisten Anton Schweitzer an, der ein bekannter Singspielkomponist werden sollte. Ein junger Bereiter, dessen Vater wohlhabend war, bat Karl, ihm Geigenunterricht zu geben, er wolle gut bezahlen. Karl wollte aber kein Geld, sondern Freundschaft, und so holte ihn der junge Mann im Winter zu Schlittenfahrten und Gesellschaften ab.

„Einstmals kam er sehr sauber angezogen, in Schuhen und Strümpfen und bat mich, mich ebenso anzuziehen, denn ... er habe den Auftrag, mich zum Ball einzuladen; um drei Uhr würde ein herzoglicher Stallknecht mit einem schönen Rennschlitten vor meinem Hause sein ... Aber kaum hatte er mein Zimmer verlassen, so überfiel mich eine Angst, als wenn mir jemand mit einer eiskalten Hand über den Rücken führe."

Es verging ihm jede Lust, den Ball zu besuchen, und als der Schlitten vorfuhr, half kein Bitten des Freundes. Karl blieb zu Hause. Um das nötige Gewicht auf dem Schlitten zu haben, hieß Karls Freund den Stallknecht aufsitzen, und unter Schellengeläut fuhr der Schlitten zum Stadttor.

Karl besuchte währenddessen seinen Bruder und traf

dort Freunde; man spielte Quartette, trank Kaffee und rauchte Pfeife. „Wir waren recht vergnügt, als plötzlich die Nachricht aus dem Hause zu uns herauf erscholl, der Schlitten sei an einen Stein geprallt, umgestürzt und der Stallknecht gegen das eine Ende des Stadttores geflogen; er habe seine Hirnschale zerschmettert und sei auf der Stelle tot geblieben. – Man denke sich meine Erschütterung!“

Der Herzog ließ der unglücklichen Witwe lebenslang die halbe Gage ihres Mannes anweisen, die andere Hälfte verpflichtete sich der Vater des Unglücksfahrers zu zahlen. Der junge Mann selbst, Karls Freund, wurde wegen Fahrlässigkeit zu vier Wochen Arrest verurteilt.

Während Karl in Hildburghausen angenehme Tage verbrachte, schrieb sein Herr sorgenvolle Briefe an den Kaiser nach Wien. Er hatte mit dem Befehlshaber der französischen Armee, dem Prinzen Soubise, Meinungsverschiedenheiten; schließlich erteilte der Kaiser im August endgültig dem Prinzen den Oberbefehl über beide Armeen. Doch die französischen Offiziere waren eigenmächtig, ließen sich auf Privatkämpfe ein und waren gegen ein so diszipliniertes Heer, wie Friedrich der Große es befehligte, fehl am Platz. Die befürchtete Niederlage, die der Prinz dem Kaiser immer vorausgesagt hatte, trat auch ein. Er wurde am 5. November 1757 bei Roßbach vernichtend geschlagen und legte daraufhin das Kommando zurück. Noch zwei Tage vor der Schlacht hatte er an Franz Stephan geschrieben: „Das Verhalten von Soubise läßt mir die Haare zu Berge stehen. Nur ein Wunder kann uns vor einer Niederlage retten.“ Im März 1758 kehrte der Prinz mit seinen Leuten nach Wien zurück.

Vor Jahren hatte Dittersdorf die Bekanntschaft Joseph Haydns gemacht, der sich seinen Lebensunterhalt als freier Musiker verdiente, seit man ihn 1749 wegen Stimmbruchs aus dem Sängerkonvikt von St. Stephan auf die Straße gesetzt hatte. Die beiden waren gute Freunde. Der kleine, schmächtige Joseph und der große, wohlgenährte Karl heckten viele Streiche aus.
Einmal wanderten sie des Nachts durch die Straßen, als aus einem Bierhaus kaum erkenntlich die Klänge eines Haydnschen Menuetts herausdrangen, das die schläfrigen Musikanten erbärmlich herabfiedelten. Die beiden jungen Männer gingen zu den Geigern, und Haydn fragte, wer denn dieses Menuett geschrieben hätte. Als der erste Geiger sagte, er wäre von Haydn, meinte Haydn, es wäre ein arges Saumenuett; da aber Haydns Tanzmusik zu dieser Zeit gern gehört wurde, wollten die Musiker aus Empörung den Kritiker verprügeln, hätte der große Dittersdorf nicht schützend seine Arme über Haydn gehalten und ihn zur Tür hinausgeschoben. Neben Spaziergängen liebte Dittersdorf jedoch das Billardspielen über alles, das hohe Einsätze forderte.
Die Spielsucht war in Wien weit verbreitet. Bei Hof wurde um hohe Einsätze gespielt; Adel und Bürgertum taten es ihm nach, und Abenteurer wie Cagliostro und Casanova verstanden es, den Leuten das Geld aus der Tasche zu ziehen. Dittersdorf wie auch Mozart spielte gut und leidenschaftlich Billard. „Freilich gelang es mir auch zuweilen, im Billard, das ich sehr gut spielte, anschauliche Gewinste zu machen, womit ich meine Schulden bezahlen konnte und wieder neuen Kredit erhielt. Allein dies bestärkte mich

nur um so mehr in meiner Liederlichkeit. Indessen mein Kunststudium – und das war noch das Beste – verlor nichts dabei. Ich schrieb sechs Sinfonien, die sowohl in Wien als in Prag Aufsehen machten.“
Ein böhmischer Adeliger versuchte Karl abzuwerben. Er kaufte seine Kompositionen und versprach ihm bessere Bedingungen: statt monatlicher 37 Gulden sechzehn Dukaten, dazu noch freie Kost und Quartier und jährlich zwei schöne Kleider. Das war nun freilich sehr verlockend, war doch ein Dukaten vier Gulden und 30 Kreuzer wert.
„Da ich meine schlechte Lebensart immer so fort trieb, so blieb allerwärts, wo ich zu bezahlen hatte, etwas hängen, und ich war gegen 70 Gulden schuldig. Meine Gläubiger drohten mir, mich beim Prinzen zu verklagen, sofern ich sie nicht mit dem Ersten des künftigen Monats befriedigen würde.“
Da war nun guter Rat teuer. Dittersdorf beriet sich mit einem seiner Spielkumpane, der ihm zuredete, das Angebot des Grafen anzunehmen und nach Prag zu flüchten. Der Freund besorgte ihm einen Platz auf der Postkutsche, half ihm, Kleider, Wäsche und Musikalien heimlich aus dem Palais zu bringen, und lieh ihm einen kleinen Koffer für die Reise nach Prag. Karl war auch so schlau, den prinzlichen Kassier zu überreden, ihm seine fällige Gage schon einen Tag früher auszuzahlen.
Mit zitterndem Herzen und sehr schlechtem Gewissen schlich sich Karl zeitlich aus dem Haus und stieg in die Postkutsche. Fünf Tage später war er in Prag, doch der Graf, der ihn so hofiert hatte, war nach Paris gereist, und der Haushofmeister komplimentierte den jungen Mann bei der Tür hinaus. In seiner Not

erinnerte sich Ditters an einen Oboisten, den er einmal kennengelernt hatte und der bei einem Grafen Breda im Dienst war. Diesen traf er zu seinem Glück an. Ohne zu gestehen, daß er auf der Flucht war, erzählte er nur von dem Angebot, dem er nach Prag gefolgt sei, und seine Verlegenheit. Der Musiker brachte ihn zum Grafen Breda, der ihn hilfsbereit aufnahm, einige Symphonien und Konzerte bestellte und auch auf die Akontozahlung von zwölf Dukaten nicht vergaß. Als Ehrenmann, der er war, schickte Ditters sofort 30 Gulden nach Wien, um seine Schulden zu bezahlen, und nach vier Wochen weitere 40 Gulden. So war es dem Prinzen ein Leichtes, Karls Spur nach Prag zu folgen und ihn beim Grafen Breda aufzuspüren. Des Prinzen Haushofmeister kam mit der Polizei zum Grafen, der sich durch die Aufnahme eines Flüchtigen, der dem Dienst entwichen war, strafbar gemacht hatte. Der Graf, dem ein Haftbefehl gezeigt wurde, lieferte Karl sofort aus. Flucht aus dem Dienst war damals kein leichtes Vergehen und konnte mit Prügel, Gefängnis oder Abschiebung zum Militär bestraft werden. Karl kam in Prag in leichten Arrest und reiste nach drei Tagen mit dem Haushofmeister unter Polizeibegleitung nach Wien, wo er sofort im prinzlichen Palais in der Portierloge eingesperrt wurde. Nach neuerlichen Verhören wurde ihm das Urteil verkündet: vierzehn Tage Arrest, jeden vierten Tag bei Wasser und Brot. Alles in allem eine milde Strafe, denn das Schuldenmachen verstand der Prinz nur zu gut.

Am Abend des dritten Tages, als sich Karl trübselig auf seinen ersten Fasttag vorbereitete, wurde er zum Prinzen geführt und brach sofort in Tränen aus. Endlich sprach der Prinz: „Ich sehe, daß dein eigenes Gefühl dich schon hinlänglich peinigt, es bedarf also keiner Strafe mehr" und entließ ihn aus dem Arrest. Noch in der Nacht überfiel Karl ein hitziges Fieber, und er lag vier Wochen krank zu Bett. Der Prinz ließ ihn sorgfältig pflegen und ihm sagen, daß alles vergessen und vergeben wäre, er möge nur wieder gesund werden. Langsam erholte sich Karl, nahm seine Studien wieder auf und komponierte fleißig.

Als Karl zwanzig Jahre alt war, trat ein Ereignis ein, das sein Leben grundlegend änderte. Der regierende Herzog von Sachsen-Hildburghausen starb, und der Prinz begab sich 1761 nach Thüringen, um für seinen minderjährigen Neffen die Regierung zu führen. Die Kapelle löste er auf.

„Damit aber die Entlassenen ihr Brot nicht verlieren möchten, so wurde mit dem Grafen Durazzo, der damals die Hauptdirektion des Hoftheaters hatte, verabredet, daß dieser uns übernahm und mit uns einen Kontrakt auf drei Jahre schloß, kraft welchem wir sowohl beim Orchester des Theaters, als bei der Hofkapelle um den nämlichen Gehalt, den wir beim Prinzen hatten, dienen mußten."

Nur zwei von den Brüdern Ditters blieben bei ihrem Beruf. Joseph, der ältere, entschied sich für eine Beamtenkarriere. Alexander, der Jüngste, und natürlich Karl blieben beim Metier. Alexander wurde Geiger im Burgtheater, starb aber schon drei Jahre später an der Lungensucht.

Graf Durazzos Tage als Generalspektakeldirektor gingen 1764 zu Ende. Seine Begünstigung Glucks, den er mit einem Gehalt von 2000 Gulden an Wien gebunden hatte und dessen große Opern Unsummen für die

Ausstattung verschlangen, hatten seinen Sturz herbeigeführt. Vorher aber konnte er noch fördernd in Karls Solistenkarriere eingreifen. Dieser war zunächst als gewöhnlicher Orchestermusiker in die Hofkapelle übernommen worden. Seine kleine Gage reichte nicht zum Leben, und die enorme Arbeitslast – tägliche Proben und Aufführungen, jeden Freitag Akademien, alle vierzehn Tage Konzerte und an Fest- und Galatagen Konzerte bei Hof – ließen ihm keine Zeit für den Unterricht oder für einträgliche Privatkonzerte. Karl vertraute seine Notlage Gluck an, und der Hofkompositeur, der den talentierten Jungen schätzte, versprach zu helfen.

„Des andern Tages fuhr ich mit ihm zum Grafen Durazzo. Gluck klärte ihm alles auf, und ich bat entweder um eine Zulage an Besoldung oder um meine Entlassung. Gluck ermangelte nicht, mich aus allen Kräften zu unterstützen." Durazzo wollte weder eine Zulage noch eine Entlassung des begabten Musikers und fand einen Ausweg: vier freie Tage in der Woche für Privatkonzerte.

„Ich befand mich so wohl dabei, daß ich in manchem Monate mehr verdiente und einnahm, als meine Gage betrug. Daher verwendete ich meinen Verdienst auf prächtige Kleidung, welches dem Grafen so wohl gefiel, daß er mein gnädiger Patron wurde und mich öfters zu seiner Tafel lud. Dafür verdoppelte ich meinen Eifer, und ich hatte bald das Glück, den ungeteiltesten Beifall des Wiener Publikums zu erhalten."

Ende des Jahres erzählte Gluck seinem Schützling, daß er nach Bologna reisen und dort seine neue Oper aufführen wolle. Er bot Karl an, ihn mitzunehmen, doch, so sagte der sparsame Gluck, die Reisekosten

könne er nur zur Hälfte übernehmen. Karl sann nun auf Mittel und Wege, einen Sponsor zu finden. Am gleichen Abend speiste er beim Hofagenten Preiss, der – großzügiger als Gluck – ihm versprach, 100 Dukaten vorzuschießen und überdies auch einen offenen Wechsel auf 600 Gulden mitzugeben. Am nächsten Tag wurde Karl bei Gluck vorstellig und berichtete seine finanziellen Erfolge. „Er war außerordentlich erfreut darüber, befahl anzuspannen, und wir fuhren zum Grafen Durazzo. Dieser erteilte mir nicht nur die Erlaubnis und schenkte mir zu meiner Reise 50 Dukaten, sondern versprach mir auch einen sechsmonatlichen Vorschuß aus der Theaterkasse, und somit wurde unsere Abreise in vierzehn Tagen angesetzt."
Durazzo tat aber noch mehr: Er empfahl Karl der Kaiserin, die, wie gewohnt, sofort bereit war, einem jungen Menschen zu helfen. Der Vorschuß aus der Theaterkasse wurde in ein kaiserliches Geschenk umgewandelt, und darüber hinaus bestimmte Maria Theresia, daß Dittersdorfs Gage auch während seiner Abwesenheit weitergezahlt werden sollte.
Man fuhr in zwei Wagen mit Postpferden von Wien ab. Mit von der Partie war die italienische Sängerin Chiara Marini, die mit ihrer Mutter nach Venedig reisen wollte. Karl wurde zum Reisemarschall bestimmt, erhielt die Kasse, auch eine wohlgespickte Geldbörse der jungen Sängerin. Beide „chapeaux", das heißt beide Hüte tragenden Kavaliere, saßen abwechselnd im Wagen der Sängerin, um ihr Gesellschaft zu leisten.
„Gluck war galant und suchte sich angenehm zu machen; ich suchte ihm aber alles wieder zu verderben, sobald ich ihm den Platz abgewonnen hatte, und die-

se kleine Eifersucht half uns, die Reise um so pikanter zu machen. Das Mädchen war souveräne Gebieterin und Amor der Kapellmeister."

Man reiste gemütlich in sieben Tagen nach Mestre und setzte noch am Abend in einem Boot nach Venedig über.

Gluck beschloß, acht Tage in Venedig zu bleiben. Musik gab es wenig, da in der Karwoche die Theater geschlossen waren. Sie hörten ein Oratorium in der Kirche der *Incurabili* und fanden Aufführung wie Komposition sehr mittelmäßig.

Das Spital der Unheilbaren *(incurabili)* war im Laufe der Jahrzehnte zum berühmtesten Konservatorium der Stadt Venedig geworden. Hier wurden nur Findelkinder und Waisen zu Sängern und Musikern ausgebildet; blieben die Mädchen unverheiratet, so dienten sie der Anstalt als Lehrerinnen. Die meisten fanden jedoch einen Mann. Venedigs Erziehungsanstalten wie *alla pietà* (zur Barmherzigkeit) oder *dei mendicanti* (Bettler) waren ursprünglich Spitäler gewesen, in denen, um den allgemein üblichen Kindermord zu steuern, Säuglinge anonym abgegeben werden konnten. Besonders berühmt war im 18. Jahrhundert die *Pietà*, wo der bekannte Komponist und Geigenvirtuose Antonio Vivaldi unterrichtete und für die Mädchen komponierte. Die Konzerte fanden in der Kirche statt. Hoch oben, hinter Gittern versteckt, sangen und spielten die Mädchen. Der Phantasie der unten sitzenden Zuhörer war keine Grenze gesetzt, sich die Mädchen als musizierende Engel vorzustellen.

Gluck und Dittersdorf nahmen an zwei Feierlichkeiten teil, „die meine ganze Bewunderung erregten. Die eine war die Feier des Abends am Gründonnerstag …

Die andere, die Beisetzung des damaligen Dogen, der zwei Tage vor unserer Ankunft gestorben war. Beidemal war der große Markusplatz illuminiert ... vor jedem Fenster der Paläste, die auf diesem Platz stehen, brannten zwei armdicke und einen Klafter lange Fackeln, welches den herrlichsten Anblick gab. Beidemal gingen feierliche Prozessionen um diesen festen und prächtigen Platz; es war schwer zu bestimmen, ob das Begräbnis Christi oder jenes des Dogen mit größerer Feierlichkeit begangen wurde."

In der Nacht vom Karsamstag auf Ostersonntag reisten Gluck und Karl nach Bologna, wo Gluck mit seiner Oper *Il Trionfo di Clelia* das nach einem Brand wiederaufgebaute Theater einweihen sollte. Der Text stammte von Metastasio. Zwei Kastraten, zwei Sängerinnen und ein Tenor waren die Besetzung, ein großes Orchester von 70 Musikern war engagiert worden, um den *compositore tedesco* zufriedenzustellen. Ein zweiter Kapellmeister wurde Gluck, der selber dirigieren wollte, bereitgestellt.

Gluck bat, die Sänger hören zu dürfen, und der Operndirektor, Graf Bevilaqua, veranstaltete sofort für die beiden „Deutschen" ein Konzert in seinem Haus, damit sie Sänger und Orchester begutachten konnten. Karl hörte bei dieser Gelegenheit die beiden Geigenvirtuosen Lucchini aus Mailand und Spagnoletti aus Genua und dachte, daß er sie bestimmt bei einem Konzert würde ausstechen können.

Gluck arbeitete nur am Vormittag und am Abend; am Nachmittag machte er mit Karl Besuche. Sie gingen zum berühmten Kastraten Farinelli, einem alten Bekannten der Tesi, der sich gerne von Karl über ihr Leben in Wien berichten ließ. Natürlich wurde auch Padre Martini, der hochgeehrte *padre di tutti i maestri* (Vater aller Musiker) besucht. Bald sprach es sich herum, daß Karl ein Violinspieler war, und er wurde eingeladen, in der Kirche San Paolo ein Konzert zu geben. Viel erwarteten sich die Bologneser nicht von einem *violinista tedesco*, sie gingen mehr aus Neugierde hin, um später besser lästern zu können. Aber nach dem Konzert fand man einstimmig, daß Karl wie ein Engel gespielt habe, und der Pater Prior der Klosterkirche bat Karl, wegen des so großen Beifalls noch ein Konzert am Nachmittag zu geben. Diesmal war die Kirche so voll, daß viele Menschen keinen Platz mehr fanden. Karl enttäuschte sein Publikum nicht und spielte noch einmal so gut. Nach dem Konzert wurden er und Gluck zu einem großen Gastmahl im Kloster geladen, das sich bis Mitternacht hinzog.

Am nächsten Tag bewegte sich eine seltsame Prozession zu Glucks und Karls Quartier. Als erstes ging ein Mann in schwarzer spanischer Tracht mit großer Perücke, gefolgt von zwei Kirchendienern in Chorröcken, die auf einem silbernen Präsentierteller mit zwei Henkeln ein Gefäß mit kandierten Früchten, schwarze Seidenstrümpfe, seidene Taschentücher und zwölf in Silber gefaßte Reliquien transportierten. Das Ganze war mit einem Stück Damast zugedeckt. Zwei Laienbrüder in Mönchshabit machten den Schluß. Die Prozession wandelte durch alle Hauptstraßen, um jedermann zu zeigen, daß das Kloster ein Präsent vergebe, und der Mann mit der Perücke hatte Befehl, jeden Wißbegierigen aufzuklären, woher, warum und wohin das Geschenk komme.

Karl, von seinem Wirt schon vorgewarnt, ließ die lange Rede des würdigen Perückenmannes über sich er-

gehen, dankte seinerseits in wohlgesetzten Worten für das Geschenk und gab den Mönchen einen Taler Trinkgeld.
In der Kirche Madonna San Lucca führte Padre Martini eines seiner Werke auf, und am nächsten Tag gab Karl dort ein Konzert zu Ehren des alten Meisters. Geld wollte er dafür keines nehmen, so schickte Martini 12 Pfund Schokolade.
Gluck probte seine Oper und war mit keiner der Proben zufrieden. „Siebzehn große Proben wurden gehalten, und demungeachtet fehlte bei der Produktion das Ensemble und die Präzision, die wir bei dem Wiener Orchester von jeher zu hören gewohnt waren."
Die Aufführung war trotzdem ein Erfolg. Gluck und Ditters wollten im Anschluß Florenz, Mailand und Venedig besuchen, doch berief sie Graf Durazzo nach Wien zurück. Im Herbst sollte Erzherzog Joseph zum römischen König gekrönt werden; also reisten sie eiligst ab.
„Kaum waren wir angekommen, so ward die Krönung bis auf künftiges Jahr verschoben, und ich hatte die Reue, Italien ganz unnötigerweise so frühe verlassen zu haben." Erzherzog Joseph wurde erst am 3. April 1764 in Frankfurt am Main gekrönt.
In Wien war Karl in dem Virtuosen Antonio Lolli ein mächtiger Rivale gewachsen, der die Wiener in seinen Bann zog. Karls Bruder Joseph brachte Abschriften einer Lollisonate nach Hause, die Karl genau studierte, um Lollis Stil und Spiel auf die Spur zu kommen. „‚Wie ist sein Adagio?', fragte ich. ‚Nicht sonderlich!' versetzte mein Bruder, ‚und überdies lebt und webt es darin von allerhand krausen Bocksprüngen. Indess bedauern deine Freunde dich sehr, weil die meisten

Wiener sagen: Nun ist unser armer Ditters abgestochen'."
Um das Wiener Virtuosentum zu retten, erbat sich Karl beim Grafen Durazzo einen dreiwöchigen Urlaub, um einige neue Konzerte ausarbeiten zu können, den ihm der Graf gern gewährte: „‚Sie werden einen schweren Stand haben. Lolli hat erstaunende Sensation gemacht; aber ich verlasse mich doch auf Sie'."
Karl sperrte sich ein, schützte Krankheit vor und übte Tag und Nacht. Nach vier Wochen trat er auf.
„Ich spielte mein neues Konzert, dessen erstes Allegro keine sehr großen Schwierigkeiten enthielt. Im darauf folgenden Adagio befliß ich mich dasselbe in der Singart des im Adagio ... vortrefflichen Kastraten Potenza, den ich öfters in Bologna gehört hatte, vorzutragen. Das Finale (hatte ich) mit sehr schwer scheinenden, aber doch gut in der Hand liegenden Passagen hinlänglich gepfeffert. Dies überraschte das Publikum so sehr, daß keine Hand war, die nicht Beifall klatschte; und mit einer Stimme schrie alles überlaut: ‚Finale da capo!' ... Durch diesen Beifall aufgemuntert, wiederholte ich das Finale in einem noch rascheren Tempo ... und schloß mit einem Doppeltriller, den man von mir noch nie gehört hatte. Kurz, ich hatte das Glück, den Lolli aus den Sattel zu werfen und in Wien erscholl der allgemeine Ruf: Lolli erregt Erstaunen, Ditters erregt es auch, spielt aber zugleich fürs Herz."
Im März wurde Erzherzog Joseph, tief traurig und deprimiert durch den Tod seiner geliebten Frau Isabella von Parma, nach Frankfurt zu seiner Krönung „geschleppt", wie er sich ausdrückte. Er wollte niemanden sehen und war nun doch der Mittelpunkt der allgemeinen Aufmerksamkeit.

Aus Wien reiste die Hofmusik an, um die Zeremonien weihvoll zu begleiten. „Graf Durazzo, der selbst nach Frankfurt ging, beorderte Gluck, den Kastraten Quadagni, mich und noch zwanzig Personen von der kaiserlichen Hofkapelle zu dieser großen Feierlichkeit. Die beiden ersten erhielten 600 Gulden Reisekosten und täglich sechs Gulden Diäten; ich aber und die zwanzig andern von allen nur die Hälfte."
Die Krönungsstadt Frankfurt am Main war ein teures Pflaster, wie auch Prag zur Zeit der böhmischen Krönung. Karl fand es opportun, sich für die Konzerte – er spielte zweimal als kaiserlicher Hofvirtuose bei der öffentlichen Tafel – zwei „prächtige Kleider" anzuschaffen, die ihn 700 Gulden kosteten, „in der Hoffnung, daß ich, wie mir vom Kameralzahlamte versichert wurde, ein beträchtliches Douceur bekommen würde. Allein, wie es denn in der Welt zu gehen pflegt, daß der das Wenigste erhält, der es am meisten verdient, so ging es hier. Gluck und Quadagni bekamen bei unserer Zurückkunft in Wien außer jenen Diäten, annoch jeder 300 und ich armer Teufel nicht mehr als 50 Dukaten. Es ist also offenbar, daß mir die Ehre, als Titularvirtuos bei der größten Feierlichkeit Deutschlands figuriert zu haben, einen Schaden von 400 und etlichen Dukaten verursachte. Selbst Graf Durazzo war hierüber aufgebracht, als er davon hörte. Da er aber reich genug dazu war, schenkte er mir aus seinem Beutel 50 Dukaten." Einen Vorteil brachte ihm die Krönung doch: Er lernte Erzherzog Joseph kennen, der sich Dittersdorf nach dem Konzert vorstellen ließ, mit ihm plauderte und ihm später, als er bereits Kaiser war, stets gewogen blieb, was sich auch finanziell günstig auswirken sollte.

Karl Ditters von Dittersdorf

Karls Vertrag mit den Hoftheatern ging zu Ende, und „schon waren wir … übereingekommen, daß ich nunmehr eine jährliche Gage von tausend Gulden haben, dafür aber, wie bisher, sooft es befohlen würde, im Theater und bei Hofe Konzerte spielen, auch bei der italienischen Oper das Orchester als erster Violinist anführen sollte."

Noch ehe der Vertrag unterzeichnet werden konnte, legte Graf Durazzo sein Amt nieder, und der neue Operndirektor, Graf Wenzel Spork, dachte sich den jungen Karl billig einzukaufen, nämlich um die alte Gage von 447 Gulden, mit der dieser zum Theater gekommen war. Zu allem Überfluß redete er beim ersten Zusammentreffen Karl mit „Er" an, wie man einfache Musiker eben damals zu titulieren pflegte. Ein Virtuose war aber allemal ein „Sie" gewöhnt.

„Als ich eintrat, lag er auf einem Sofa hingestreckt und rückte und rührte sich nicht. ‚Hör Er', fing er an, ‚ich weiß schon, daß Sein Kontrakt mit dem Theater nun bald zu Ende geht; will Er sich neuerdings um den nämlichen Gehalt … engagieren?' Mir fuhr das *Er* gewaltig vor den Kopf. ‚Euer Exzellenz halten mir zur Gnade', antwortete ich; ‚ich weiß nicht, wie ich dazu komme, daß Sie mich *Er* heißen … so eine Herabsetzung bin ich nicht gewohnt und beleidigt mich!' Der Graf stutzte, und indem er sich verlegen das Kinn strich, sagte er in einem drollig betroffenen Tone: ‚So? – Seht doch, welch stolzes junges Herrchen! Doch – es kommt mir auch darauf nicht an: Also wollen Sie einen neuen Kontrakt eingehen?'"

Ditters wollte, aber nicht „für das bisherige Bagatell". Spork bot mehr an, aber auf die 1000 Gulden kam er nicht. Durazzo riet auszuharren und bot ihm an, zu

ihm nach Venedig zu kommen, falls sich alle Verhandlungen zerschlagen sollten.
Um Spork doch noch zur Zahlung der 1 000 Gulden zu bewegen, beschloß Dittersdorf, vier Wochen kein Konzert zu geben und eine Schulterverrenkung vorzutäuschen. Als er dann endlich wieder auftrat, stürmten die Wiener das Theater und spendeten ihm enthusiastischen Beifall. Spork war nun wirklich beeindruckt, gedachte aber, mit 800 Gulden den Künstler einzukaufen. Der lehnte wieder ab. In der Zwischenzeit hatte aber der Bischof von Großwardein, Graf Patachich, Karl eine Musikdirektorsstelle mit einem Jahresgehalt von 1 200 Gulden, freier Kost und Wohnung in seiner Residenzstadt angeboten. Die eigene Kapelle gefiel Dittersdorf sehr. Das ganze Angebot kam ihm sehr gelegen, um den hochmütigen Grafen Spork eine Lehre zu erteilen. Er erbat sich einige Tage Bedenkzeit bei Patachich und ließ sich wieder beim Grafen melden, der nun nach langem Gespräch bei 900 Gulden angelangt war und endlich großzügig noch 50 drauflegen wollte. Darauf hatte Dittersdorf gewartet und sagte kalt: „Und wenn mir Euer Excellenz 999 Fl. 59 Kreuzer geben und es fehlt der sechzigste Kreuzer, so dien ich nicht.“ Wütend wies ihm der Graf die Tür. Karl ging schnurstraks zum Bischof, um seinen Vertrag zu unterschreiben. Am Abend spielte Karl sein zweites Konzert im Theater bei vollem Haus. Nun war Spork endlich so weit, ihm 1 000 Gulden anzubieten, und war sehr verdutzt, als Karl erklärte, anderweitig gebunden zu sein.
Adam Patachich, Dittersdorfs neuer Dienstherr, war seit 1759 Bischof von Großwardein und hatte durch seinen Kunstsinn und seine Energie das verschlafene

Städtchen zu einem kulturellen Mittelpunkt Ostungarns gemacht, was besonders die dort stationierten kaiserlichen Offiziere und ihre Frauen zu schätzen wußten. Dittersdorf kam pünktlich, wie versprochen, nach Preßburg, wo der Bischof des Landtags wegen sich aufhielt, und erhielt den Auftrag und 16000 Gulden, um eine Kapelle für Großwardein zusammenzustellen. Der Bischof hatte sich vorgenommen, jährlich 16000 Gulden für ein wirklich erstklassiges Orchester auszugeben.

Dittersdorf machte sich an die Arbeit. Zuerst fuhr er nach Prag. Dort, am Theater, traf er auf den um zwei Jahre jüngeren Geiger Wenzel Pichel, zu dem er sich sofort hingezogen fühlte und der ihm in kürzester Zeit die besten Musiker vorstellte, die Prag zu bieten hatte. Er engagierte drei Geiger, zwei Hornisten und einen Flötisten. Einer der Geiger war auch ein guter Baßsänger. In Wien fand er einen Baßgeiger und einen Cellisten, außerdem einen Minoritenbruder, der die Orgel spielen würde. Im April hatte Dittersdorf seine Kapelle vervollständigt.

„Nach unserer Ankunft ließ der Bischof sowohl die in Großwardein einheimischen als die neu angeworbenen, sowie auch die bei der Kathedralkirche befindlichen Musiker in den großen Speisesaal zusammenrufen und stellte mich ihnen förmlich als ihren sämtlich Kapelldirektor vor, zugleich befahl er ihnen, mir allen möglichen Gehorsam zu leisten; auch gab er mir in ihrer Gegenwart die Vollmacht, jedem, der seinen Dienst vernachlässigen würde ... nach meiner Willkühr den Dienst aufzusagen."

Ein Kapellmeister war damals unumschränkter Herr über seine Musiker, wachte über Wohl und Wehe ih-

rer Familien und schlichtete jeden Streit und Eifersüchteleien. Alle Beschwerden mußte er erledigen, damit sein Gebieter nicht belästigt wurde.
„Der Bischof ließ mir acht Tage Zeit, ehe die erste vollständige Musik aufgeführt wurde. Während diesem ließ ich Pult und Bänke machen; denn ich führte die Wiener Methode ein, sitzend zu spielen, und rangierte dabei das Orchester dergestalt, daß jeder Spieler gegen die Zuhörer Front machte. Alle Sonntage, Dienstage, war Akademie. Alle Domherren, so wie auch die kaiserlichen Offiziere und der gesamte Adel von Großwardein hatten Zutritt zur Musik und nachher zur Gesellschaft beim Bischof."
Das Orchester bestand aus den Musikern, die Dittersdorf engagiert hatte, dann aus neun Livreebedienten, einem Kammerdiener, einem Zuckerbäcker und sieben Kapitularmusikern, die für ihre Dienste vom Bischof einen Zuschuß erhielten.
Gleich bei der ersten Probe – einer Symphonie von Dittersdorf mit Trommeln und Pauken –, bei der der Bischof anwesend war, rügte Karl sehr diplomatisch falsche Noten und Temposchlampereien, ohne die einzelnen Musiker bloßzustellen. Der Bischof war von dem Takt seines Kapellmeisters so angetan, daß er ihm den gewährten Vorschuß von 100 Dukaten schenkte und den Schuldschein zerriß. Dittersdorf dankte für diese Gnade und bat sich noch eine weitere aus, worauf der Bischof zögerte. Als er aber dann hörte, daß Karl nicht mit *Sie,* sondern mit *Du* angeredet sein wollte – „Ich bin das von meinem vormaligen Herrn dem Prinzen von Hildburghausen, der Vaterstelle an mir vertrat, so gewohnt", da war der Bischof gerührt und gelobte, Karl fürderhin als seinen Sohn zu betrachten.

1769 hatte das musikalische Leben in Großwardein ein jähes Ende. Ein eifersüchtiger Domherr hatte seinen Bischof bei der Kaiserin denunziert. Er behauptete, daß in Großwardein das ganze Jahr Maskeraden, Umzüge und Opern stattfänden, was einem klerikalen Hof zum Skandal gereiche. Ein Brief des Kabinettsekretärs Maria Theresias, wonach nur eine sofortige Abschaffung dieses Übelstandes eine genaue Untersuchung verhindern würde, versetzte den Bischof in eine solche Panik, daß er seine Kapelle sofort auflöste. Als des Bischofs Entschluß bekannt wurde, trauerte die ganze Stadt, auch die Domherren, bis auf den Denunzianten, der triumphierte.
Karl beschloß, sich in Italien umzusehen, ehe er sich neuerlich an einen Hof binden wollte. In Triest lernte er einen Grafen Lambert kennen, der ihn nach Troppau einlud. Dort traf er auf den Breslauer Fürstbischof Philipp Gothard Graf Schafgotsch, der bei den Kriegen um Schlesien seinen politischen Rang eingebüßt hatte.
Als Günstling des preußischen Königs hatte er im letzten Krieg, als die Kaiserlichen, allerdings nur vorübergehend, Schlesien befreiten, seine Freude darüber nicht zu verhehlen gewußt. Als Friedrich II. Schlesien wieder eroberte, mußte der Bischof büßen. Seine Einkünfte aus dem preußischen Bistum Breslau wurden gestrichen, und er führte fortan auf seinem Schloß Johannisberg auf der österreichischen Seite ein recht kümmerliches Leben. Als großer Musikfreund lud er den dynamischen Dittersdorf ein, ihm eine Kapelle aus seinen musikalischen Beamten zusammenzustellen. Überraschenderweise nahm Karl, der Sporks Angebot, in Wien zu bleiben, wieder aus-

geschlagen hatte, die Stelle bei Schafgotsch an. Zog er die Sicherheit des Hofdienstes dem Virtuosendasein vor? Die Arbeit in Johannisberg war mühsam. Die Musiker spielten erbärmlich schlecht, erst „durch beständiges Üben und Korrektionen brachte ichs ... endlich dahin, daß man uns nach Verlauf eines Monats ohne Grausen hören konnte".
Dittersdorf wollte sich vorerst für freie Unterkunft und Verpflegung sowie eine Entlohnung von monatlich 25 Dukaten nur auf einen Winter verpflichten, doch aus dem Winter wurden Jahre. Er blieb, da ihm das Vertrauen des Bischofs, der ihn wie einen Freund behandelte, ehrte und schmeichelte. Schafgotsch verschaffte ihm durch seine Beziehungen in Rom den Titel eines Cavalieres, wie ihn auch Gluck und Mozart erlangt hatten, machte ihn zum Amtmann, richtete ein Theater ein und tat alles, seinen Kapellmeister zufriedenzustellen. So nützte er seinen Einfluß, um ihn zum Herrn Ditters von Dittersdorf zu machen. 1773 genehmigte die Kaiserin Karls Gesuch um den Adelstitel, damit er die Stelle eines Amtshauptmannes in Freiwaldau antreten konnte. Damit hoffte sich Karl ein sorgenloses Alter zu schaffen, wenn seine künstlerischen Kräfte versiegen sollten. Seine Hoffnungen erfüllten sich jedoch nicht. Schlesien war keine Provinz, in der man Reichtümer gewinnen konnte; die politischen Spannungen zwischen Preußen und Österreich waren zu groß. Anläßlich der Begegnung zwischen Friedrich dem Großen und Joseph II. lernte er zwar auch den preußischen König kennen, doch der schätzte Dittersdorfs Musik keineswegs, und Kompositionsaufträge blieben aus. Nur der preußische Kronprinz, Friedrichs Neffe, war von

Dittersdorfs Musik angetan und lud ihn nach Berlin ein.

1771 genehmigte der Fürstbischof den Bau eines Theaters und gab Dittersdorf den Auftrag, eine Operntruppe zu engagieren. Das Theater band ihn neuerlich an Johannisberg. Zur Eröffnung komponierte er die Oper *Il viaggiatore americano* zum Text des Padre Pintus, des Beichtvaters des Fürsten. Es war dies Dittersdorfs zweite Oper, der noch viele folgen sollten und die seinem Namen internationalen Klang gaben.

Zur Fastenzeit führte Dittersdorf sein Oratorium *Davide* auf; die Rolle des David sang ein Fräulein Nicolini, das Karl bereits aus Großwardein kannte und wieder engagiert hatte, mit solchem Ausdruck und Können, daß er sich auf der Stelle in sie verliebte und um ihre Hand bat. Die Sängerin willigte ein, und der Fürst wurde verständigt.

„Am dritten März des folgenden Jahres – so lange hatte ich seit dem vorigen Juli richtig und ehrbar ausgehalten – ward ich vom Fürsten in seiner Schloßkapelle getraut. Er räumte mir fünf Zimmer dasselbst für uns alle ein und überreichte mir einen Schenkungsbrief, kraft welchem die ganze Einrichtung und das Meublement in demselben mein Eigentum wurde", heißt es in Dittersdorfs Memoiren.

1773, ein Jahr nach seiner Hochzeit, wurde ihm die Stelle eines wirklichen kaiserlichen Kammer- und Hofkapellmeisters in Wien angeboten. Obwohl ihm seine Freunde zur Annahme rieten, schlug er das ehrenvolle Angebot aus. Dieser Entschluß sollte ihn zu einem Alter in Armut verdammen.

Dittersdorf hatte gedacht, als Amtshauptmann von

Freiwaldau sein Leben auf eine gesunde finanzielle Basis gestellt zu haben, da die Bezüge so viel abwarfen, daß er einen Stellvertreter bezahlen und selbst weiter in Johannisberg Operndirektor sein konnte. Er widmete sich seiner Kapelle, die bald „für die beste im ganzen kaiserlichen und preußisch Schlesien gehalten wurde".

Doch fünf Jahre später, 1778, machte der Bayerische Erbfolgekrieg dem guten Leben ein Ende. Nach dem Aussterben der Wittelsbacher wollte sich Kaiser Joseph Bayern einverleiben, wogegen der preußische König natürlich Widerstand leistete. Truppen wurden zusammengezogen, und Johannisberg lag im Kriegsgebiet.

Der Fürstbischof flüchtete, die Kapelle wurde entlassen, und Dittersdorf zog sich mit seiner Familie auf seinen Amtshauptmannsitz zurück. Im Schloß Johannisberg logierten die Preußen und plünderten nicht nur das Schloß, sondern auch die ganze Umgebung. Nach Freiwaldau konnten sie nicht vordringen, da standen österreichische Truppen.

Als nach Kriegsende der Fürst zurückkehrte, fanden sich auch wieder einige Musiker ein, doch der Theaterbetrieb konnte aus finanziellen Gründen nicht mehr aufgenommen werden.

Eigentlich hätte Dittersdorf die Zeichen der Zeit erkennen und sich um einen anderen Wirkungskreis umsehen müssen, aber seine Furcht vor der Unabhängigkeit ließ ihn den entscheidenden Schritt nicht tun. Er kaufte sich, um seinem Fürsten nahe zu sein, ein großes Haus und setzte wieder einen Stellvertreter in Freiwaldau ein. Dabei verschuldete er sich schwer. Um zusätzlich Geld zu verdienen, wandte er sich nach Wien und auch nach Eszterháza, wo sein alter

Freund Joseph Haydn Kapellmeister beim Fürsten Esterházy war. Ihm konnte er auch einige seiner Opernpartituren für das Esterházysche Opernhaus verkaufen.
Von Wien kam ein Auftrag für ein Oratorium, *Hiob*, das 1786 in der Tonkünstlersozietät mit großem Beifall aufgeführt wurde. Seinen Aufenthalt in der Kaiserstadt nützte Dittersdorf, um bei den Sommerkonzerten im Augarten Symphonien, die er nach Ovids *Metamorphosen* komponiert hatte, aufzuführen. Leider machte ihm das anhaltende schlechte Wetter einen Strich durch die Rechnung. So erbat er sich vom Kaiser die Erlaubnis, das Konzert verschieben zu können, was ihm huldvoll gewährt wurde. Joseph II. unterhielt sich leutselig mit dem Komponisten und wollte vor allem wissen, was er von Mozart und Haydn halte. Dittersdorf lobte beide, was den Kaiser zu freuen schien.
Als das Wetter besser war, gab Dittersdorf sein Konzert im Augarten. Mit den finanziellen Erfolgen seiner Wiener Reise war er sehr zufrieden und dachte nach Johannisberg zurückzukehren, als er den Auftrag erhielt, eine deutsche Oper zu schreiben. Das Honorar sollte 100 Dukaten betragen. Dittersdorf nahm den Auftrag an, und innerhalb der nächsten sieben Monate schrieb er drei deutsche Singspiele und eine italienische Oper.
„Meine drei deutschen Werke: *Doktor und Apotheker, Betrug durch Aberglauben* und die *Liebe im Narrenhause* gingen ‚alle stelle' (hinauf zu den Sternen, waren also große Erfolge) ... aber die italienische Oper: *Democrito* fiel durch."
Vor seiner Abreise hatte er eine neuerliche Audienz

beim Kaiser, der mit ihm über italienische Opern plauderte, die in Wien am Spielplan standen.
Der Komponist hielt mit seiner Meinung nicht hinter dem Berg. Der Kaiser pflichtete ihm bei und sagte: „Ich bilde mir wirklich etwas auf meine Kenntnis der Musik ein, weil mein Urteil immer mit dem Ihrigen zusammenstimmt", und gewährte als besondere Vergünstigung Dittersdorf eine weitere Aufführung der Oper *Doktor und Apotheker*. Als Honorar ließ er ihm die ganze Einnahme der Vorstellung – 200 Dukaten – auszahlen. Somit kam Dittersdorf um eine weitere Audienz ein, bei der Kaiser Joseph wiederum sehr gnädig war und ihn mit den Worten entließ: „Kommen Sie nach Wien, sooft Sie wollen ... Melden Sie sich jedesmal bei mir; ich werde Sie immer gern sehen, besonders da wir beide in Betracht der Musik einerlei Meinung sind."
Zurück in Johannisberg konnte Dittersdorf mit seinen Wiener Einnahmen einen beträchtlichen Teil seiner Schulden zahlen, doch hatten die Verwaltungsreformen des Kaisers den Fürstbischof um einen großen Teil seiner Apanagen gebracht. Statt der gewohnten 14000 Gulden hatte er nunmehr nur 4000 Gulden zur Verfügung. Als erstes wurde die Kapelle entlassen und Dittersdorfs Gehalt gekürzt. Die Konzerte mußten nun mit Dilettanten bestritten werden.
Nach dem Tod Friedrichs II. wandte sich der Fürstbischof an dessen Nachfolger, Friedrich Wilhelm, mit der Bitte, wieder in sein ehemaliges Bistum Breslau eingesetzt zu werden. Doch der preußische König wollte die Einnahmen des reichen Bischofsitzes lieber in seiner als in der Tasche des Bischofs sehen und lehnte ab. Der Bischof hatte Schulden, wußte nicht

mehr ein noch aus und hörte mehr und mehr auf Dittersdorfs Feinde, die versuchten, den Theaterbetrieb samt seinem Direktor einzusparen.
Dittersdorf, durch seine Erziehung am Fürstenhof, an eine großzügige Lebensführung gewöhnt, plagten die eigenen Schulden. Überdies litt er an der Gicht, die ihn lange Zeit ans Bett fesselte. Er verkaufte, was er entbehren konnte. Als er aber auch einige Grundstücke, die er vom Fürstbischof sehr günstig erstanden hatte, abstieß, gelang es seinen Gegnern, den Fürsten gegen ihn einzunehmen. Er mußte das Schloß verlassen und sich auf seine Amtshauptmannsstelle zurückziehen. Bei Hofe durfte er sich nicht mehr zeigen.
Am 5. Januar 1785 starb der Fürstbischof, und die neue Verwaltung enthob Dittersdorf flugs aller Ämter, ehe ein kirchlicher Nachfolger gefunden war. Aber noch einmal hatte er Glück: Er fand einen neuen Gönner in dem theaterbesessenen Herrn der Herrschaft Oels, Fürst August von Braunschweig. Für ihn komponierte er Singspiele, bis ihn seine Krankheit gänzlich arbeitsunfähig machte. Noch einmal befreite ihn ein Gönner und Verehrer seiner Musik aus drohender Armut, Freiherr von Stillfried bot ihm eine Zuflucht: „‚Ich habe von Ihrer betrüblichen Lage erfahren', schrieb er ihm, ‚auf meiner Herrschaft, die ich mir in Böhmen gekauft habe, habe ich drei Wohnhäuser. Kommen Sie mit Ihrer Familie in meine Arme … und wir wollen unser Leben gemeinsam beschließen.'"
Dittersdorf „warf sich in die Arme des liebenswürdigen Freundes", verkaufte sein Haus, seine goldenen Tabatieren, seine fürstlichen Geschenke, kurz alles,

was er zu Geld machen konnte, zahlte seine Schulden und übersiedelte mit seiner Familie nach Böhmen. Das Komponieren gab er nicht ganz auf, doch fand er für seine Werke keine Interessenten mehr. So verlegte er sich aufs Schreiben und verkaufte an die *Allgemeine Musikalische Zeitung* musiktheoretische Beiträge. Als auch das finanziell nichts einbrachte, gab er auf. „Die Gegenwart ist schrecklich für mich, die Zukunft kann nun nicht besser werden; ich habe mich also in die Vergangenheit geflüchtet und diktiere meinem ältesten Sohne, mit der Aufrichtigkeit eines Sterbenden, meine Lebensgeschichte."

Am 24. Oktober 1799 schloß er, 61 Jahre alt, die Augen für immer und wurde in Destna (Töschen) bei Pilgram begraben. *Die Allgemeine Musikalische Zeitung* berichtete darüber in einer kleinen Notiz. 1801 veröffentlichte sie seine Selbstbiographie, die gern gelesen wurde und den einst so gefeierten Musiker wieder bekannt machte.

1801 starb Dittersdorfs Frau. Seine Tochter hatte ein Jahr vorher den Gönner ihres Vaters, den Freiherrn von Stillfried, geheiratet, folgte aber ihrer Mutter nach zwei Jahren Ehe ins Grab. Von den Söhnen wurden Philipp und Gerhard Beamte, der Jüngste Geistlicher. Dittersdorf wurde für die nächsten hundert Jahre vergessen. Seine Werke setzten in den Bibliotheken Staub an. Seine Symphonien wurden Haydn zugeschrieben, seine Opern gekürzt und bearbeitet und dienten allenfalls für Schüleraufführungen, nur einige lebten dank der Sängerknaben bis in unsere Zeit. Welcher Dornröschenprinz wird wohl seine Muse aus der Dornenhecke befreien?

Maria Theresia Paradis

Die Blinde und der Scharlatan

Klavierspieler ohne Arme;
das wäre heutzutage schon etwas.
Klavierspielen ohne Augen;
das wäre heutzutage nichts mehr …
Das Licht ist entbehrlich
geworden; die Blinden spielen
das Piano so gut als die Sehenden
das Forte.
(Franz Graeffer)

Das Klavierspiel ohne Augen war wert, „blöde Augen“ zu behalten, denn sehende Klavierspielerinnen gab es in Wien sonder Zahl. So fanden es die Eltern der jungen Maria Theresia geschäftsfördernd, eine Heilung der Tochter zu verhindern. Aber gab es überhaupt die Möglichkeit einer Heilung, oder wurde das Mädchen nur von einem Scharlatan für seine Zwecke ausgenutzt?

Darüber zerbrachen sich die Wiener 1777 die Köpfe. War der berühmte Arzt Dr. Franz Mesmer nun ein Wunderheiler oder ein Betrüger? Seine Kollegen glaubten Letzteres und brachten es zuwege, ihn des Landes verweisen zu lassen. Zurück blieb die Blinde, die das Piano so gut spielte wie die Sehenden das Forte.

Maria Theresia Paradis wurde am 15. Mai 1759 in Wien geboren. Ihre Eltern waren damals erst drei Jahre in der Stadt Wien ansässig. Der Vater, Joseph Anton, 1733 geboren, war der Sohn eines Herrschaftshofmeisters, hatte eine gute Erziehung genossen und an der Wiener Universität die Rechte studiert. Zur Frau erkor er sich die junge Rosalia Maria, die aus einer Künstlerfamilie stammte. Ihr Großvater, Thomas Cajetan Levassori della Motta, war kaiserlicher Tanzmeister, die Großmutter Tänzerin aus der Familie Phillebois, die Tänzer, Sänger, aber auch „Studierte“ vorzuweisen hatte.

Joseph Anton Paradis und Rosalia Phillebois heirateten 1755 in der Stephanskirche und zogen nach Temesvar, da im fernen Ungarn die Verdienstmöglichkeiten für einen jungen Assessor besser waren. Im Gegensatz zu ihrem Mann war Rosalia wenig gebildet, übernervös im Wesen, aber musikalisch; literarische

Maria Theresia Paradis

Ambitionen hatte sie keine. Im November 1755 verließ das junge Paar die Kaiserstadt, konnte aber in Temesvar nicht recht heimisch werden, obwohl Paradis bei seinen Vorgesetzten sehr beliebt war. Er entwarf ein neues Strafrecht für das Banat. Diese Arbeit ermöglichte ihm ein Jahr später die Rückkehr nach Wien aus gesundheitlichen Gründen. Sein Gehalt durfte er behalten, was ihm erlaubte, 1757 im Directorium in publicis et cameralibus unbezahlt tätig zu werden. Durch die Verwaltungsreform der Kaiserin verlor er jedoch beide Anstellungen und war schließlich froh, als Hofkonzipist mit 600 Gulden Gehalt und Freiquartier ein Unterkommen zu finden.

Die Tochter kam 1759 zur Welt. Taufpatin, wie die Familie Paradis immer glauben machte, war nicht die Kaiserin, sondern die Handelsfrau Maria Theresia Mayer. Bis zu seinem zweiten Jahr entwickelte sich das Kind normal, doch plötzlich verlor es das Augenlicht. Vater Paradis behauptete, es wäre in der Nacht vom 9. zum 10. Februar 1762 geschehen. Der berühmte englische Gelehrte Charles Burney, der die Eltern besuchte, hörte, daß das Mädchen zwei Jahre und acht Monate zählte, als das Unglück geschah. Die entsetzten Eltern konsultierten alle berühmten Ärzte der Stadt und erfuhren entsprechend viele und einander widersprechende Diagnosen: gichtiger Schlagfluß, was immer das bei einem Kleinkind sein konnte, ein Trauma, paralytische Lähmung des Sehnervs, allmähliche Erblindung, die erst ab dem dritten Lebensjahr erkannt wurde. Alle diese Diagnosen zogen die entsprechenden Therapien nach. Man quälte das Kind mit künstlich hervorgerufenen eitrigen Geschwüren, Blutegeln, Ziehpflastern, Baldrianwurzeln und Leyde-

ner Flaschen, die schwache elektrische Ströme aussandten und auf die Augen gelegt wurden. Nichts half. Das Kind blieb blind.
Da man in Maria Theresia eine große Musikalität entdeckte, förderte man ihre Begabung nach Kräften. Sie lernte Orgel und Klavier spielen. Die besten Musiker Wiens machten sich eine Ehre daraus, das Mädchen zu unterrichten. Joseph Franz Fuchs und Leopold Kozeluch gaben ihr Klavierunterricht, Salieri unterrichtete sie in Komposition, Righini und Friberth bildeten sie zur Sängerin aus. Maria Theresia trat in Pergolesis *Stabat Mater* erstmals in einer Wiener Kirche auf.
Da das Mädchen einen ausgezeichneten Ortssinn hatte und es verstand, beim Gehen Hindernissen auszuweichen, machte sie nicht den Eindruck einer hilflosen Blinden. Sie galt als medizinisches Phänomen, und daher bemühten sich die besten Ärzte – die Leibärzte der Kaiserin, Anton von Störk und der Augenarzt Joseph Barth – um sie. Der Erfinder Wolfgang von Kempelen entwarf für sie einen Setzkasten mit Druckpresse, damit sie ihre Briefe selber schreiben konnte. Lesen und Schreiben hatte Maria Theresia bereits mit Hilfe einer Punktierschrift aus Nadelstichen gelernt.
Sie erhielt Geschichts- und Geographieunterricht. Dabei waren in einem großen Kasten Schnüre gespannt, welche die Flüsse darstellten, Sand war das Meer, Landesgrenzen wurden mit Fäden markiert, Städte und Dörfer mit Nagel- oder Nadelköpfen gekennzeichnet.
Das Mädchen sog Wissen auf wie ein Schwamm, und ihr gutes Gedächtnis half ihr, Musikstücke im Hand-

umdrehen zu erlernen. Sie ließ sich stundenlang vorlesen, studierte Englisch, Französisch und Italienisch. Der Vater verbrachte jede freie Minute mit seiner Tochter, um sie zu unterrichten. Von der Mutter lernte sie das Handarbeiten, aber auch das Tanzen, stammte sie doch aus einer berühmten Tänzerfamilie. Sogar Kartenspielen war für Maria Theresia Paradis kein Problem.

Die Familie, der Vater war mittlerweile Hofsekretär geworden, wohnte am Heumarkt, außerhalb der Stadtmauern. Der Vater gab kleine Konzerte, bei denen die Tochter spielte und sang. Sie trat auch in Kirchen auf, wo sie so gut Orgel spielte, daß die Kaiserin, von dem großen Talent und dem schweren Schicksal des Kindes beeindruckt, den Eltern einen Erziehungsbeitrag von 200 Gulden jährlich anweisen ließ.

Maria Theresia Paradis war noch keine zehn Jahre alt, als der Doktor der Medizin, der 31 Jahre alte, gut aussehende Franz Anton Mesmer, seine Promotion feierte. Zwölf Jahre hatte er studiert, zuerst Theologie in Dillingen, da er, wie so viele „Bürgerliche", Geistlicher werden sollte. Sein Vater war Jägermeister beim Konstanzer Fürstbischof, und der Sohn besuchte das geistliche Gymnasium mit einem fürstlichen Stipendium.

Da er seine Neigung für den Priesterstand schwinden sah, schwand auch das Stipendium, und der junge Mesmer mußte sich durch Stundengeben sein Studium verdienen. Er inskribierte Philosophie, Physik und Mathematik; 1754 war er Student in Ingolstadt, fünf Jahre später hörte er die Rechte in Wien, wo sein Vetter – die Mozarts, die ihn kannten, nannten ihn den „kleinen Mesmer" – als Schreibmeister der

Erzherzöge lebte. Der kleine Mesmer wurde später Direktor der von der Kaiserin gegründeten Normalschule.

Am 31. Mai 1765 promovierte Franz Anton Mesmer. Bald sah er sich nach einer reichen Frau um, denn eine Praxis kostete Geld. Nach drei Jahren hatte er sie gefunden: Es war die um zehn Jahre ältere Witwe des Hofkammerrates Ferdinand Conrad von Posch. Maria Anna von Posch, geborene Eulenschenk, hatte einen Sohn Franz und viel Geld, war sie doch zusammen mit ihrer Schwester die Erbin des vermögenden Feldapothekers Georg Friedrich Eulenschenk. Sie brachte eine Mitgift von 30000 Gulden in die Ehe. Das Vermögen seiner Frau erlaubte Mesmer, seine Praxisräume elegant auszustatten. Neben Musikinstrumenten befanden sich darin allerlei mysteriöse Instrumente, denn der Arzt heilte mit Musik, Magnetismus, Handauflegen und Metallruten, durch die elektrische Ströme flossen. Seine Patienten saßen um ein Wasserbecken, und er berührte sie mit den ins Wasser getauchten Metallstäben. Das Etablissement war bald Wiener Stadtgespräch, Patienten kamen zuhauf, und Mesmer, der ein guter Psychologe war, gelangen spektakuläre Kuren, besonders bei Damen mit psychosomatischen Problemen.

Mesmer besaß auch Erfahrung mit Blinden. In München hatte er den sehschwachen Rat Peter von Osterwald geheilt, und er brannte darauf, seine Kunst an der blinden Maria Theresia Paradis zu erproben. Er war sicher, sie heilen zu können, da seiner Meinung nach der Sehnerv intakt war. Er fand es jedoch taktisch klug zu warten, bis die Eltern an ihn herantreten würden. Vorerst widmete er seine Zeit einer Ver-

wandten seiner Familie, die im Hause lebte, der Franzel Osterling, die schwer hysterisch war.
Leopold Mozart kannte das Ehepaar Mesmer, das ein großes Haus führte, von seinem ersten Besuch mit Wolfgang und Marianne, als die Kinder im Mesmerschen Haus konzertiert hatten. 1773 waren Vater und Sohn Mozart wieder zu Besuch in Wien und machten Mesmer in seinem Haus auf der Landstraße ihre Aufwartung. Leopold Mozart schrieb seiner Frau nach Salzburg: „Die frl. Franzl traffen wir im bette an, sie ist wirklich ziemlich abgemergelt; und noch eine solche krankheit und sie ist weg! die Mutter der Made v. Messmer ist todt, sie hat die nutznüssung vom ganzen vermögen ... H. v. Messmer, wo wir am Montag speisten, spielte uns auf der Harmonica oder dem Glas Instrument ... recht gut! es hat ihm das Instrument bey 50 duccaten gekostet ..." Mozart beendet seinen Brief mit „alles empfiehlt sich, auch die Frau v. Greiner etc. ..." Im August desselben Jahres berichtet Leopold Mozart von einem Besuch im Mesmerischen Sommerhaus in Schwechat: „Die Messmerischen sind auf der Rothmühl, da wird nun die frl. Franzl neuerdings erkranken – etwa gar sterben, nicht nur sie sondern auch ihre Schwester sind beständig beym Messmer ..."
Mesmer, der Cembalo, Cello und auch die Glasharmonika spielte, die damals ein ungeheuer modisches Instrument und wegen ihrer überirdischen schönen Töne und dem geheimnisvollen Klang sehr beliebt war, setzte die Glasharmonika bewußt in seine Therapie ein: ihrer hypnotischen Wirkung wegen.
Bei dem Instrument wurden aufgereihte Glaskörper zum Schwingen und Klingen gebracht, indem sie mit

feuchten Fingerspitzen gestrichen wurden. Alle Komponisten der Zeit schrieben Werke für Glasharmonika. Nach einiger Zeit aber meldeten sich Stimmen, die die Glasharmonika für gefährlich erklärten, da durch die feuchten Finger elektrische Ströme und Schwingungen in den Körper drangen und eine Nervenzerrüttung hervorbrachten. Man versuchte nun, die Glaskörper mit einer Art Geigenbogen zu streichen oder Tasten anzubringen, doch machten diese Hilfsmittel den Ton weniger erdenfern und unwirklich.

Die Franzel, die Leopold Mozart schon am Friedhof sah, überlebte. 1780 schrieb Wolfgang Amadeus Mozart, der sich nunmehr ganz in Wien eingerichtet hatte, seinem Vater nach Salzburg: „... dieses schrieb ich – wo? – im Messmerischen Garten auf der Landstraße und die alte gnädige Frau ist nicht zu Hause, aber die gewesene frl. franzl ist nunmehr fr. von Bosch – und ich hätte sie bey meiner Ehre fast nicht mehr gekannt – so dick und fett ist sie, und sie hat 3 Kinder ..." Franzel Osterling hatte 1776 Mesmers Stiefsohn Franz geheiratet.

Die Eltern Paradis hörten von all diesen Heilerfolgen und konsultierten den berühmten Arzt, der freudig die Gelegenheit ergriff, das Mädchen zu seiner Patientin zu machen. Vom Heumarkt zur Landstraße war ein kurzer Weg, und man war sich bald handelseins. Maria Theresia sollte in das Mesmersche Haus übersiedeln.

Am 20. Januar 1777 begann die Behandlung. Der Arzt strich dem 18jährigen Mädchen mit der Hand über Stirn und Augen. Es fühlte einen sanften Wind, dann aber schnellte sein Kopf zurück, Zuckungen erschüt-

terten den Körper, und die Augen quollen aus dem Kopf. In der Folge ließen jedoch die Krämpfe, unter denen Maria Theresia gelitten hatte, nach. Weitere Behandlungen mit magnetischen Stäben brachten solche Erfolge, daß die Eltern den Ruhm des Wunderheilers in alle Winde verbreiteten.
Im Februar begann die Blinde, Konturen zu sehen, mußte aber eine Augenbinde tragen, da jedes Licht schmerzte. Freunde und Neugierige kamen in Scharen ins Haus, um das Mädchen zu bestaunen und sich von der Wunderheilung zu überzeugen. Dieser ständige Strom von Besuchern störte jedoch die Kranke, die vom Arzt wie ein dressiertes Zirkuspferd vorgeführt wurde.
Außerdem plagte sie jetzt eine neue Art von Unsicherheit und Furcht. Das Sehenlernen war schmerzhaft. Maria Theresia stolperte oft, schätzte Entfernungen und Hindernisse nicht richtig ein, war unsicher auf den Beinen. Schlimmer noch war, daß ihr Klavierspiel litt. Sie griff falsche Tasten, und ihr phänomenales Musikgedächtnis ließ nach. Sie klagte, daß ihr Leben als Blinde einfacher gewesen wäre.
In der Stadt hatten sich zwei Parteien gebildet, die Wundergläubigen und die Skeptiker; zu letzteren gehörten Mesmers Arztkollegen, die mehr und mehr ihn zum Scharlatan zu stempeln versuchten. Protomedikus Anton von Störk, der für das Gesundheitswesen in Wien verantwortlich war, sah sich genötigt einzugreifen.
Mit dem Augenarzt Dr. Joseph Barth fuhr er zu Mesmer und unterzog das Mädchen einer gründlichen Untersuchung. Beide Ärzte entschieden, daß die Blinde jetzt sehen konnte. Das genügte, um Mesmers

Feinde zu einem konzentrierten Angriff zu bewegen. Zu ihnen gehörten der Arzt und Naturhistoriker Johann Jakob von Well und der berühmte Botaniker Nikolaus Joseph von Jacquin. Daß Mesmer Freimaurer war, konnte ihn nicht mehr schützen, da auch viele seiner Freimaurerfreunde nicht an eine Heilung glauben wollten.

Den Eltern wurde eingeredet, daß eine sehende Tochter und noch dazu eine, die nur mehr mittelmäßig Klavier spielte, von der Kaiserin keinen Erziehungsbeitrag mehr erhalten würde, was dem Vater durchaus einleuchtete. So aufgehetzt, wollten die Eltern das Mädchen nach Hause holen. Mesmer stimmte zu, wollte aber dann die Behandlung abbrechen. Es kam zu sehr unangenehmen Szenen.

Inzwischen hatten Mesmers Feinde die Ärzte Störk und Barth auf ihre Seite gezogen, die nun erklärten, daß das Mädchen nicht wirklich geheilt sei. Vater Paradis drang mit dem Degen auf Mesmer ein, Maria Theresia wollte das Mesmerische Haus nicht verlassen, bekam Krämpfe und Zuckungen. In der Stadt munkelte man von sexueller Abhängigkeit, was wieder die Mutter Paradis zu wilden Ausbrüchen verleitete, so daß die Tochter einen Nervenzusammenbruch erlitt und das Bett hüten mußte. Mesmer, über die „Undankbarkeit" der Paradis tief erbost, erklärte, keinen Finger mehr rühren zu wollen. Als er aber dann das Mädchen in ihren Konvulsionen und mit verdrehten Augen sah, ließ er sich doch erweichen, ihre Augen ruhigzustellen. Auch die Eltern lenkten ein. In acht Tagen war die Kranke krämpfefrei, und sie sah wieder Konturen. So ging ein Monat dahin. Mesmer behandelte Maria Theresia, und die Eltern sannen auf

eine List, ihre Tochter dem vermeintlichen Scharlatan ohne offenen Kampf zu entreißen.
Am 8. Juni erschien Vater Paradis bei Mesmer und bat ihn, seine Tochter für einige Tage aufs Land führen zu dürfen, was ihm gestattet wurde. Er brachte das Mädchen nicht mehr zurück. Protomedikus Störk hatte in der Zwischenzeit eine Verfügung erlassen, „dem Betruge ein Ende zu machen!". Umsonst wies Mesmer darauf hin, daß das ungefestigte Sehvermögen des Mädchens Schaden erleiden würde.
Er behielt recht. In kurzer Zeit verdrehten sich Maria Theresias Augen wieder, und die Ärzte konnten mit gutem Gewissen konstatieren, daß sie blind war. Mesmers Gegner verlangten ein Disziplinarverfahren, dem Störk nicht zustimmte, doch wurde Mesmer jede weitere Behandlung verboten.
Mesmer litt es nicht länger in Wien. Am 20. Januar 1778 reiste er mit einem Empfehlungsbrief des Ministers Kaunitz an den österreichischen Gesandten Mercy nach Paris ab. Dort setzte er seine magnetischen Kuren fort, erregte noch mehr Aufsehen als in Wien und gewann viele Anhänger. Seine Frau folgte ihm nicht, da sie versuchte, zwei blinde Mädchen, die mit Maria Theresia Paradis im Hause gewesen waren, die neunzehnjährige Zwelferine und die ein Jahr jüngere Ossine, weiterzubehandeln, doch ließ Störk einige Monate später die Klinik schließen, und die Mädchen blieben blind.
Medizinhistoriker haben sich mit dem Fall Mesmer immer wieder beschäftigt. War er ein Scharlatan oder ein begnadeter Arzt? Ein kluger Psychotherapeut und seiner Zeit weit voraus? In letzter Zeit neigt man mehr der Ansicht zu, er sei ein begnadeter Arzt gewe-

sen. Man glaubt, daß Maria Theresia Paradis sehr wohl sehen konnte, sobald ihre Augen richtig und ruhig gestellt waren, damit Licht auf die Netzhaut fallen konnte. Mesmer hatte dies richtig erkannt, auch, daß der Sehnerv nicht geschädigt war.

Mesmer richtete sich in Paris wieder eine Klinik ein, zahllose Schüler behandelten nach seiner Methode, und die Ärzte reagierten darauf nicht anders als in Wien. Ein Skandal drohte, da man „Marie Antoinette“ die Königin, bei Mesmer in Konvulsionen gesehen haben wollte, doch vor der Ausweisung rettete ihn der Ausbruch der Revolution. Frau Mesmer, die in Wien geblieben war, starb gänzlich verarmt und verschuldet am 14. Mai 1790. Mesmer, der das Haus auf der Landstraße 291 retten wollte, zahlte ihre Schulden.

Maria Theresia Paradis lebte nun wieder bei den Eltern. 1780 strich Joseph II. nach dem Tod der Kaiserin den Erziehungsbeitrag. Paradis, dem ein schwieriger Charakter und gesteigertes Selbstgefühl bescheinigt wurden, hielt seine Vorgesetzten mit Petitionen in Atem, fühlte sich zurückgesetzt, um Zulagen gebracht. Er arbeitete als Hofkonzipist in der böhmischen Hofkanzlei. Joseph II. ernannte ihn 1785 zum „Regierungsrat des gelehrten Standes bei der n. ö. Regierung“ und hoffte, ihn damit zufriedengestellt zu haben. Franz II. pensionierte ihn zehn Jahre später mit vollen Bezügen.

Im Hause Paradis wurde viel Musik gemacht, der Regierungsrat war eine Art Schirmherr der Musiker, wie Hofrat Greiner, der Vater Karoline Pichlers. Maria Theresia bestritt meist das Programm, führte auch eigene Kompositionen auf. Um Geld zu verdienen, gin-

gen Mutter und Tochter Paradis auf eine Konzertreise durch Europa.
Erste Station war 1783 Salzburg, um von Vater Mozart Ratschläge und Empfehlungsbriefe einzuholen. Die beiden Damen reisten in eigener Kutsche und mit Diener bis nach Paris und London.
Die blinde Künstlerin spielte vor Marie Antoinette und vor König Georg III. Überall hatte sie Erfolg, machte nützliche Bekanntschaften und kehrte berühmt und gefeiert 1786 mit ihrer Mutter wieder nach Wien zurück.
Man wohnte jetzt „nächst dem roten Thurm", in einer großen Wohnung, die für Gesellschaften und Konzerte bestens geeignet war. Kaiser Leopold II. hatte Maria Theresia Paradis ihre 200 Gulden als Gnadengabe wieder gewährt, aber nach dem Tod des Vaters – die Mutter starb 1794 – verschlechterte sich ihre finanzielle Lage sehr, da die Pension des Vaters nicht mehr ausgezahlt wurde. Kurz entschlossen eröffnete sie 1808 eine Musikschule für Mädchen, die sich bald großer Beliebtheit erfreute.
Maria Theresia Paradis war eine gute Lehrerin, die ihre Schülerinnen gründlich ausbildete und in Sonntagmittag-Konzerten dem Publikum ihre oder anderer Komponisten Werke vorstellte. Waren es zuerst nur die Familienangehörigen der Schülerinnen, die die Konzerte besuchten, so kamen bald auch andere Zuhörer, denn in dem von den Franzosen besetzten und ausgeplünderten Wien gab es nicht viele Belustigungen. 1810 schrieb bereits die *Leipziger Allgemeine Zeitung* über die Konzerte und die Schule und rühmte das Können der Mädchen. Maria Theresia schrieb kleine Operetten, die sie mit Musikern, viele aus dem

Kreise um Franz Schubert, aufführen ließ, auch Dilettanten wirkten in ihren Konzerten mit.
Als Maria Theresia Paradis am 1. Februar 1824 starb und in St. Marx zu Grabe getragen wurde, trauerten viele um die liebenswürdige blinde Künstlerin. Die *Allgemeine Musikalische Zeitung* schrieb in ihrem Nachruf: „Sie hinterließ viele um ihren Verlust innig trauernde Schülerinnen, in deren dankbaren Herzen ihr teures Andenken noch lange fortleben wird."

Literaturauswahl

Andreassen, O. (Hg.): Münster F.: Aus den Tagebüchern, Kopenhagen–Leipzig 1982
Arneth, Alfred: Maria Theresia und der Hofrat von Greiner, Wien 1859
Arneth, Alfred: Briefe der Maria Theresia, 4 Bde., Wien 1881
Behsel, Anton: Verzeichnis aller in der k. k. Haupt- und Residenzstadt Wien mit ihren Vorstädten befindlichen Häusern, Wien 1829
Blümmel, Karl Emil (Hg.): Caroline Pichler, geborne von Greiner: Denkwürdigkeiten aus meinem Leben, 2 Bde., München 1914
Brust, Lucie: Die Geschichte des Findel- und Waisenwesens bis zum Ende des 18.ten Jahrhunderts mit Rücksicht auf die Verhältnisse in Wien, (Diss.) 1930
Czeike, Felix (Hg.): Groner, Wien wie es war, Wien 1984
Daun, Johannes: Das Wiener städtische Mietwohnhaus in der Zeit von 1700–1859, (Diss.) 1957
Haiser, Eduard: Verlorenes Wien, Wien 1984
Haller, Max: Geschichte von Schloßhof, Wien 1903
Harrer, Paul: Wien, seine Häuser, Menschen und Kultur, Wien 1942
Hoch, Carl von: Der Staatsrath (1760–1848), Wien 1972
Kallbrunner, Joseph: Das Wiener Hofquartierwesen. In: Veröffentlichung des Vereins für Geschichte der Stadt Wien, Wien 1925
Khevenhüller-Metsch – Schitter, Hans: Aus der Zeit Maria Theresias, Tagebuch des Fürsten Johann Joseph Khevenhüller-Metsch ... 1742–1776, 7 Bde., Wien 1907–1925

Lindenbüchel, Robert von: Geschichte des k. und k. Infanterieregiments No 36, 2 Bde., Wien 1894
Lindner, Dolf: Der Mann ohne Vorurteile. Joseph von Sonnenfels (1733–1857), Wien 1983
Miller, N. (Hg.): Ditter von Dittersdorf, Karl, Lebensbeschreibung, München 1967
Mraz, Gerda: Prinz Eugen, sein Leben, sein Wirken, seine Zeit, Wien 1985
Mraz, Gottfried: Prinz Eugen, ein Leben in Bildern und Dokumenten, München 1985
Messner, Eugen: Die innere Stadt Wien, Wien 1928
Pangels, Charlotte: Die Kinder der Maria Theresia, Wien 1960
Reichardt, Johann Michael: Biographischer Brief, Handschriftensammlung der Österreichischen Nationalbibliothek, Wien
Schreiber, Georg: Die Hofburg und ihre Bewohner, Wien 1993
Reisen eines Engländers in Mannheim … Amsterdam 1790, hg. von seinem deutschen Freund L. A. F. R. v. B.
Swineburne, Henry: The Courts of Europe, 2 vol. Philadelphia o. J.
Ullrich, Hermann: Maria Theresia Paradis und Mozart. Maria Theresia Paradis als Musikpädagogin. Maria Theresia Paradis und Dr. Franz Mesmer. Maria Theresia Paradis' große Kunstreise In: Österreichische Musikzeitschrift, Heft 10 (1949), Heft 11 (1949), Heft 12 (1949), Heft 1 (1962), Wien
Weckbecker, Wilhelm: Von Maria Theresia zu Franz Joseph, Berlin 1929
Werner, A. (Hg.): Rauch Josef, Erinnerungen, München 1918

Archive

Archiv der Gesellschaft der Musikfreunde, Wien
Archiv der Wiener Stadt- und Landesbibliothek, Wien
Haus-, Hof- und Staatsarchiv, Wien
Hofkammerarchiv, Wien
Kriegsarchiv, Wien

Ausstellungskataloge

Maria Theresia und ihre Zeit, Wien 1980
Österreich zur Zeit Josephs II., Wien 1980

Bildnachweis

S. 17: K. Pichler, Gemälde von Carl v. Sales, Historisches Museum der Stadt Wien
S. 45: Ch. von Greiner, Anonyme Bleistiftzeichnung, Verlagsarchiv
S. 85: F. X. Obermayer, Privatbesitz W. Weckbecker und Erggelet, Stainz (Foto: Michael Kratzer)
S. 97: C. Obermayer, Ölgemälde von Lampi d. Ä., Privatbesitz W. Weckbecker und Erggelet, Stainz
S. 221: C. Ditters von Dittersdorf, Stich von Johann Hieronymus Löschenkohl, Bildarchiv der Österreichischen Nationalbibliothek
S. 237: M. Th. von Paradis, Stich von Faustine Parmantić, Bildarchiv der Österreichischen Nationalbibliothek

Danksagung

Allen, die mich bei den Nachforschungen unterstützt haben, möchte ich meinen herzlichen Dank sagen, vor allem den Damen und Herren des Archivs der Gesellschaft der Musikfreunde, des Haus-, Hof- und Staatsarchivs, des Wiener Stadt- und Landesarchivs, der Wiener Stadt- und Landesbibliothek, des Hofkammer-, des Verwaltungs- und des Kriegsarchivs sowie den Herren Dr. Friedrich Kolarsky, Dr. Heinz Laube und Dr. Heinz Rosenthal.

Friedrich Weissensteiner

Zwischen Idylle und Revolution

Ungewöhnliche Biedermeierporträts

Der Diplomat und Bonviant Friedrich Gentz und die Erzherzogin Sophie, die Salondame Karoline Pichler und die Weltreisende Ida Pfeifer, der arme Maler Neder und der reiche Bankier Rothschild, die Komödiantin Therese Krones und die Tänzerin Fanny Elßler und viele mehr haben die Zeit des Biedermeier geprägt und mitgestaltet. Ihre Lebensbilder ergeben in ihrer Gesamtheit ein facettenreiches Porträt der Zeitspanne zwischen dem Wiener Kongreß, 1815, und dem Revolutionsjahr 1848.

328 Seiten

UEBERREUTER

Thea Leitner

Die Männer im Schatten

Die Männer im Schatten: geliebt und gehaßt, vergöttert und verstoßen, in die Luft gesprengt, erschlagen, im Wahnsinn verdämmert ... Das sind die Schicksale von Männern weltberühmter Frauen. Thea Leitner zeigt in ihren biographischen Porträts eine Fülle von Details auf, die auch das Bild der Ehefrauen in einem neuen Licht erscheinen lassen.

Vorgestellt werden
Maria Stuart und Franz und Henry und James,
Katharina die Große und Peter,
Maria Theresia und Franz Stephan,
Queen Victoria und Albert.

264 Seiten

UEBERREUTER